DAGMAR LEUPOLD
DIE WITWEN

EIN ABENTEUERROMAN

KAMPA

Die Originalausgabe erschien 2016 im Verlag Jung und Jung, Salzburg.

Für den Blick hinter die Verlagskulissen:
www.kampaverlag.ch/newsletter

KAMPA POCKET
DIE ERSTE KLIMANEUTRALE TASCHENBUCHREIHE
Gedruckt auf säurefreiem und chlorfrei gebleichtem Papier aus verantwortungsvollen Quellen, zertifiziert durch das Forest Stewardship Council. Der Umschlag enthält kein Plastik. Kampa Pockets werden klimaneutral gedruckt, kampaverlag.ch/nachhaltig informiert über das unterstützte CO_2-Kompensationsprojekt.

Der Kampa Verlag wird in der Schweiz vom Bundesamt für Kultur mit einem Strukturbeitrag für die Jahre 2021–2024 unterstützt.

Veröffentlicht im Januar 2023 als Kampa Pocket

Covergestaltung: Lara Flues, Kampa Verlag
Covermotiv: © Gwladys Morey
Gesetzt aus der Minion Pro / 230130
Druck und Bindung: GGP Media GmbH, Pößneck
ISBN 978 3 311 15066 4

www.kampaverlag.ch

ABWESENHEIT

O wie sehn' ich mich so bang hinaus
wieder in das dumpfe Flutgebraus!
möchte immer auf den wilden Meeren
einsam nur mit deinem Bild verkehren!

Nikolaus Lenau, *Wandel der Sehnsucht*

Steinbronn ruht, innig umschlossen, zwischen zwei Moselarmen, die sich um den Ort herum zur Schleife runden. Die Weinberge stürzen hier ab wie eine stürmische Zusage. Das Wort »lieblich« liegt dennoch prompt auf den Zungen all derer zum Ausruf bereit, die sich Steinbronn erholungsentschlossen nähern. Der Himmel wirft das lebenssatte Grün des Weinlaubs zurück – keine andere Gegend kann das bieten: einen Himmel, der grünt. In einem solchen buchstäblich von allen Seiten umfassten Ort einsam zu sein, ist eigentlich ein Ding der Unmöglichkeit – und doch gelang es vier Frauen, nicht mehr jung, aber längst nicht alt. Nur ratlos. Und irgendwie übrig.

Eine echte Witwe war nicht einmal Penny, aber sie war immerhin die einzige Verheiratete unter den vieren und damit rechtmäßige Anwärterin auf zukünftige Witwenschaft. Ihr Mann war von einer Dienstreise nach Fernost nicht zurückgekehrt. Mittlerweile – nach acht Jahren – waren die Fragen, warum sie nichts unternehme, ihn zu finden, spärlicher geworden. Penny hatte sich geweigert, ihn für tot erklären zu lassen. »Er lebt«, sagte sie und richtete ihren Blick auf einen Punkt in der Ferne, als empfange sie von dort den sicheren Hinweis. Seinen Namen nannte sie nie. Sie hatte in den vergangenen acht Jahren die Wäsche im Doppelbett einmal im Monat gewechselt, auf beiden Seiten. Sie lag auf der linken, weit entfernt vom

Brandfleck im Holzrahmen, den eine ausglühende Zigarette hinterlassen hatte, kreisrund wie ein Fingerabdruck. Die Zeit, die ihr durch die Abwesenheit ihres Mannes zuwuchs, nutzte sie halbherzig für einige Kurse an der Volkshochschule: Polnisch, Webtechniken, Stepptanz (eine einzige Havarie) und, wegen der günstigen Kurstage, *Kohlenhydratarm Kochen und trotzdem satt werden.* Die anderen drei Frauen, Dodo, Beatrice und Laura, fühlten sich nur wie Witwen. Nicht Männer waren ihnen abhandengekommen, sondern die Zuversicht oder die Verwegenheit oder die Fantasie.

Sie kannten einander seit ihrer Einschulung; ein Foto, das alle vier in Ehren hielten, zeigte sie mit spitzen Schultüten, Zahnlücken und Faltenröcken. *Volksschule 44, Berlin Tiergarten.* Dodo, schon damals die Rundeste von ihnen, stemmte die Beine derart störrisch in den Boden, dass der Betrachter nicht umhinkam zu begreifen, wie entschlossen sie war, sich dem Schuldienst zu verweigern. Die damals sehr zarte Beatrice hatte aus demselben Grund ein verheultes Gesicht, und Laura lächelte bezaubernd, weil sie es liebte, fotografiert oder, überhaupt, angeschaut zu werden. Dem jeweiligen Blick folgten seit jeher und prompt Komplimente zum blonden Haar, dem feinen Profil – ein Liebhaber in späteren Jahren hatte sie einmal »Grace Kelly reloaded« genannt, und sie war, trotz ihrer Angst, idiotische Bemerkungen nicht umgehend als solche zu erkennen und zurückzuweisen, dem Vergleich geschmeichelt erlegen. Schließlich Penny, die ernst, aber gefasst die Kamera fixierte und ihre Schultüte wie ein Schild vor den Brustkorb hielt.

Fünfundzwanzig Jahre nach Entstehung dieses Fotos war als Erste Penny nach Steinbronn, Sitz des Weinguts ihres Mannes, gezogen; »vor Liebe«, wie sie Dodo anvertraute, »halb besinnungslos«. Es sei ihr vorgekommen, als hätten auch ihre Muskeln jeden Tonus verloren, eine Gliederpuppe sei in Steinbronn gelandet, eine Gliederpuppe mit vor Erwartung geblähtem Herzen. Ihr Mann Otto war Winzer in der fünften Generation. Oder mehr. Penny fürchtete sich vor Dynastien und dachte doch manchmal mit wehmütiger Befriedigung, dass der Steinbronner Bock, ein Riesling, mittlerweile in neuer Erde, vermutlich Japan, gedieh und dort bei seinen Verkostern diesen besonderen Rausch erzeugte, der am Anfang ihrer Ehe stand. Otto verfügte über ein zuversichtliches Lächeln und einen hellbraunen Haarschopf, der zwischen den Rebstöcken leuchtete, zuverlässig wie ein Kompass, ein Kompass, dessen Nadel hartnäckig den Süden anzeigte. Penny, eigentlich Lehrerin für Deutsch und Geschichte, saß im neuen Steinbronner Heim in der großen Wohnküche des Hinterhauses – nach vorne lag das Wirtshaus *Zum Rebstock* –, die Hände im Schoß, die Schritte der Schwiegermutter über ihr. Irgendwann würden das junge und das alte Paar die Stockwerke tauschen, der Treppen wegen. Und wartete. Vielleicht auf Kinder, aber eigentlich empfand sie das Warten als in sich ruhende, auf sich selbst gerichtete Tätigkeit. Es ging ihr damit gar nicht schlecht. Und das Kind kam ja auch. Zwar nicht nach neun oder zwölf oder vierundzwanzig Monaten, sondern erst nach vierzig, aber das Warten hatte schließlich nichts mit Zählen zu tun, sondern war eine Verfassung. Wie jeder Sohn dieser ausgreifenden Winzerfamilie wurde auch Berthold mit einem Tropfen Steinbronner Bock begrüßt. Den Penny ihm von den Lippen küsste, als sie sah, wie sich sein ohnehin runzliges Gesichtchen vor saurem Schreck noch mehr verzog.

Als Zweite zog Dodo nach Steinbronn und übernahm dort eine Gärtnerei für einen Spottpreis, den Preis nämlich, den sie als Ablöse für ihren Berliner Schrebergarten zäh erhandelt hatte. Schließlich folgten Beatrice und zuletzt Laura, Yogalehrerin und Feldenkraistherapeutin die eine, Maskenbildnerin die andere. In Steinbronn gab es niemanden, der professionell geschminkt oder auf eine Rolle vorbereitet werden wollte oder musste, also ließ sich Laura zur Logopädin umschulen und überraschte die stolzen Mütter von Steinbronn mit unbarmherzigen Instantdiagnosen, deren Kinder betreffend: Lispeln, Redeflussstörungen, inkorrekte Lautverwendung, gering ausgebildete Mundfunktionen. Stammeln und Stottern war ihr Spezialgebiet. Eigentlich hielt sie auch den Dialekt dieser reizenden Gegend, die mit nichts geizte, das Weichlich-Nachgiebige der Zischlaute, die verschliffenen R, für behandlungswürdig und physiologisch folgenreich, konnte sich mit ihrer Auffassung aber nicht durchsetzen. Ihr Haar wurde in den Steinbronner Jahren immer blonder; »Moselwein«, sagte sie und bestritt nachdrücklich, Aufheller zu benutzen.

In den ersten Jahren wurden sie von eingefleischten Steinbronnern immer wieder ungläubig befragt: »Aus Berlin nach Steinbronn?« Und das auch noch in den aufregendsten, den Wendejahren! Dodo antwortete trocken: »Eben, ich vertrage keine Aufregung.

Und schon gar keine künstliche. So wenig wie meine Pflanzen Kunstdünger.« Beatrice brauchte Ruhe. Und gab unumwunden zu, dass die Erreichbarkeit der drei Freundinnen für sie wichtiger war als eine prominente Adresse. »Welche Innenräume wir uns schaffen, gibt den Ausschlag«, sagte sie und schaute lächelnd in die ratlosen Gesichter der Fragenden. Laura musste nichts begründen, weil allgemein und zu Unrecht angenommen wurde, sie wäre einem Mann gefolgt, wie Penny. Sie war froh, schweigen zu dürfen, denn sie hätte es nicht erklären können. Tiergarten war zum Rummelplatz verkommen, das ja. Und besonders anstrengend fand sie, ihr eher unspektakuläres Leben inmitten einer Stadt zu gestalten, die unisono zum spektakulärsten Schauplatz des ausgehenden Jahrhunderts ausgerufen wurde. Weder war sie Künstlerin – auch nicht Lebenskünstlerin –, noch wollte sie es sein. Penny schrieb begeisterte Briefe aus Steinbronn, der Fluss, das Licht, die Sonne – alles knapp bemessen in Berlin (auf Wasser bezogen stimmte das weniger, aber so genau wollten die Freundinnen es nicht nehmen) und hier, in Steinbronn, im Überfluss ausgeschüttet.

Ohneeinander konnten die vier nicht. Miteinander durchaus, aber nicht ohne kleinere oder größere Gefechte.

»Wir kennen uns schon so lang«, sagte Laura eines hochsommerlichen Frühlingstages, an dem die Luft stockte und der Fluss brütete. »Das halbe Leben haben wir nun schon an diesem Ort der schönen Verheißungen verbracht, aber wir haben kaum etwas erlebt, einfach immer nur gelebt. Lasst uns etwas erleben!«

Und Beatrice widersprach, nein, ums Erleben gehe es nicht. Erlebnisse ließen sich kaufen, vielleicht nicht in Steinbronn, aber bestellen könne man sie frei Haus und überall. Ob Laura das wolle?

»Meine Güte, Beatrice«, rief Dodo, »du machst aus allem eine halbe Vorlesung!«

Beatrice sprach sehr sanft, gestikulierte sparsam, von all ihren Feldenkraisschülern zählte sie selbst zu den begabtesten. Sie hatte an ihrer sensomotorischen Differenziertheit hart gearbeitet, gewissermaßen den schwarzen Gürtel in reifem Verhalten errungen. Das hatte sie mit dem von ihr glühend verehrten Moshé Feldenkrais gemeinsam – auch wenn es sich bei seinem schwarzen Gürtel um den eines Judoka handelte. Bewehrt, vielmehr zur Bewehrung aufgerufen fühlte sich Beatrice auch ohne Kampfsport. Oder genauer gesagt: Sie empfand das Leben als einen Kampfsport, für den man unausgesetzt trainierte. Und die meisten taten dies eben falsch; erst die richtigen Bewegungen schafften die Voraussetzung für diese Einsicht. Und die richtigen Bewegungen, in ihrem kräftigen, schlanken Körper längst zu Hause, wollte sie weitergeben wie eine Erzählung.

Ihre Kurse waren voll. Und wenn Beatrice in der Mitte des luftigen Therapieraums stand, die Matten um sie herum sternenförmig ausgebreitet, darauf die ausgestreckten Körper, atmend, beschwert von Lebensgeschichten, die nicht selbst geschrieben oder ungeschrieben geblieben waren, dann fühlte sie sich inmitten einer Gemeinde, die durch ihr, Beatrices abschließendes, wenn auch unausgesprochenes Amen erlöst werden konnte: Macht euch fest in mir, dann werdet ihr auch in euch gefestigt sein. Sie hatte nachgeschlagen und beglückt zur Kenntnis genommen, dass »Amen« von derselben Wurzel im Hebräischen kam – denn aus dem Hebräischen kam es –, von der auch die Worte für Zuversicht, Verlässlichkeit, Übung und Künstler sich ableiteten. Ihre eigene, Feldenkrais zu verdankende Lebenseinstellung kam darin also zum Ausdruck. Leitete sie nicht durch Verlässlichkeit und Übung zur Zuversicht an? Und war das nicht eine Kunst?

Von den drei Freundinnen hatte keine je auf einer der leuchtend blauen Matratzen gelegen und sich von Beatrice, worin auch immer, festigen lassen. Penny war im Wirtshaus unabkömmlich (und belegte unter Umständen einige Kurse an der Volkshochschule, auch um Beatrice gegenüber triftige Gründe für ihre Nichtteilnahme anführen zu können). Laura sah sich selbst mehr als Wohltäterin denn als Wohltatenempfängerin. Und Dodo sagte resolut, ihr ginge es dann gut, wenn ihre Hände in feuchter schwarzer Erde verschwänden, das sei an unbezweifelbarem Kontakt zur Welt genug. »Und Männer«, fügte sie an, »Männer lassen sich bei dir ja ohnehin nicht blicken.«

Das stimmte. Fast. Vor Jahren war einmal ein Ehepaar gekommen, hatte sich die Matratzen, die voneinander am weitesten entfernt lagen, ausgesucht und keinen Termin versäumt. Aber der Mann ließ sich von Beatrice nicht segnen, also festigen, wie sie es verstand, sondern blieb geduckt und zu Blickwechseln unfähig. Im Liegen hielt er die Augen geschlossen, bei der Ankunft dagegen richtete er den Blick auf irgendeine Zukunft, die jenseits des Raums und jenseits von

Beatrices ausgestreckter Hand und dem dazugehörigen Gesichtsausdruck, entschlossenes Erbarmen, lag. Ihn durfte sie nicht zu den Geretteten zählen.

Aber Bendix.

Er kam seit einigen Wochen und hatte nüchtern die Gründe aufgezählt, die ihn zu ihr führten: ein schwerer Unfall, bei dem beide Beine mehrfach gebrochen waren, monatelange Immobilisierung in Krankenhäusern, eintretende Steife. Er hinke den ganzen Vormittag, so lange, bis sich sein Blut endlich bequemte, auch die Außenbezirke zu versorgen. Das alles hatte er stotternd hervorgebracht; seit dem Unfall stockten nicht nur die Bewegungsabläufe, sondern auch der Sprachfluss. Zu seinem auffälligen Namen befragt, hatte er knapp erwidert: »Kurzform von Benedikt, der Gebenedeite, gesegnet bin ich also schon.« Zunächst hatte Beatrice ihm dies als Feindseligkeit ausgelegt, sehr bald aber verstanden, dass er der Einzige war, der genau erfasst hatte, was sie tat: nämlich Gemeindepflegerin des Zusammenhalts, Stimmgabel für den richtigen inneren Ton zu sein. Und, in den seltensten Momenten, ein Lamm Gottes, eine Priesterin, die auf sich nahm, was die Gebeugten zu ihren Füßen mitbrachten und auf den leuchtend blauen Matratzen zurückließen. Beatrice ahnte, wie anmaßend und verrückt eine solche Selbstwahrnehmung war, und behielt sie strikt für sich. Aber so empfand sie. Bendix war groß und setzte seine nicht minder großen Füße mit Bedacht und leichter Innenstellung auf den unsicheren Boden (als den sie beide das Steinbronner und jedes andere Pflaster betrachteten). Er trug sein lockiges Haar unmodern lang und verdeckte seine Oberlippe zu Beatrices Bedauern mit einem Seehundschnäuzer. Beim Sprechen glättete er ihn links und rechts des Mundes in Bahnen; möglicherweise, dachte sie, bereitete er so den Worten einen Ausweg. Wie alle anderen auch verstaute er seine Sachen in einem der kleinen Spinde, die Beatrice für ihre Klienten angeschafft hatte. Die Brille mit den großen tropfenförmigen Gläsern, den Schal mit klassischem Burberry-Karo, die glänzend gewichsten dunkelbraunen Halbschuhe, die Uhr mit dem mürben Lederarmband, innen dunkel verfärbt vom Schweiß, von aufgesogener Zeit, wie Beatrice, der keine dieser Einzelheiten entging, für ihre Verhältnisse ungewöhnlich poetisch befand. All dies tat er mit einer Sorgfalt, die sie wegen des hilflosen, blinden Ausdrucks in seinem brillenlosen Gesicht so anrührte, dass sie sich manchmal abwenden musste. Und ohne dass sie Dodo auf ihre spitze Bemerkung hin – über diese Schwelle treten sicher nur Frauen – je verriet, dass sich sehr wohl ein Mann bei ihr hatte blicken lassen.

Dodo bekämpfte ihre Kreuzschmerzen – unausweichlich bei einer Arbeit, die zum größeren Teil in gebückter Haltung vonstattenging, umgraben, setzen, zupfen, rupfen, schneiden und stutzen – mit Mitteln, die Beatrice nicht gutgeheißen hätte, aber ausgesprochen nahelagen. Mit dem Saft der Trauben nämlich, die sich auf den Steilhängen ausgiebig gesonnt hatten und wie kleine hochexplosive Granaten auf der Zunge lagen, wenn man sie auf einem frühherbstlichen Spaziergang von einem der unteren Rebstöcke pflückte. Schöner Mundraub, dachte Dodo und fühlte sich geküsst. Jeden Morgen drehte sie mit ihrem Hund Zwiebel – »er ist so vielschichtig«, war ihre Erklärung für die Namensgebung – eine Runde durch ihr Grundstück, begrüßte die Rabatten, die Setzlinge, zählte Triebe und Knospen, klemmte die drahtigen, dicken Haare mit entschlossener Geste hinter die Ohren, damit sie ihr beim Bücken und Inspizieren nicht im Weg waren. Dodo amüsierte die Freundinnen mit ihrem kindlichen Stolz auf ihr schmales Becken – wie bei einem jungen Mann –, das sie trotz ihres stämmigen Körperbaus hatte und der Grund für ihre Kinderlosigkeit war: »Zu schmal zum Gebären, dafür gedeiht alles andere bei mir«, ausholende Armbewegung, die noch den Horizont einschloss. Die abendliche Inspektion dagegen fand im Sitzen statt, auf der Westseite des Hauses, mit einem Glas Wein, das sie auf die Kreatur erhob, die ihr gerade am nächsten war: eine der Freundinnen, Zwiebel oder ein Regenwurm, der ihr half den schweren Boden zu belüften, in dem sich Wurzeln zu einem Wachstum in einer Pracht rüsteten, die sie nicht aufhören konnte zu bestaunen. Sie färbte ihr Haar mit Henna, »Rembrandt-Rot« nannte sie das Ergebnis, und in der Tat leuchtete es im Abendlicht wie ein Helm aus Kupfer. Wenn Dodos Blick von der Kuppe des Weinbergs der Familie Rohme – der Schwiegerfamilie Pennys – über das unter ihr liegende Steinbronn schweifte, dachte sie keineswegs, dass es von zärtlichen Moselarmen umschlossen werde, sondern vielmehr darin erschlafft sei. Stranguliert und abgemurkst. Ein Ort ohne Zugluft und ohne Bahnhof! Ihr Herz war groß genug, dem Widerspruch zwischen großstädtischer Verachtung für die Provinz – Berliner Luft! – und hingebungsvoller Widmung an noch das unscheinbarste Pflänzchen Steinbronns, seine Bewohner eingerechnet, ausreichend Platz zu bieten. Zwiebel war außerdem ein gebürtiger Steinbronner, und der Besitzer seiner Mutter, Lehrer an der Grundschule, hatte einige Jahre lang den Sitzplatz in der Abendsonne mit ihr geteilt. Dem Glas Wein, das sie gemeinsam tranken, waren kurze, hektische (»stürmische«, wie sich Dodo diese schönredete) Umarmungen vorausgegangen: in ihrem Bett, das die Ausmaße eines Frachtkahns hatte. Dodo schwor auf Beischlaf am Nachmittag; Akkus aufladen, wenn es noch nicht zu spät war, um von dem Energieschub etwas zu haben. Ihre Haut roch nach Erde und Sonnencreme, ihr fester Griff um die schmalen und im Gelenk ein wenig nachgiebigen Lehrerhüften hatte etwas erregend Dringliches; im erlösenden letzten Moment brach sie in ein Lachen aus, das er, sein Ohr an ihre Rippen gepresst, innen orgeln hören konnte. Das war ihm – solchen wie ihm – neu.

Nicht lange nachdem die Hündin geworfen hatte, verschwand Zwiebels Schwiegervater wieder aus Dodos Leben. Manchmal vermisste sie ihn und stellte ihr Glas dort ab, wo er, anfangs befangen und wie zum Absprung bereit, gesessen hatte. Sie behielt ihren Appetit und stillte ihn mal so, mal so. Dafür brauchte sie keine Theorie und keine Weltanschauung, nur Praxis. Und natürlich saßen an vielen Tagen auch die Freundinnen oder wenigstens eine von ihnen auf Dodos Bank, die Beine ausgestreckt, den Rücken an der warmen Hauswand. Talent zum Feierabend hatte Dodo, und sie spielte ihre Begabung gern aus: ein Schälchen mit speckumwickelten Pflaumen (für Laura, die das

Mittagessen ausfallen ließ), ein geheiztes Kirschsteinnackenkissen (gegen Pennys Schulterschmerzen), ein Schuss Holundersirup (für Beatrice, damit der Steinbronner Bock sich nicht zu wild gebärdete).

Vor Jahren hatten die vier eine Initiative zur Umbenennung der Hauptstraße gegründet, die zu Kirche und Marktplatz führte und Adolfstraße hieß. Adolfstraße! Sie vermuteten gar nicht, dass es mit demjenigen zu tun habe, der den Namen für alle Zeiten geschändet hatte, aber es rief ihn auf. Wer zum Bäcker ging, in die Stadtbücherei oder zum Drogeriemarkt, kam um Adolf nicht herum. Im *Steinbronner Anzeiger* wurde ein Foto der vier Freundinnen veröffentlicht, Unterschrift »Amazonenstammtisch«. Von Pennys sagenhaft langem Haar war die Rede (das seit Ottos Aufbruch gewachsen war und erst bei seiner Rückkehr auf Kinnlänge, also Normalnull, gekürzt werden würde), von Lauras Ähnlichkeit mit der jungen Grace Kelly und von Dodos männlich tiefer Stimme, typisch Berliner Schnauze. Kaum ein Wort zum Anlass der Ereiferung. Ein paar, gar nicht wenige, Steinbronner schlossen sich an, verhängten nachts die Straßenschilder und überpinselten sie mit *Mainstreet.* Alles in allem blieb die Initiative aber erfolglos – und folgenlos. Adolfstraßen, hieß es, gebe es auch in den umliegenden Orten, verdienstvolle Bürgermeister oder Landesfürsten aus Zeiten der Zersplitterung hätten so geheißen. Und nicht einmal Goethe habe auf seiner Reise in der Gegend im Sommer 1774 Anstoß genommen; das war ein hübsches Argument.

Eine kleine Eiszeit brach aus, während der die Liebe der Freundinnen zu Steinbronn litt und ein wenig verwitterte. Am Stammtisch wurde auch die Möglichkeit der Scheidung diskutiert und letztlich verworfen. »Meine Erde ist schwarz, nicht braun«: Dodos Credo. Und Penny sagte sehr bestimmt, ihr Ort sei hier, Berts wegen, aber nicht nur. Wie sollte man einander finden, wenn beide suchten? Ein Aufbruch reicht, dachte sie und sagte es nicht. »Eine Flinte, die man nicht hatte, kann man auch nicht ins Korn werfen«, das sagte sie laut. Für Beatrice und Laura hatte durch diese Aktion und ihre Aufnahme bei den meisten Steinbronnern und der lokalen Presse jedenfalls die Zahl der Behandlungsbedürftigen und Verirrten erkennbar zugenommen, auch wenn die beiden wussten, dass weder mit den richtigen Bewegungen noch der richtigen Aussprache allein eine Bekehrung stattfinden würde. Aber Missionare denken zunächst an die Mission, nicht an den Erfolg. Auf Idioten musste man im Übrigen überall gefasst sein, sagte sich Laura, die ihre Wohnung mit Blick auf den Fluss liebte und nicht aufgeben wollte.

Im Untergeschoss befand sich ihre Praxis für Logopädie. Sehr praktisch. Und die Miete provinziell niedrig. Trotz des kurzen Weges ging Laura niemals ungerüstet aus der Wohnung, auch wenn sie im Treppenhaus gar keinem begegnen konnte; sie war geschminkt, frisiert, mit Schirm, Mantel und Schal auf jedes Wetter vorbereitet. Sie wohnte im zweiten Stock, so hoch über Steinbronn wie maximal möglich. Zum Schlafzimmer führte eine Wendeltreppe, sein Fenster öffnete sich zum Fluss hin, das Zimmerchen hatte etwas Kajütenhaftes. Alles in allem empfand Laura ihre Behausung gar nicht als eine gemauerte Wohnung, eher als ein

Hausboot. Irgendwohin würde es steuern, mit ihr an Bord, irgendwann. Möglicherweise mit einem Unteroffizier an ihrer Seite. Oder Ko-Pilot, verbesserte sie sich. Es ging ja nicht um Ränge. Worum sonst? – Sie würde es herausfinden.

Allen vieren, auch Beatrice, war entgangen, dass unter den Steinbronnern, die sich solidarisierten und am donnerstäglichen Stammtisch teilnahmen, einmal auch Bendix gewesen war, der seinen Schnurrbart glättete, rauchte und den Schwaden so aufmerksam mit dem Blick folgte, als läse er Botschaften darin. Gesprochen hatte er nicht; nach drei kleinen Hellen war er aufgestanden, hatte freundlich mit den Fingerknöcheln auf die Tischplatte geklopft und Tschö gesagt. Also eine Prise Köln im *Rebstock* zurückgelassen. Leicht hinkend war er verschwunden. Da Penny ihn gar nicht wahrgenommen hatte, konnte sie auch später nicht denken: unser Mundschenk.

Und Bendix hatte sich zu Hause ein viertes Helles eingeschenkt, am Schreibtisch den Platz mit Blick auf das Aquarium eingenommen und in seiner schwarzen Kladde, Sudelheft genannt und *PLANKTON* betitelt, festgehalten:

Donnerstag, 22. Mai

Vier Frauen. Berlinerinnen. Vier Farben: blond, braun, rot und grau. Die Blonde kenne ich vom Sehen, wohnt um die Ecke. Sehr schöne Hände, Gang staksig, geschminkt, als müsse sie auf alles gefasst sein. Was sonst? Mal sehen. Mir war nicht nach langen Sätzen, und es wurde hingenommen. A-Straße aussichtslos, das Aussichtslose betreiben: mein Ding. Bloch geht es schlecht,

Leibniz dagegen gedeiht. Spricht für den Barsch. Und ich roste, Knochen um Knochen.

Bendix schlug die Kladde zu, schaltete das Licht aus, sodass nur das bläuliche Flackern als Beleuchtung zurückblieb. Er hatte kein besonderes Interesse an Fischen; das Aquarium diente der Kontemplation. Statisch, der gläserne Kasten, und doch Behältnis für so viel Bewegung. Bendix unterschied die Fische nach ihren Namen, allesamt Philosophen, die ihm als Student den Weg gewiesen hatten. Die Fische wendeten rasant wie von Stromschlägen getroffen. Die Sauerstoffbläschen quirlten in die Höhe, Bendix dagegen saß wie versteinert, massierte die Druckstelle der Brille auf dem Nasenrücken und rauchte eine Zigarette nach der anderen, bis der Ananasschwertträger (Nietzsche), der Schmetterlingsfisch (Kierkegaard), der Hochlandkärpfling (Benjamin) und all die anderen, die es schafften, die Dunkelheit des Meeres mit ihren prächtigen Farben in großer Tiefe zu narren, im Sepiadunst seines Rauchs verblassten.

Den Stammtisch gab es schon lange, Jahre vor der Initiative zur Straßenreinigung. Donnerstags saßen die vier Freundinnen zusammen; solange Bert klein war, ab neun, damit Penny ihn in Ruhe zu Bett bringen konnte. Eine längere Angelegenheit mit Vorlesen und Vorsingen, später mit Geschichten von der Notwendigkeit des Verschwindens: »Jeder muss einmal im Leben verschwinden«, erklärte Penny dem Zehnjährigen (und das war nun auch schon acht Jahre her). »Warum?« hatte, Bert gefragt. »Weil man sich von sich selbst manchmal entfernen muss. Weil« – Penny brach ab, sah die Verwirrung im Gesicht ihres Sohnes –, »wie bei *Mensch ärgere dich nicht*, wenn man zurück muss auf Los.« Bert hatte sehr skeptisch geschaut.

Die Freundinnen empfanden sich als Berts Tanten. Seine Vorliebe galt Dodo, auch wegen Zwiebel, aber nicht nur. Beatrice und Laura flößten ihm ein wenig Ehrfurcht ein, die eine wegen ihres durchdringenden Blicks, unter dem er sich fühlte wie ein aufgeschlagenes Buch, die andere wegen ihrer Schönheit. Bert verglich Lauras Augen mit den gletscherfarbenen Hustenbonbons, an denen er sich die Zunge aufschnitt vor lauter Gier, ins weiche Innere vorzudringen. Also schlug er vor beiden Freundinnen seiner Mutter den Blick nieder, was sie zu Kommentaren und Nachfragen veranlasste, die er hasste: »Bist du müde? Weißt du nicht, dass man sein Gegenüber anschaut, wenn man mit ihm spricht?« Nach und nach schaffte er es, der einen in die braunen, der anderen in die Eisaugen zu schauen, ohne mit der Wimper zu zucken. Und Laura, die Logopädin, las göttlich vor. Ihre Zunge und ihre Lippen schienen jedes Wort mit der Sorgfalt zu formen, die Bert vom Bäcker kannte, dem er einmal, es war ein Schulausflug, beim Kneten eines Brotlaibs zugeschaut hatte. Nicht allein Sorgfalt, sondern Zärtlichkeit lag in den Bewegungen; dem Fingerdruck, dem Abklopfen der Flanken mit der flachen Hand, selbst in den kurzen Schlägen mit der Handkante für die Kerben in der späteren Kruste. Und auch in dem abschließenden Hinbetten auf ein bemehltes Blech, einer, so schien es Bert, dem Abschiedswinken sehr ähnlichen Geste. So viel Fürsorge. Was er nicht wusste, war, dass die Vorführung in der Backstube gewissermaßen museal war, denn eigentlich wurden alle Backwaren morgens um vier vom Großhändler als Rohlinge geliefert.

Bert galt als fröhliches Kind, »kleiner Mann« wurde er bereits bei der Einschulung genannt, obwohl er da noch einen leibhaftig anwesenden Vater hatte. Dodo hatte einmal angemerkt, dass Bert die klassischen Eigenschaften eines Witwensohns schon hatte, als seine Mutter noch gar keine war: zu brav, zu anhänglich, zu ritterlich. Wenn er bei ihr in der Gärtnerei war, ließ sie ihn mit bloßen Händen im frischen Kompost buddeln. »Du brauchst Dreck, Junge«, sagte sie, und er sah sein ratloses Gesicht sich in ihren Augen spiegeln. »Dein Vater, der Herr Wohlfahrt«, sagte sie auch, obwohl Otto ja eigentlich Rohme mit Nachnamen hieß und er, Bert, auch. Aber dass er selten verstand, was Dodo meinte, fand er andererseits nicht besonders störend.

Bert vermisste seinen Vater und behielt dies angesichts der besorgniserregend und vergeblich wachsenden Haare seiner Mutter so gut er konnte für sich. Erst als sie so lang waren, dass Penny sie nicht mehr offen trug, sondern hochsteckte, konnte er wieder den Arm um ihren Nacken schlingen, wenn sie, müde von irgendeinem längeren Ausflug oder Fest, Arm in Arm vom Auto bis zur Haustür gingen. Sie waren gleich groß. Aber eigentlich war es ihm schon vor Ottos Aufbruch – Verschwinden nannte es keiner außer Penny selbst – unangenehm, seine Mutter wie eine Freundin ins Haus zu führen. In den ersten Jahren nach Ottos Weggang trödelte Bert oft nach Schulschluss durch die Unterführung zum Fluss hinunter und füllte seine

Lungen mit dem faulig-brackigen Geruch des an das Ufer schwappenden Wassers. Und mit dem nach Pisse, der stechend im Gewölbe hing. Dodo hätte sofort verstanden, dass er sich so von allem erholte.

Wenn Weinlese war, füllten sich das Wirtshaus und die anhängende Pension, die von Pennys Schwiegermutter betrieben wurde: schlichte Zimmer mit Bad und Toilette im Gang. Frau Rohme, geborene Braubach, inspizierte wie eine Marschallin abends und morgens die zwei langen Flure, zu denen hin sich die Zimmertüren öffneten. Den Gehstock setzte sie weniger als Stütze ein denn als Metronom. Ihre Nasenflügel weiteten sich in der von Duschgels und Testosteron verdickten Luft. Polnisch, Rumänisch, Musikfetzen: Sie liebte es. Ein paar Brocken in den gängigsten Sprachen der Saisonarbeiter hatte sie sich beigebracht, und sie rührte diese unter die reichlich strengen Ermahnungen, kein Wasser zu verschwenden, keine tropfnasse Wäsche aufzuhängen und ab 23 Uhr die Nachtruhe zu wahren. Penny erschien ihre Schwiegermutter wie ein riesiger Baum, mit einer Krone, die alles Umliegende schützte, diesem aber zugleich die Sonne zum Gedeihen nahm. Was sich an ihrem Mann, Pennys Schwiegervater, am besten studieren ließ. Der war so schmächtig, dass der Gürtel die Hose im Bund regelrecht raffte und seinen Träger nur dadurch zusammenzuhalten schien. Ottos Vater saß tagaus, tagein in einer Art Kontor und machte die Buchführung. Am Telefon dagegen wirkte er wie ein Schwergewicht, tiefe Stimme, feste Ansagen, durch keinen Gesprächspartner einzuschüchtern. Erst dachte Penny, Maulheld, aber über die Jahre lernte sie, dass ihn das Fehlen von äußerer Autorität keineswegs beschäftigte und er seine Unscheinbarkeit hinnahm wie eine Gegebenheit und nicht als Mangel. Vielleicht, dachte Penny, war Otto wegen dieser großen Unterschiede zwischen seinen Eltern so ausgeglichen. Und hatte sich abgesetzt auf der Suche nach Absetzung? Immer dazuzugehören, konnte möglicherweise genauso zu Verzweiflung führen wie das Gegenteil: nie zu etwas zu gehören.

Von der alten Köchin, die eigentlich nichts mehr zu tun hatte, weil die meisten Gerichte halb fertig angeliefert wurden, hatte sie erfahren, dass Otto als Kind seine Zeit am liebsten bei ihr in der Küche verbracht hatte. Wie ein Kater sei er ihr um die Beine gestrichen und hätte jeden ihrer Handgriffe so aufmerksam beobachtet, als müsste er alles für kommende Zeiten archivieren. Die Gegenwart der Köchin tröstete Penny, in ihrem Blick war noch immer eine Spur des Kindes Otto bewahrt, auch wenn in den alten Augen die Farbe der Iris längst ausgeschwemmt war.

Solche Gedanken trieben Penny nach draußen, sie lief durch die Steinbronner Straßen, die nach Geschäftsschluss hinter verhangenen Schaufensterlidern blicklos wurden. Je nach Wind- und Wetterlage roch man den Fluss, im Schillerpark sammelten sich die Obdachlosen und klirrten mit den Bierflaschen, ein paar Vierzehnjährige wussten nicht wohin mit sich, Familienväter standen vor der Pizzeria Schlange und telefonierten mit ihren Freundinnen. Am Ortsende größere Grundstücke, Trampoline, Rutschen, Sandkästen in den Gärten, kleine Festungen gegen die Feinde ringsum. Von den Müttern hingebungsvoll dekoriert. *Welcome* stand auf den Matten für den Schmutz unter den

Schuhen, und die amerikanischen Briefkästen, die aussahen wie Hundehütten, verbargen gemütlich die Mahnungen und Zahlungsaufforderungen, die ihnen ins Maul gestopft wurden. Dabei erinnerte sich Penny gut daran, welche Sehnsucht Ottos Erzählungen über seine moselselige Heimat in ihr ausgelöst hatten.

Sie hatten einander auf einer Italienreise kennengelernt, Otto war einer ihrer Mitfahrer, zwei weitere saßen hinten und spielten keine Rolle. Jeder Stau wurde willkommen geheißen, jede Schlange vor den Pässen und den Mautstellen insgeheim bejubelt. Gib uns Zeit! Am Ende der Reise, in Piombino (Penny wollte zu einer Freundin auf Elba), hatten sie einander ihre Leben einigermaßen schonungslos erzählt und waren mit dem Gefühl künftiger Unzertrennlichkeit in ihren jeweiligen Ferienorten gelandet. Den Namen »Steinbronn« nahm Penny mit wie ein Pfand auf demnächst sich erfüllende Versprechen. Damit lag sie am Strand; es wurde auf jeder Buchseite, die sie umblätterte, bejaht. Ihm, dem Versprechen, galt der letzte Gedanke vor dem Einschlafen und der erste beim Aufwachen. Stein-Bronn, das Feste, Beständige einerseits und das Flüssige, Sprudelnde, Lebensverheißende andererseits. Alles in einem, alles in Otto. Der von vorne und hinten gelesen derselbe blieb. Otto war ihr Jawort zum Leben. Und dann hatte er, vor acht Jahren, Nein gesagt. Aber nein wozu?

Penny war bei Dodo angekommen. Die Beete und Rabatten lagen im Dunkeln wie schlafende Tierleiber, die Luft gezuckert vom falschen Jasmin, der Akazienblüte, dem Kirschlorbeer. Penny stand still am Zaun, gab ihren Augen Zeit, sich an die dämmrigen Umrisse zu gewöhnen und mit der zunehmenden Sehschärfe auch die Beklemmung zu entlassen, die sie bei ihrem Gang durch Steinbronn befallen hatte. Zwiebel schlug an, kurz darauf Dodos Stimme: »Komm rein!« Der Kies unter ihren Füßen knirschte, als sie die wenigen Meter zum Eingang zurücklegte; wer mochte, konnte darin ein gutes Zureden vernehmen, an sie, die Umsichtige, umsichtig zu bleiben. Also die Gegenwart nicht aus den Augen zu verlieren und die Zukunft nicht zu fürchten. Dodos Umarmung war so kräftig, dass Penny lachen musste und einen Schritt zurücktrat, um Luft zu holen.

»Du nimmst anscheinend Maß an Bäumen«, sagte sie und rieb sich die Rippen.

Bei Dodo stand das Foto von der Einschulung auf der Anrichte in der Küche, das Glas war gesprungen und angelaufen und der Rahmen etwas angekokelt. Vermutlich hatte er unter der Nähe zu Dodos ausufernden Kochexerzitien gelitten. Der Firnis aus Dampf und Fettspritzern rückte das fotografierte Geschehen in noch größere Fernen als die, die tatsächlich zurückgelegt worden waren. »Als läge unser erster Schultag noch vor der Jahrhundertwende«, hatte Laura einmal angemerkt, »in der Verkleidung der noch einzutretenden habenden Zukunft.«

Dodo heftete ihre Augen auf Penny und verkündete prompt ihre Diagnose: »Du siehst aus, als wärst du beraubt worden.«

Und du hast keine Augen, sondern Saugnäpfe, die sich auf einen setzen wie Blutegel, dachte Penny, halb dankbar, halb verdrossen, und verkroch sich ins spitze Eck der Küchenbank, den Herrgottswinkel. Dodo hatte vor Jahren ein wurmstichiges Kruzifix aufgetrieben, zwischen den Füßen des knochigen, verhärmten Christus ein verwittertes Buchssträußlein, das sie als Aufforderung auffasste. Sie kaufte das Kruzifix für ein paar Euro, entfernte die verdorrten Äste und steckte frische Zweige hinter den Nagel, der die Füße durchbohrte. »Auch Marias Sohn braucht Hoffnung«, sagte sie, und Hoffnung hatte für Dodo, ganz klassisch, mit der Farbe Grün zu tun.

Jetzt saßen sie, rührten den Honig in dem Tee um, den Dodo, gleich als die Freundinnen eingetreten waren, aufgesetzt hatte. Kein Wein mit Penny. Oder erst später. Penny lästerte ein wenig über ihre Schwiegermutter; das erwarteten die Freundinnen, und es machte ihr regelrecht Freude, diesen Wunsch zu erfüllen: Wie Frau Rohme es sich nicht nehmen ließ, in den Nebenräumen selbst zu bedienen, jedenfalls an Wochenenden, und wie sie mit ihrem ausladenden Wesen und Körper die Unterhaltung der Saisonarbeiter zum Verstummen brachte. Die verhielten sich wie eine Truppe Internatsschüler, die beim Erscheinen des gefürchteten Lehrers in Starre verfallen. Wenn Pennys Schwiegermutter die Teller abstellte, wünschte sie in vier oder fünf Sprachen gesegneten Appetit (smacznego, das Polnische gefiel ihr besonders gut, wegen seiner lautmalerischen Qualität) und trat ab, *exit*, »wie von einer Bühne«, sagte Penny. Ohne die Hauptdarstellerin entspannten sich die Nebendarsteller augenblicklich und nahmen das Reden und Essen lautstark wieder auf. Wenn Penny bediente, tat sie das möglichst unauffällig und sachlich: »Sie wünschen?« Dennoch gab es immer wieder wilden Applaus – mit den Löffeln gegen die Tischplatte – und Gejohle bei ihrem Auftritt. Sie zählte die Schritte bis zur Tür, wenn sie wieder ging, setzte sie wie eine Anfängerin im Tanzkurs.

Im Schein der tief hängenden Küchenlampe lagen die Gesichter der Freundinnen halb im Dunkeln, das war wohltuend. Penny wusste, während sie Dodo zuhörte, die über die wolligen Blüten der Pappeln, Lieblingsbaum der Steinbronner, schimpfte – »alles verstopften sie damit, wie Staubflusen« –, dass deren braune Augen freundlich und, nach der ersten Musterung, ein wenig desinteressiert schauten. Auch Penny hatte gar keine Lust, mehr als ein paar Schwiegermutteranekdoten unter dem Gekreuzigten loszuwerden. Nichts von den weichen Knien inmitten der Männer im Wirtshaus, erst recht nichts von Otto. Und sie verstand auf Anhieb, dass für Dodo die Pappelblüten ein ähnlich unverfängliches Thema waren, es hätten auch die Schnecken sein können oder Zwiebel. Der gegenseitigen Anerkennung als Ruhebedürftige waren sie sich zweifelsfrei gewiss.

War es an diesem Abend, dass Penny und Dodo den Plan ausheckten – oder ihn vielmehr, wie sie später den anderen beiden Freundinnen zu erklären versuchten, *vorfanden*? Jedenfalls war er ab diesem Zeitpunkt oder wenig später in der Welt. Und Penny trat den Heimweg durch das verriegelte Steinbronn beschwingter an als den Hinweg. Weniger eingeschüchtert. Es gab einen Ausblick. Bei Laura brannte noch Licht, nichts Bläuliches, kein Fernsehen also. Sie saß vermutlich über der Buchhaltung, dabei eine Hyaluronmaske auf dem Gesicht, um die Zeit, die sie den Zahlen widmete, doppelt zu nutzen. Laura vertat keine Zeit, jeder Augenblick war, wie ein gut gepackter Koffer, für etwas vorgesehen, das zur Hand sein musste. Das Wichtigste zuoberst.

Auch im Eckhaus, in Bendix' Wohnung, war hinter einem Fenster schwaches Licht zu erkennen. Aber Penny wusste ja noch nichts von ihm und ging achtlos an der Hausnummer 5 vorbei. Der Lichtschein kam von Bendix' alter Schreibtischlampe, deren fester Fuß und deren kuppelartiger Schirm einen schönen Gegensatz bildeten zu dem Unsicheren, das auf der Schreibtischplatte zur Niederschrift kam. Die Beleuchtung des Aquariums war von der Straße aus nicht zu sehen, und auch Bendix schenkte dem Fließen, Flitzen und Gurgeln keine direkte Aufmerksamkeit. Der große gläserne Kasten beherrschte das Zimmer gleichwohl wie ein Altar, um den kein Blick umhinkam.

11. Juni

Gestern bei arte eine Liveübertragung von irgendwo: Janacek-Streichquartette, darunter die Intimen Briefe. Die Kamera ganz dicht an den Gesichtern der Musiker. Darin das eigentliche Drama: wie bei gebärenden Frauen (so stelle ich es mir jedenfalls vor). Schmerzlich verzerrt, erwartungsvoll geglättet, Augenbrauen verfinstert zusammengezogen, verzückt gehoben, Lippen gepresst, gestülpt, geöffnet. Ein Wiegen und Krümmen, Biegen und Beugen der Oberkörper, um die Klänge zu entbinden. Der erste Geiger und der Cellist in ständigem Blickkontakt, außer in den kurzen Momenten, in denen die Lider sich über den Augen vor unsagbarem Schmerz oder

Glück schlossen, um sich dann ganz langsam, als wäre zunächst eine Last abzuwälzen, wieder hochzuschieben und dem Blick den Weg freizumachen. Der Arbeit des Herzmuskels auf der Leinwand des Gesichts zusehen. Wie einem Film.

Bendix schenkte sich sein drittes Bier ein und dachte zur eigenen Verwunderung an Beatrice. Vielmehr an ihre Stimme, die sanft war und fest. Der Eintrag zur Musik hatte ihn vermutlich an ihr Dirigat im Therapieraum erinnert. Sie trug gern Rot, Burgund, Ochsenblut. Es hatte gedauert, bis er das Gefühl verlor, von einer Dompteuse dressiert zu werden. Die Vorstellung, dass sein Körper, der ihm selbst kaum gehorchte – das Hinken und das Stottern erlebte er als Verweigerung –, sich einer fremden Regie gehorsam unterwarf, verstörte ihn. Aber dann war es ganz anders. Im Grunde fühlte er sich auf der blauen Matratze wie vor seinem Aquarium, entspannt, gedankenfrei, vage und doch gerichtet. Ein Beobachter ohne Lust auf Beute.

Bendix zog auf den Lesesessel um und las in der aktuellen Veröffentlichung der internationalen Fachzeitschrift *Proceedings of the Royal Society B* über die neuesten Ergebnisse der Evolutionsökologie. Erstmals war es Forschern gelungen nachzuweisen, dass der Rotaugenzwerglippfisch seine natürliche Biofluoreszenz dazu nutzt, das eigene Revier zu verteidigen und zu kommunizieren. Indem er in den Tiefen des Meeres dem Blau trotzt und leuchtendes Rot ausstrahlt. Keine Camouflage, sondern offene Kampfansage und Wortmeldung – bei aller Stummheit. Aber womöglich würden Forscher auch die mutmaßliche Stummheit der

Fische demnächst als falsche Annahme entlarven und herausfinden, dass sie sich in einem Frequenzbereich ihre Überzeugungen zuwisperten, der bis dato einfach unerfassbar gewesen war. Der Artikel der Royal Society schloss mit der schönen Vermutung und meeresaffinen Metapher, dass die Zwerglippfischmännchen ihre Fluoreszenz als »private Wellenlänge« nutzten. Und die Weibchen?, dachte Bendix. Und dann dachte er: Wie uns die Visiere drücken!, und hinkte in die Küche. Diesmal trank er direkt aus der Flasche.

Zunächst hatten Laura und Beatrice ungläubig reagiert: »Einen Chauffeur? Über eine Annonce?!« Laura wandte sofort ein, dass sich das ausnehmen würde wie eine verdeckte Kontaktanzeige, Beatrice meinte, eine Zugreise sei naheliegender. Aber schließlich konnten Dodo und Penny die anderen beiden überzeugen.

»Wir brauchen einen Führerscheininhaber mit tadellosem Fahrverhalten und einer klaren Vorstellung von einem lohnenden Reiseziel.« Wohin genau, war nicht wichtig, wichtig war die Fahrt. Einen Monat lang unterwegs sein, Steinbronn den Rücken kehren, den Augen etwas bieten, woran sie nicht abglitten vor lauter Vertrautheit. »Man muss ja nicht gleich manisch werden, aber zu viel Gelassenheit tut auch nicht gut. Wozu Reizschutz, wenn es keine Reize gibt?« Ungefähr so trug Penny es den Freundinnen vor, Lektürereste ihres geradezu fantastisch lang zurückliegenden Studiums gerieten in ihrem Redefluss in plötzlichen Auftrieb; nicht zuletzt sprach sie in der Hoffnung, die Argumente mögen ihr selbst einleuchten. In der Provinz versagten die Kalender, die andernorts Regel und Aussetzung markierten. Es herrschte Dauersonntag, gewissermaßen.

Beatrice, Meisterin im Erfassen schwierigster Gefühlslagen, drückte es so aus: »Wir haben Heimweh nach etwas, das wir nicht kennen. Also müssen wir es suchen.«

»Du meinst einen Ort?«, fragte Laura, die nicht gerne mit Paradoxien abgespeist wurde, wenn es um Wünsche ging.

Als Penny einsprang, geradezu erleuchtet von Beatrices Formulierung, die ihre eigenen stammelnden Bemerkungen stützte und ausrief: »Kein Ort! Aber etwas, zu dem wir in Bezug treten müssen, das uns auffordert, uns zu zeigen« – da wich die Skepsis, löste sich auf wie ein Nebelschleier unter Sonneneinstrahlung. Obwohl Pennys Erläuterung letztlich keinen Deut weniger verrätselt war als Beatrices Satz mit dem Heimweh.

Ein geschäftiger Eifer setzte ein, so als wäre man bereits halb im Aufbruch. Penny legte ihr Strickzeug zur Seite (Socken, Socken, für welche Füße bloß? Mittlerweile war eine ganze Schublade mit Sockenpaaren in allen Farben gefüllt, die meisten entstanden aus aufgerebbelten Pullovern des längst in die Höhe geschossenen Bert), öffnete eine Flasche Wein und tischte Handkäs mit Musik auf. Ein beißender Geruch nach Essig und Zwiebeln machte sich breit, einziges Gegengift: Wein. Der Gastraum war fast leer, im äußersten Eck, weit entfernt vom Stammtisch, an dem die Freundinnen saßen, schmiegte sich ein Pärchen Wange an Wange aneinander und dokumentierte seine Verbundenheit mit einer ganzen Serie von Selbstporträts. Ergriffen schauten sie auf das Display, als gäbe erst die Spiegelung die Essenz ihres Paarseins wieder.

Dodo ging zur Theke und kam mit einem kleinen Block zurück, auf dem normalerweise die Bestellungen notiert wurden (im *Rebstock* war das digitale Zeitalter nur halbherzig ausgebrochen): Die Marschallin Schwiegermutter schrieb mit ausufernden Riesenlettern, Penny in einer Art Druckschrift, als wollte sie der Küche auf keinen Fall mehr verraten als die Wünsche der Gäste. »Text!«, kommandierte Dodo.

»*Chauffeur gesucht für Urlaubsreise*«, sagte Laura und legte sich mit anmutiger Geste die kinnlangen Haare hinter die Ohren. Was bei anderen bloß aussah wie eine Angewohnheit, wirkte bei ihr wie eine bedeutsame Ansage: Ich kläre das.

»*Zuverlässiger Chauffeur gesucht*«, verbesserte Beatrice, aber alle waren sich sofort einig, dass das abschreckend klang. Als wären sie Betreuungskandidaten.

»*Vier Frauen suchen …*« Gelächter: einen Vormund. Man einigte sich als ersten Satz auf: *Wir (4 Frauen ü50) suchen für eine Bildungsreise einen Chauffeur mit Führerschein Klasse I und Fremdsprachenkenntnissen.* Es folgten Überlegungen zu Mietwagen, Bezahlung – nur die Spesen, falls mehr, wie viel darüber hinaus? –, und immer wieder kamen auch Einwände gegen den Plan als solchen. Zu teuer, zu verrückt, zu vage. Bei der zweiten Flasche Wein entstand der zweite Satz: *Vorschläge, das Reiseziel betreffend, sind willkommen, Spesen werden übernommen, Honorar Verhandlungssache.* Bei Satz eins wurde ergänzt: *erfahrener Chauffeur mit Sinn für Ungewöhnliches, Führerschein Klasse I*, »Bildungsreise« allein klang zu sehr nach seriellen Museumsbesuchen. »Sinn für Ungewöhnliches« dagegen erweckte womöglich falsche Vorstellungen, aber die ließen sich ja im jeweiligen Bewerbungsgespräch korrigieren.

»Witzig, das Bild von Bewerbern, die antanzen«, sagte Laura und schmiegte sich an Dodo, die neben ihr saß und deutlich mehr vertrug. »Antanzen und vorsingen, und wir können aussuchen. Vier Unerbittliche.« Lauras Zunge stieß ein wenig an, aber die Logopädin in ihr war ausnahmsweise außer Dienst. Und trotz des Steinbronner Bocks war sie diejenige, die verhältnismäßig klar dachte: »Mädels, haben wir nicht vor bald dreißig Jahren Berlin aus ähnlichen Gründen verlassen und Steinbronn die Seligkeit zugetraut? Was ist los mit uns? Zu viel Appetit?« Das hatte sie aus dem Lateinunterricht behalten: »appetere« heißt eigentlich »streben nach Vollendung«. Schließlich siegte aber bei allen vieren die Albernheit über die Bedenken, eine wunderbare Albernheit, die dem Staunen über die eigene Kühnheit entsprang.

»Wir sind dreist!«, rief Dodo. »Ist das nicht herrlich! Männerlese statt Weinlese, wir suchen uns einen, der gehorcht, Teufel noch mal.«

»Und jung ist, schön ist, schlau ist.« Sie fielen einander ins Wort. Schwarzhaarig, nein, egal, Hauptsache Haare, kein Ohrring, keine Tattoos. »Er muss Gesellschaftsspiele hassen, kochen können und zuhören.« Keine behaarten Schultern, keine kurzen Zehen und keine Sandalen. Keinen Nackenwulst. Keine Fotos im Portemonnaie. Keine Cargohosen und kein T-Shirt mit Sprüchen. Ebenso wenig halbärmelige Hemden, nur lange Ärmel, aufgekrempelt. Uhrenarmband aus Leder. Hände! Hände waren wichtig: Weise sollten sie sein. Das sagte Penny.

»Weise?« Dodo schnappte nach Luft, »so ein Unsinn, ich will keine weisen Hände, ich will in feste geraten.«

»Kein Privateigentum«, riefen die anderen drei, »wir sind eine Kooperative!«

So ging es, bis sie vom Lachen erschöpft und zum Fortspinnen zu betrunken waren.

Die Anzeige würde im *Moselboten*, einem Ableger der *Rhein-Zeitung*, erscheinen. Penny schloss die Tür zum Gastraum hinter sich ab, nachdem die drei Freundinnen aufgebrochen waren, und tastete sich mit wackligen Beinen durch den schmalen Gang zu ihrer Wohnung. Der Geruch nach Hefe, Fass, Gärendem, Unfertigem entströmte den Mauern. Er machte die Haut klamm und die Lungenbläschen klebrig. Penny fühlte sich davon seelentief durchdrungen, selbst die Tränen schmeckten nach Wein, »Wein weinen«, nuschelte sie, ihre persönliche Wortgeschichte. In der Diele hielt sie inne, die körperwarme Dämmerung, die Schläfer erzeugen, tat wohl. Sie schaute durch die spaltbreit geöffnete Tür in Berts Zimmer und beruhigte sich im Takt seines Atmens. Ohne im eigenen Zimmer nebenan Licht zu machen, glitt sie aus den Kleidern und kroch unter die Decke, zu träge, um ihr Gesicht zu waschen und die Zähne zu putzen. Sie versetzte der zweiten, Ottos Decke einen kräftigen Stoß, sodass sie halb von der anderen Betthälfte herabhing. Dann zog sie sein Kissen zu sich herüber, umarmte es, drückte ihr Gesicht hinein, keine Spur von Otto, nur Aloe vera, das Frühlingsversprechen des Waschmittelherstellers. Sie konnte sich überhaupt nicht mehr erinnern, wie es sich einschlief im Beisein eines weiteren lebendigen und sterblichen Körpers, der gemeinsam mit ihrem Zukunft erschaffen hatte, Zeit, die über die eigene Lebensspanne hinausging. Sie rieb ihre kalten Füße aneinander. »Ihr wenigstens seid zu zweit«, schon im Halbschlaf gemurmelt, »ich aber schlafe allein.«

Die drei anderen waren bis zur Kreuzung, an der Laura zu ihrer Wohnung abbiegen musste, gemeinsam gegangen, eingehakt und nicht ganz trittsicher.

»Steinbronn wieder mal in flagranti erwischt, beim Eingeschlafensein«, sagte Dodo in die leeren Straßen hinein. »Erster Preis beim Wettbewerb *Unser Dorf soll stiller ruhen.*«

Beatrice nickte zwar, rüttelte aber dennoch ein wenig an Dodos festem Oberarm und sagte: »Sei froh, du wärst doch die Letzte, die den Berliner Dauerauftrag zum Durchfeiern begrüßen würde.«

»Wichtigtuer«, ergänzte Laura, »Hauptstadthochstapler! Bluffer!« Sie zog ihre Hand aus Dodos Armbeuge, »macht's besser, Mädels«, schwankte, fing sich und stakste auf ihren langen dünnen Beinen weiter. Im Lichtschein der Straßenlaterne, kurz vor ihrem Hauseingang, leuchteten die hellen Haare noch einmal auf wie ein Gruß oder Winken, dann war sie verschwunden. Die immergrüne Laura. Nie wurde sie schütter. Und belohnte sich täglich mit sich selbst.

Beatrice, die ihr versonnen nachschaute, meinte es keinesfalls so böse wie es klang, im Gegenteil: Sie, und wohl auch die anderen, bewunderten Lauras unverwüstliche Fassung, sie sahen in ihr eine geradezu athletische Höchstleistung in der Sportart Zeitkampf.

»Komm«, sagte Beatrice zu Dodo, »es geht weiter.« Aber Dodo blieb stehen, mit störrisch durchgedrückten Knien wie seinerzeit auf dem Foto vom ersten Schultag, und verkündete in dem Kathedertonfall, den Betrunkene gern annehmen: »Steinbrech ist meine

Lieblingsblume! Wuchert wie Kraut und sprengt den Fels, ein freier Radikaler unter unseren Fußsohlen. Und Asphalt gibt es schließlich überall. Wir sind schon richtig hier.« Dann warf sie eine Kusshand in den Himmel, küsste Beatrice zur Besiegelung herzhaft auf beide Wangen und setzte sich in Bewegung; Zwiebel entgegen, dessen erwartungsvolles Bellen trotz der Entfernung schon zu hören war.

Und Beatrice, ein wenig verwaist und durch die Küsse wie entlassen, glaubte unter ihren Füßen tatsächlich den Eifer der Wurzeln zu spüren, sich zu verbünden. Und es tröstete sie auf den letzten, allein zurückzulegenden Metern, dass sie an diesem Abend gemeinsam eine Art Pilgerreise beschlossen hatten. Sich also etwas anvertrauen mussten, einem höheren Sinn, einem Ziel oder doch wenigstens dem Chauffeur – wenn auch nicht im Geringsten klar war, welchem oder wozu. Wäre man nicht ratlos, müsste man nicht pilgern. Mit diesem Gedanken schlief sie ein. Und der Fluss schlug sacht an die Ufer, Abrieb und Liebkosung, zärtliche Maßarbeit, sein Bett zu vertiefen, in Schlamm und Sand immerwährend fließen, in Schlamm und Sand immerwährend erliegen. Der Fluss ersehnt Tiefe und lenkt uns ab durch Erstreckung. Die Strömung ist die erste Lektion.

Der nächste Morgen war herrlich. Einer dieser Morgen, die eigentlich Tatendrang auslösen und Zuversicht. Laura nahm das zur Kenntnis. Und brühte sich gleichwohl eine Tasse Grüntee, gegen Kopfschmerzen, schalen Zwiebelgeschmack und das Gefühl, falsch zusammengesetzt zu sein. Karosserieschaden, das kannte sie schon lange. Die Pubertät war ein einziger ausgedehnter Migräneanfall gewesen, auf die Zumutungen der Botenstoffe hatte ihr Körper mit Krämpfen reagiert. Migräne hatte auch dem Ballettunterricht ein Ende gesetzt, ab fünfzehn keine Pliés mehr. Geblieben war der Gang mit starkem Aufschwung auf den Fußballen und die graziöse Affektiertheit einer Ballerina, welche die allerersten Kussanwärter lähmte. In der Rückschau schien es ihr, als habe sie nie ohne Schüssel neben dem Bett geschlafen, um für den Fall gerüstet zu sein, alles wieder von sich zu geben, was sie tagsüber zu sich genommen hatte. Für immer Kind bleiben, kein Wachstum, schon gar nicht in die Breite, keine Veränderung – sie hatte alles gelesen, was Wissenschaftler und Therapeuten zum Thema »Verweigerter Übergang« geschrieben hatten. Und es als halbe Wahrheit archiviert. Die andere Hälfte war und blieb ungewiss, darauf bestand Laura. Sie öffnete beide Fensterflügel ihres Schlafzimmers, bevor sie sich an den kleinen Sekretär setzte, an dem sie zu Hause arbeitete. Der Fluss zog ein mit seiner verheißungsvollen Geruchsmischung aus Uraltem, morgendlich Neuem und Weitgereistem. Darüber lag das Flötenkonzert der Amseln, Generalprobe für den abendlichen Auftritt. Laura schrieb: *Wir, vier Frauen (ü50), suchen* etc., und tippte energisch auf Senden. Sie hatte dem vereinbarten Text hinzugefügt, dass man sich sehr auf den Richtigen freue. Kaum war die Nachricht verschwunden – *Ihre Nachricht wurde erfolgreich versendet* –, trat ein Unbehagen ein, das einerseits mit dem Unheimlichen der noch immer unvorstellbaren Transportwege, die zum Adressaten, vielmehr zu dessen Rechner und

Bildschirm führten, zu tun hatte und andererseits mit ihrer eigenmächtigen Entscheidung, den Richtigen anstelle des Geeigneten aufgefordert zu haben. Lauras Blick folgte den Möwen, die über dem Fluss kreischend ihre Runden zogen. Immer hörte es sich so an, als stritten sie erbittert. Egal, es würden sich Kandidaten melden, und ihnen allein, den Freundinnen, oblag die Entscheidung über Zu- und Absagen.

Dodo biss da schon in ein mit Quark und Marmelade bestrichenes Brötchen; sie hatte längst eine Runde mit Zwiebel gedreht, die Bewässerung in Gang gesetzt und sich die Zehennägel lackiert. Ihre schönen Füße waren neben den schmalen Hüften etwas, worauf sie stolz war. Den Füßen sah man im Unterschied zu den Händen die Arbeit mit Dreck und Erde nicht an. Ihre Füße verrieten, dass alles auch ganz anders hätte kommen können. Dodo hatte ein Rot gewählt, das sie klassisch fand, vielmehr: das Klasse hatte; im Unterschied zu den metallischen Farben, die ihr neuerdings an jungen Frauen auffielen. Jetzt, beim Frühstück, saß sie mit ausgestreckten Beinen, die Tür zur Terrasse offen, damit der Luftzug den Lack trocknen konnte. Vom Rot schweifte ihr Blick auf derselben Sichtachse in den hinteren Teil des Gartens, wo der leuchtend blaue Rittersporn blühte. Die langen Wedel wiegten sich im Wind mit der Bedächtigkeit von Würdenträgern; dem benachbarten hellrosa Phlox in höflicher Konversation zugeneigt. Phlox war für Dodo eindeutig weiblich, männlicher Artikel hin oder her, die kleinen Blüten ein Grüppchen verschwatzter Freundinnen. Es gefiel ihr, sich in den Beeten, wie in anderen Nachbarschaften und Verhältnissen auch, Verbündungen, Sympathien und Antipathien auszumalen, aber sie behielt es für sich: Weder die Freundinnen noch ihre Liebhaber konnten, das wusste Dodo, mit ihrem beseelten Weltbild etwas anfangen. Sie hatte es sich in der Kindheit aus Notwehr zugelegt: Die Hummeln, Würmer, Käfer, Schnecken und Pflanzen widersprachen schließlich nicht, wenn sie auf Dodos Handteller zur Begutachtung saßen oder eingebuddelt und zum Komplizen erhoben wurden. Ebenso wenig die streunenden Katzen und herrenlosen Hunde, mit denen sie die langen Nachmittage nach Schulschluss verbrachte, um nicht der Mutter zu Hause in der dämmrigen Wohnung beim Trauern im Weg zu sein. Oder dort allein zu sein. Denn die Mutter hatte ihren früheren Beruf wieder aufgenommen und arbeitete in einer Apotheke. In der Schule ließ die Lehrerin sich von den Kindern allmorgendlich die ausgestreckten Hände zeigen; da lernte Dodo aus ihrem angewidert verzogenen Mund das Wort »Trauerränder«. Und verstand: Kummer war ansteckend.

Wäre man zu der mittlerweile fortgeschrittenen Vormittagsstunde von Dodos Gärtnerei zum *Rebstock* gegangen, quer durch die Stadt, die A-Straße entlang (wie sie auch von den Freundinnen seit der missglückten Aktion genannt wurde), vorbei an Drogeriemarkt, Kaffeekette, Nagelstudio und drei Apotheken, wäre einem sogleich ins Auge gefallen, wie arglos Steinbronn war: zufrieden mit sich und einig mit der Welt, die ganz woanders lag. Woran man die Arglosigkeit erkannte? Wenn die Steinbronner hinter ihren Ladentheken standen oder vor dem Geschäft ihre Aufsteller in Position brachten oder mit lauter Stimme ihre Einkaufswünsche vortrugen: daran, dass sie keine Angst hatten, jemandem zu schaden. Unbedacht übten sie Macht aus, unüberlegt zeigten sie Überlegenheit. Und ließen einigermaßen mundtot zurück, wer die Straßen und Lebenswege schwankender beschritt als sie selbst. Zwei Söhne der Stadt hatten es zu etwas gebracht und kamen zum Fasching im Februar zurück, um sich für ihre Verdienste würdigen zu lassen. Der eine hatte sie in der Politik erworben, der andere als Filmregisseur. Beide Männer kamen zuverlässig zum großen Umzug der Karnevalisten nach Steinbronn. Der Regisseur musste bedauerlicherweise aufgrund einer kurzen Haftstrafe zwei Jahre pausieren, denn es hatte sich herausgestellt, dass seine Dokumentarfilme bezahlte Statisten zeigten, die sich als Stuntmen des Grauens anheuern ließen, und nicht etwa wirklich Betroffene waren. Er fuhr gewöhnlich hoch oben auf dem Prinzenwagen mit und warf mit herrschaftlichen Gesten Bonbons unters Volk, an denen man sich die Zunge aufschlitzte. Aber auch der Politiker, selbst immer mal wieder Gegenstand harmloser Pappmacheekarikaturen, ließ es sich nicht nehmen, seiner Geburtsstadt die Aufwartung zu machen. Und so viel vom Steinbronner Bock zu trinken, dass Politik einfach nur ein Wort mit sieben Buchstaben wurde. Wie Strumpf. Oder Fleisch.

Ottos Abgang, Aufbruch oder Verschwinden wurde, das wusste Penny natürlich, ausführlich unter den Steinbronnern besprochen. Durchaus auch im Gastraum des *Rebstock*, den Ottos Mutter mit einer Miene durchschritt, welche die Gäste zwar ihre Stimmen senken, nicht aber den Mut sinken ließ beim Fällen des Urteils: Der Otto musste sich emanzipieren. Und das geht nur dort, wo die Frauen es noch nicht sind, also in Asien. Penny hatte sich einen Blick angewöhnt, der zeigte, dass sie diese Mutmaßungen übersah, in beiderlei Sinn des Wortes. Manche nannten sie aus diesem Grund Madonna.

Sie genoss es, allein zu frühstücken. Bert schlief bis mittags, die Schwiegermutter stand nicht vor zehn auf. Penny konnte also in der Versonnenheit frühstücken, die ihr in Gesellschaft die Nachfrage beschert hätte, warum sie Löcher in die Luft starre, anstatt ihrem Gegenüber Aufmerksamkeit zu schenken oder die Zeitung zu öffnen. Sie saß ganz still, spürte die ersten Schlucke des heißen Kaffees den Schlund hinabfließen, als wäre in ihm eine Lunte gelegt. Ein leichter Luftzug durchs gekippte Fenster streifte sie, die Schultern sackten und der Bauch wölbte sich. Keine Haltung in dieser vom Tag ausgenommenen Stunde, kein Gedanke, nur flacher Puls, schlucken, kauen, atmen. Penny fühlte sich unmerklich. Draußen schlugen die ersten Lieferanten die Autotüren ins Schloss, das Rattern der Karren auf dem Pflaster, Zurufe, Geschrei. Penny zog den Gürtel des Bademantels enger und hielt ihre Henkeltasse mit beiden Händen und ausgestreckten Armen vor sich, als wäre sie ein geweihter Gegenstand oder eine Gabe an den nächsten mit irgendeiner Hoheit verbündeten Eintretenden. Versinnbildlichung der Bitte, sie zu verschonen. Morgens war das so; die Haut durchlässig, der Auftrieb gering.

Das Gestöber im Kopf würde sich legen, im Laufe des Tages, der kaum einen freien Moment vorsah. Otto hatte sie gewarnt, wenn man jemanden aus der Gastronomie heirate, sei das ein halber Witwenstand: von Beginn an mit Abwesenheit rechnen. »Ich bin der

Weinstock, ihr seid die Reben« – bei Berts Taufe hatte Otto ihr das zugeflüstert. Nun, fast zwei Jahrzehnte später, wusste Penny nicht mehr, ob das ein Fall von Selbstüberhebung war oder eine Rentenversicherung. Seit Otto fehlte, hatten die Unschärfen zugenommen, die Konturen lösten sich auf, wo kein Blick sie nachzeichnete.

Ich verlaufe, ich verlaufe mich, dachte Penny, stand auf, nahm ihr Strickzeug und ließ die Nadeln klirren. Wie sehr Bert seinem Vater glich! Bis in den gerade einsetzenden Bartwuchs hinein, rötlich-braun, an den Seiten mit kleinen Ausläufern in Richtung Jochbein. Und der Gang! Federnd, entschlossen, als könnte sich nichts als Irrtum erweisen, kein Schritt, keine eingeschlagene Richtung. Ihre Körperhaltung dagegen wurde von Ottos Mutter getadelt: »Du sitzt wie ein Fragezeichen.« Wie sonst, dachte sie, wie sonst soll ich sitzen, stehen, liegen, wenn das Fragliche so zunimmt. Befund: Muskelschwund und Herzverzagen, im Wartezimmer diagnostiziert. Der Nächste, bitte! Nun lächelte Penny ein wenig, das zwiespältige Lob ihres Deutschlehrers in der Oberstufe war ihr eingefallen: »Ihre Formulierungen, liebe Penelope, wickeln noch das Sperrigste ein wie in Geschenkpapier.« Sie ließ das Strickzeug in den Schoß sinken, wie gut, dass sich etwas ändern würde! Denn das lieferte eine Reise, jede Reise doch: den Beweis, dass es auch anders geht. Dass andere Bewegungen zu etwas führten, einer neuen Gegend und einem neuen Blick.

Beatrice hatte einmal von Ben-Gurion erzählt. Der wollte von Feldenkrais den Kopfstand lernen, geübt, geübt hatte er, immer wieder, lang vor der Streckung waren die Beine eingeknickt, er habe es einfach nie geschafft, und dann! Auf einmal, vor Publikum, sich des Sakkos entledigt, Schulterstand, Beine langsam aus der Beuge gelöst und in die Höhe gereckt, kerzengerade. Ben-Gurion stand Kopf! Leider hatte Penny vergessen, welche wohltuenden Folgen diese neue Weltsicht für ihn oder den jungen Staat Israel gehabt hatte – und ob überhaupt. Aber Beatrices Schwung beim Erzählen dieser Episode war ihr noch ganz im Ohr und verhalf ihr zu dem sicheren Gefühl, dass auch durch ihr Leben ein solcher Ruck gehen würde. Sie stand auf, öffnete das Küchenfenster und rief den Lieferanten zu: »Ich komme!«

1. August

Rechtes Bein schmerzt. Nicht recht weitergekommen bei Dante: Die schlimmste Strafe für die Verfemten ist, keine Todeshoffnung haben zu können. Wir kennen trotz Christentum nur die Todesfurcht. Die Gewissheit des Todes als Bedingung für die Möglichkeit der Liebe: Nur das vom Verlust Bedrohte wird geliebt. Stimmt das? Ich weiß es nicht, daraus könnte man schließen, dass ich nicht lebe. Spinoza matt, merkwürdige Flossenbewegung, trudelt, Arendt/Blücher wohlauf. Stammen von einem guten Händler. Ich trinke zu viel, ich rauche zu viel, morgens – jetzt – die Rechnung: Selbstabstoßung, Sodbrennen, fauler Atem. Fort! Selbst das Nachdenken klemmt in diesen engen Straßen. Überall das heitere Wangenrot der Weintrinker und die polierten Äuglein. Tausendmal lieber Kölsch und Köln. Ich könnte die Wohnung verkaufen. Fort, fort, fort! Glaube schließlich nicht an Tote, die sich im Grab umdrehen, die Mutter eingeschlossen. Pro-

jekt »Privatgelehrter« kurz vor dem Scheitern. Und das Projekt »Liebenswerter Einsiedler« auch. Unter Umständen gelte ich nicht einmal als ein Nachbar, der klaglos den Müll der alten Damen vom Erdgeschoss und ersten Stock zu den Tonnen trägt. Auch wenn ich es tue.

Der Lauf der Mosel eine Krampfader, vom Deutschen Eck bis in die Vogesen.

Wie viel Scheiße unter unsern Füßen schwappt.

Bendix ließ die Aufzeichnungen liegen, erhob sich und begann mit einigem Ingrimm die Übungen, die ihm Beatrice gezeigt hatte: in Bauchlage Bein anwinkeln, Kopf heben, dann seitlich abrollen in die sitzende Position, über die Drehung in der Hüfte zum Stehen. Zeitlupe. Er hörte Beatrices Stimme, spürte den Druck ihrer Hände; beides schien in den Bewegungen, also in seinem Körper, gespeichert. Welch merkwürdige Einnistung! Zeitlupe, das war die Zeit vor dem Aquarium, eine beruhigende Verschärfung der Sehverhältnisse bei gleichzeitig einsetzender Milde. Andernfalls wäre die ungeheure Behändigkeit der Fische, schien ihm, viel zu schnell für menschliche Augen, nicht mehr als ein farbiges Aufblitzen. Zeitlupe war Feldenkrais für den Sehmuskel. Und Beatrice unnahbar. Das war er wohl auch. Nur, bei ihm erzeugte die Unnahbarkeit in den anderen ein Gefühl von Ferne, bei ihr den Wunsch nach Nähe. Bendix schloss seine Exerzitien ab und verzichtete beim Aufstehen auf fließende Bewegungen. Das hatte sie davon, Beatrice, die Gottgelobte, Reine!

Er ging ins Bad, drehte den Wasserhahn auf und befriedigte sich selbst. Im Stehen, geübt, ein paar Handgriffe. Drei, vier Bilder, verblichen wie die Heftchen, aus denen sie stammten, reichten aus. Vollkommen lautlos das Ganze, dennoch: Er hatte immer das Wasser laufen lassen. Nicht weil er früher hätte fürchten müssen, dass seine Mutter etwas hören könnte. Er war es, der das eigene Seufzen nicht durch die Gehörgänge wieder eintreten lassen wollte. Dabei seufzte er ja gar nicht, sondern knickte nur in den Knien ein wenig ein, mechanische Abfederung. Als Heranwachsender hatte ihn seine Lebenslangeweile gefreut, sie schien ihm Nachweis einer Hervorhebung. Heute war die Wunschlosigkeit für ihn ein Zustand der Dürftigkeit, glanzlos und nicht einmal als Konsumkritik zu gebrauchen. Sein Samen floss gurgelnd ab, das Wasser trübte sich kurz ein, Sekunden später färbte es sich von der desinfizierenden Mundspülung für Raucher grün. Bendix riss beide Fensterflügel auf. Rabengekrächz drang herein und brach die Stille, ein Luftzug bewegte die kümmerlichen Wedel des Farns, der auf dem dreibeinigen Schemel stand, welcher seinerzeit in der Küche der Mutter dem Kind Bendix als Sitzgelegenheit gedient hatte. Von dort aus hatte es nur die untere Hälfte der Welt in Betracht gezogen. Die hinter hautfarbenen, blickdichten Strümpfen verborgenen Beine der Mutter hatten so unbeirrt fest auf dem gekachelten Boden gestanden, dass man sich, solange man den Blick nicht hob, keine Sorgen machen musste.

Den Rest des Vormittags widmete Bendix sich seinen Lektüren, der Reinigung des Aquariums und schließlich dem Schreiben des wöchentlichen Briefes an seinen Freund Friedrich. Friedrich, Kommilitone und überhaupt Weggefährte aus Zeiten, die noch

Wege zu eröffnen schienen. Gemeinsames Studium der Geschichte und der Philosophie. Mit weiteren zwei Kommilitonen hatten sie einen Gesprächskreis gegründet, einer war Sokrates und stellte die richtigen Fragen, die anderen stellten sich zunächst dumm. Keine Frau weit und breit. Sie mochten das, aus der Zeit fallen: Es half dem Bedeutsamen, zum Vorschein zu kommen. Friedrich war längst zurück in Köln, teilte dort eine riesige Wohnung und ein großes geerbtes Vermögen mit mehreren Echsen, derentwillen Temperatur und Luftfeuchtigkeit konstant und unnötigerweise – schließlich dösten die Tiere in luxuriösen klimatisierten Terrarien – tropisch gehalten wurde, sodass alle Fenster, dauerhaft geschlossen, Tränenbahnen von Kondenswasser aufwiesen. Die Echsen waren nun seine Gegenüber im Gespräch, das sich in langen Blickwechseln vollzog. »Echsen haben die geheimnisvollsten, unergründlichsten Augen«, sagte Friedrich. »In ihrer Iris verpixelt sich Urgeschichte.« Meist hinter den Lidern verborgen, die sich von unten und oben schlossen, ganz so, als wäre dahinter ein Bildschirm.

Lieber Friedrich, schrieb Bendix, *hier alles paletti bis auf die morschen Knochen, trübe Laune und provinzielle Gelassenheit. Und bei Dir?*

Weiter reichte sein Antrieb nicht. Etwas kam ihm abhanden, entzog ihm förmlich die Kraft, den Stift zu führen. Möglicherweise war es auch nur der einsetzende Lärm der Kehrmaschine, die unter seinem Fenster die Überreste der Nacht verschluckte. Und mit ihrem Getöse verhinderte, dass man bei einem auf Zimmerlautstärke eingestellten Radio die 12-Uhr-Nachrichten verstand. Die zwei erneut ausbrechende

Bürgerkriege, einen Flugzeugabsturz und konstante DAX-Werte meldeten.

Ein gewöhnlicher Freitag, nur noch zwei Stunden bis zum vorgezogenen Feierabend, den Bendix und auch alle vier Freundinnen gern einmal wieder im Wortsinn erfahren hätten: als Feier. Immerhin hatte Penny den Freitagabend an ihre Schwiegermutter abgeben können, weil der Polnischkurs für Anfänger (»Warum willst du Polnisch lernen? Dir die Zunge brechen! Die können doch alle noch Deutsch!«) um 18 Uhr begann, gerade dann also, wenn sich der *Rebstock* zu füllen begann. *Ja nazywam się Penelope* schrieb sie in ihr Heft: *Ich heiße Penelope*. Nur wenige Sätze einer Sprache zu beherrschen löste geradezu ein Glücksgefühl aus, so als wäre die Welt mit zwei, drei Pinselstrichen ganz erfasst. Und wie heißt du? … Die drei Pünktchen malte Penny als Platzhalter für das Kommende. Im Kurs gab es neben ihr eine weitere Teilnehmerin, ansonsten nur Männer, die entweder bereits mit einer Polin verheiratet waren oder vorhatten, sich auf dem aussichtsreicheren polnischen Heiratsmarkt umzusehen. Die Verheirateten hatten einen großen Wortschatz Küche und Essen betreffend. Auch Grußkarten schrieben sie ohne viel Nachschlagen und Nachdenken, Grammatik aber war ihnen gänzlich fremd. Penny quälte sie lustvoll, indem sie kundige Fragen nach Kasus, Genus und Deklination an die Lehrerin richtete und mit ihr die tückischsten Ausnahmen der Regeln besprach. Sie erntete hasserfüllte Blicke. Die Unverheirateten opponierten gegen die Bevorzugung des Häuslichen im Wortschatz und verlangten nach Anbahnungsvokabular. Sie ließen Penny spüren, dass es kein großes

Wunder war, wenn sie sich andernorts nach Frauen umsahen. Eine wie sie, Penny, war der beste Beleg für die Notwendigkeit dieser Maßnahme. Und sie schrieben von der Tafel ab: *Du hast eine tolle Figur.*

Anstatt direkt zum *Rebstock* zurückzugehen, machte Penny einen kleinen Umweg, der sie zum Fluss führte. Durch den Fußgängertunnel, den ihr Sohn als Kind so angstvoll geliebt hatte. Auch sie empfand den modrigen Geruch als etwas Bedrohliches. Nein, nicht bedrohlich, sondern als etwas, das ihr eigentlich zu erfahren nicht zustand: als gäbe der Fluss etwas aus der Tiefe seiner Eingeweide preis, in deren Schlamm die Flussgeister, die Liebesspione (die wussten, wo Otto war), die Ergüsse der Abgewiesenen und die leeren Anrufungen aller Witwen miteinander vergoren und verschworen waren. Sie stand, witterte und lauschte: War da jemand, kam da jemand, der sie umhegen würde?

Am nächsten Tag, Samstag, erschien die Anzeige im *Moselboten*. Auf der Titelseite prangte ein Foto des freigesprochenen Formel-1-Managers, dessen Name klang wie eine Reifenfirma, mit seinem ihn um etwa einen halben Meter überragenden Anwalt. »Schau mal, Zwiebel«, sagte Dodo beim Frühstück zu ihrem Hund, »so sehen Gangster aus. Nur dass der eine sich die Haare zurückkämmt und der andere in die Stirn. Ansonsten: eineiig. Meine Güte, Zwiebel, das ist Dekadenz.« Zwiebel antwortete nichts.

Weil samstags das Frühstück auch in Steinbronn etwas länger ausfiel als an Arbeitstagen, blieb die Anzeige der vier Freundinnen nicht ungelesen. Natürlich musste Laura sogleich den drei anderen, die ziemlich aufgebracht waren, am Telefon erläutern, was sie bewogen hatte, nach dem Richtigen statt dem Geeigneten zu suchen. Wobei auch »geeignet« nicht richtig schien (das war Lauras Glück), denn man suchte ja nicht nach einem Gerät, sondern nach einem Chauffeur. Noch am selben Tag erreichten Laura weit über zwanzig Bewerbungen, förmliche, dreiste, rührende. Eine Aufregung setzte bei allen ein, wie vor einer Prüfung oder bei einem unverhofften Blickwechsel. Sie beschlossen in mehreren Telefonaten, die – jedenfalls in der Häufung – überflüssig waren, aber der Vorfreude dienlich, sich abends im *Rebstock* zu treffen.

Dodo trug eine Art Kaftan, kupferfarben, feierlich wie eine Hohepriesterin; an ihrem rechten Handgelenk klirrten gehämmerte Armreifen. Laura kam im schmal geschnittenen Hosenanzug, Beatrice gleich im Anschluss an ihren letzten Kurs in dem unauffälligen, praktischen Arbeitsaufzug, den Laura spitz mit »One size fits all« kommentierte, aber mit einem roten Paschminaschal über den Schultern. Penny trug Jeans und Bluse, hatte sich jedoch, ungewöhnlich für sie, geschminkt. Kurzum, die vier wirkten allesamt so, als hätten sie selbst ein Vorstellungsgespräch zu absolvieren und nicht ihrerseits über Kandidaten zu beraten gehabt. Laura hatte die Anschreiben ausgedruckt. Von den dreiundzwanzig blieben fünf übrig, die vielversprechend klangen oder doch wenigstens sachlich blieben. Also keine Angaben zum Muskelstatus, zur Potenz und zum Fassungsvermögen der Leber machten.

Noch Wochen später, längst auf der Reise (wenn auch anders als erwartet) und mit der getroffenen Entscheidung äußerst zufrieden, riefen sich Penny, Dodo, Laura und Beatrice zum eigenen Vergnügen die Interviews mit den Anwärtern in Erinnerung. Wie der eine die wenigen verbliebenen Haare mit Kleber auf dem kahlen Schädel befestigt hatte oder der zweite mit der Selbstauskunft aufwartete, er sei ein Energydrink, Proteine ohne Ende, oder der dritte, der sich pries als der größte Witzeerzähler – Witwenwitze im Besonderen. Oder der mit den rührend blonden Wimpern, die sich über seinen Augen im verblichenen Blau des *prewashed look*, wie Laura bemerkte, immer wieder schlossen, als würde er den Blickkontakt mit den vier Frauen andernfalls nicht verkraften. Zu seinen Gunsten brachte er vor, dass ihm das Einparken leichtfiele. Als Dodo erwiderte, dass sie vom Parken genug hätten in Steinbronn und vielmehr das Ausparken suchten, senkten sich die blonden Wimpern erneut herab, und er verstummte gänzlich. Er trug ein blaues Hemd mit weißem Kragen, das allein disqualifizierte ihn für Dodo. Und Pennys Blick ruhte ungnädig auf einem kleinen Kettchen mit Kreuz, das er um den Arm trug, seit der Kommunion, mutmaßte sie und roch förmlich den Weihrauch. (»Hier ist sogar die Luft katholisch!«, hatte Dodo ausgerufen, als sie – vor wie viel hundert Jahren? – Penny noch vor ihrem eigenen Umzug das erste Mal in Steinbronn besucht hatte.) Die Sicht der Bewerber auf diese Viererkette der Inquisition muss uns leider verborgen bleiben; die Mienen derer, die schon von der Eingangstür aus ihre Autos elektronisch entsperrten, sprachen dagegen Bände: Witwenangst. Und dann noch eine Reise ohne ein feststehendes Ziel, geplantes Umherirren – zu irre!

An jenem Abend im *Rebstock*, als beschlossen wurde, wer zu einem Gespräch eingeladen werden sollte, hatten sich die vier, traditionsbewusst bei Handkäs mit Musik und dem üblichen Steinbronner Bock (bei Penny zu Schorle verdünnt, bei Laura nur Wasser) einige Fragen überlegt, die sie an jeden der fünf Anwärter nach der Bitte um eine kurze Selbstvorstellung richten würden. Nämlich: Welche Eigenschaft besäßen Sie gern? Ihr liebster Zeitvertreib? Was ist Ihnen wichtig (das, so Beatrice, war die verschleierte Frage nach des Betreffenden sozialer Kompetenz)? Seit wann haben Sie den Führerschein? Haben Sie Punkte in Flensburg? Was reizt Sie an der Aufgabe (wahlweise Reise)?

Die Antworten der vier ersten Bewerber gaben viel Anlass zu Heiterkeit oder Trübsinn. Als liebster Zeitvertreib kam das Biertrinken und Fußballschauen erwartungsgemäß auf vordere Plätze, Kino wurde genannt, Dart spielen, im Kirchenchor singen, aber auch die Jagd (Glatzkopf) und Perry Rhodan (der Einparker). Der fünfte war Bendix. Als er eintrat, erschrak Beatrice leicht; er rückte lediglich die Brille auf dem Nasenrücken zurecht, dann nahm er Platz und sagte: »Hallo zusammen, wir kennen uns ja schon von der Adolfstraße.«

So ging es weiter:

»Welche Eigenschaft besäßen Sie gern?«

»Leichtsinn.«

»Was ist Ihr liebster Zeitvertreib?«

»Den Fischen zuschauen.«

»Was ist Ihnen wichtig?«

»Aufschub.«

(Meinte er die Frage oder war das seine Antwort? Blickwechsel untereinander, Uneinigkeit.)

»Seit wann haben Sie den Führerschein?«

»Seit meinem zwanzigsten Lebensjahr.«

»Haben Sie Punkte in Flensburg?«

»Weder dort noch im Himmel.«

»Was reizt Sie an der Reise?«

»Die Erfahrung.«

Und der Bitte um ein paar Worte der Selbstdarstellung folgend, sagte er: »Ich bin ein Idiot, also das Gegenteil eines Staatsmannes. Ich bin Privatier und will es auch bleiben.«

Alle waren von der Situation überfordert. Die vier Freundinnen wussten nur ungenau, wie sie sich als zukünftige Arbeitgeberinnen zu benehmen hatten, und entließen jeden Kandidaten, auch Bendix, sofort nach der Befragung mit dem steifen Satz: »Sie werden von uns hören.«

Bendix erhob sich, klopfte auf die Tischplatte und sagte Tschö; diesmal, im Unterschied zu seinem Abschied nach dem Adolfstraßen-Treffen, fügte er allerdings hinzu: »Bis denne.«

Selbstredend war es nicht genau so verlaufen. Selbstredend war auch die Erinnerung an die Befragungen der Abgelehnten mit jedem erneuten Aufruf bearbeitet, geschliffen und zugespitzt worden. »Wir runden ja auch beim Zählen auf, warum dann nicht beim Erzählen«, hatte Dodo kurz und bündig befunden und Laura, die gelegentlich anmahnte, bei der Wahrheit, vielmehr den Tatsachen zu bleiben, Buchhalterin genannt. Als Beleg für die Berechtigung ihrer Mahnung führte

Laura an, dass das Abitur und die abgeschlossene Betriebswirtschaftsausbildung des Kandidaten, der sich – unter anderem und metaphorisch – als Energydrink beworben hatte, in der Nacherzählung unterschlagen worden waren. Einfach so, um der Polemik willen und des Vergnügens beim Vergegenwärtigen der Situation; das man sich nicht nehmen lassen wollte, nur weil jemand Betriebswirtschaftslehre mit Erfolg zu Ende studiert hatte. Laura waren noch die entzündeten Nagelbetten des Kandidaten aufgefallen, aber das behielt sie für sich.

Aber bei Bendix waren sie sich einig: So und nicht anders hatte er geantwortet. Einsilbig und als hätte er es geprobt. Wie aus der Pistole geschossen. Wie bei einem Quiz. Oder als müsste er Passwörter angeben. Allerdings hatte es unter seinen Antworten auch einige Sätze gegeben, die man als normale Anmerkungen hätte bezeichnen können. Er hatte sich, beispielsweise, an Beatrice gewandt und erkundigt, ob diese für die Dauer der geplanten Reise ihre Praxis schließen werde oder sich vertreten lasse. Die daraufhin erstaunt auf sie gerichteten Blicke der Freundinnen überging Beatrice kommentarlos mit einem knappen: »So ist es.« Im Anschluss an die Unterredung wurde sie bestürmt; woher sie ihn kenne, wer er sei? Bendix, erklärte Beatrice, sei ihr Patient, einer der interessantesten (weil schwierigsten), den sie je hatte. »Ein Bewegungsungläubiger.«

»Woran glaubt er denn?« (Dodo)

»An Bewegung«, sagte Beatrice, »das ist es ja. Er ist ein Paradox.«

»Er ist mein Nachbar«, sagte Laura, »und sterblich ist er auch.«

»Wie gut, dass wir dich haben«, rief Penny aus, »sonst wären wir hoffnungslos pathetisch.« Und bei sich dachte sie, dass dieser Bendix etwas Irritierendes hatte, eine Eindringlichkeit gepaart mit Gleichmut. Von Letzterer konnte sie, die von Otto in ihren frühen Jahren zum Scherz und in Anspielung die Umsichtige genannt und für ihr Talent zur Ausgewogenheit gelobt wurde, jetzt nur noch träumen. Altern, dachte sie, verjüngt insofern, als es in Unsicherheiten zurückversetzt, die dem Heranwachsen angehört hatten. Allerdings mit dem Unterschied, dass keine Zukunft mehr aufscheinen kann, in der das Unzulängliche, das Beunglückende (das gab es schließlich neben dem Beglückenden auch) überwunden sein würde.

Über Bendix redeten sie sich die Köpfe heiß. Dann wurde er vertagt, einmal darüber schlafen, verordnete Dodo, die am skeptischsten war. Wenn er es wird, unser Chauffeur, dachte sie schließlich, schon ins Kissen gewühlt und mit einem zweiten zur Entlastung der Wirbelsäule zwischen den Knien, dann gibt es auf der langen Reise ja noch genug Gelegenheiten, ihn nach dem Leichtsinn und dem Aufschub – also nach den beiden rätselhaftesten Antworten – zu fragen. Für ihn sprach jedenfalls der Eigensinn, mit dem er die Haare lang trug und inmitten einer geheiligten Weingegend Bier trank.

26. August

Ich muss jeck sein, wenn ich das mache: Chauffeur von vier Frauen, die auf der Suche sind. Oder verloren gehen wollen. Und wer versorgt mir die Fische? Einerseits. Andererseits spricht viel gegen das Bleiben. Und sie gefallen mir, die vier. Die Blonde wegen ihrer Haltung, die Rote wegen ihrer Energie, die Braune wegen ihrer Zurückhaltung und Beatrice, die Hellgraue – vermutlich wegen ihrer Beharrlichkeit. Auf der Reise mit vier Jahreszeiten, vier Temperamenten, vier Elementen. Kann nicht verkehrt sein. Friedrich fragen. An Bord zwei Expertinnen gegen das Stocken: der Zunge und der Muskeln. Gegen Austrocknung nichts, kein Mittel, kein Gegengift. Ich will nie wieder hoffen, warten, bangen. Hörst du, süße Feindin?

Bendix unterstrich die beiden letzten Wörter mit der Genugtuung, nein, der WOLLUST, die ihm das Zitieren bereitete. Als würden Komplizen auf Anpfiff erscheinen und ihm recht geben. Dann ging auch er schlafen, mit dem Bild Steinbronns vor Augen, wie es, aus der Luft aufgenommen, in den Moselarmen umschlungen lag, dann, aus immer größerer Ferne, zum winzigen Knoten in der Mitte eines Schleifchens wurde und schließlich, vom Mond oder einem anderen Gestirn aus gesehen, in schöner Nichtigkeit verschwand, von nichts umarmt, von nichts umschlossen, von niemandem gerühmt, von niemandem beweint. Einfach weg.

Bendix hatte sich einmal zu den Hoffnungsvollen, zu den Aufbrechern, ja auch Unterbrechern, der Routinen nämlich, gezählt. Zu denen, die an die Möglichkeit von Veränderung, Erneuerung und an das Gelingen anderer Lebensentwürfe als die vorgefundenen glaubten – nach gründlichen Lektüren, ausführlichen Selbsterforschungen und schmerzlichen Verabschiedungen von Menschen und Modellen. Wir atmen sie ein, die unsichtbare Asche der Kriege; zerstäubt in der Luft, sie schlägt sich in uns nieder, folglich sind wir Niedergeschlagene: Das war für Bendix Neuere Geschichte im Selbststudium. An diesem Punkt musste der Wunsch nach frischer Luft – und zwar für alle! – ansetzen, nicht als Teil der Urlaubsplanung. Bei der eigenen Lunge. Als politischer Wunsch. Luftverschmutzung ist ein gesellschaftlicher Befund. Seine Rede. Und nun sah er sich betrogen, beraubt, abgespeist mit mickrigen Transferleistungen. *Take two, pay one*: Das galt universell. Es ging nicht um Wahl, es ging um Schnäppchen. Nicht um Lebensentwürfe, sondern um Lifestyles. Was blieb einem da übrig, als den ganzen Tag den in allen Farben schillernden Philosophen in Fischgestalt beim eingestellten Denken und elegantrasanten Nichtstun zuzuschauen? Da schwammen sie nun, das Prinzip Hoffnung, die Urteilskraft, die fröhliche Wissenschaft. Vom Großhändler über Versand geliefert. Und die süße Feindin hatte sich fortgeschlichen und fortgepflanzt, sie, die doch auf Anhieb verstanden hatte, warum ihn der Gedanke an Nachkommenschaft gruselte: als Weitergabe von Verkeimtem. Nicht, weil die Welt schlecht war, sondern man – Mann, Frau – selbst, unaufhebbar. Kontaminiert. Und sie, die süße Feindin, und er hatten der Welt den Rücken gekehrt, sich gemeinsam in einen Graecumkurs eingeschrieben, Vokabeln gelernt, Xenophon gelesen. Und abends gegessen für vier. Keine Frau würde die süße Feindin darin je schlagen: drei volle Teller Gulasch à la Bendix. Am Tag nach dem Gespräch mit Bendix, der einhellig bevorzugt wurde, auch wenn Laura und Dodo bei ihren bereits geäußerten Befürchtungen blieben, dass er sich als ein ziemlich schrulliger und anstrengender Fahrer erweisen könnte, ließ Laura ihr neues Praxisschild am Hauseingang befestigen.

Laura Dankwitz
Logopädin
Therapie von Sprach-, Sprech-, Schluck- und Stimmstörungen
Kinder z. B. Strg. im Spracherwerb und der Lautbildung
Strg. der Mundmotorik, Stottern u. Poltern, Lese-, Rechtschreibschwäche
Erwachsene z. B. funkt. Stimmstörung, Folgen v. Tumor-OP, Schädel-Hirn-Trauma, Schlaganfall, MS, ALS, M. Parkinson etc.

Besser ausführlich, hatte sie sich beim Entwurf gedacht, aber als sie jetzt ihr Schild betrachtete, das die Länge einer Buchseite zu haben schien, kamen ihr Zweifel. Die Abkürzungen wirkten gleichwohl sparsam, das *etc.* lieblos. Andererseits war sie stolz; zu jedem Stichwort hätte sie einen kleinen Vortrag halten können, und wer zu ihr kam, wusste nun bereits beim Eintreten, wie viel Hilfe ihm bevorstand.

Bendix, auf seiner morgendlichen Einkaufsrunde – Bier, Frischkäse, Streichwurst, Graubrot –, hielt vor dem Nachbarhauseingang inne und las aufmerksam: Das also war die Blonde, die Anmutige, die ihr Haar mit einer der graziösesten Bewegungen, die er je gesehen hatte, hinter die Ohren legte, als müsste sie ihrem Blick (dem nichts entging) freie Fahrt verschaffen. *Poltern*! Das gefiel ihm besonders gut. Und das konnte sie von ihm gern haben, allerdings in einer behandlungsresistenten Variante.

Bendix hatte keinen seiner Konkurrenten gesehen – dennoch: Er war sich einfach sicher, dass er es sein würde. Der Chauffeur der vier Witwen. Er hatte keinerlei Wissen über ihren zivilen Status und nannte sie auch keineswegs Witwen, weil er annahm, ihnen wären die Männer weggestorben. Aber es schwang etwas bei ihnen mit, das ihm zu benennen schwerfiel, außer mit: verwitwet. Als hinge allen eine zarte Schleppe aus Trauer und Abgelebtem an. Aus seiner Sicht war auch er Witwer. Und Waise. Witwenschaft als Abwesenheit von Zukunft, Witwenschaft als Zustand der Abhandenheit. Und Waise oder doch wenigstens Halbwaise war er, weil seiner Vergangenheit beraubt. Die süße Feindin hatte so viel davon mitgenommen, dass ihm nur noch ein Ohnmachtshappen blieb. Also genau die Dosis, die eine völlige Selbstaufgabe verhinderte.

Er stand noch immer und las, vielmehr grübelte, als Laura heraustrat. Sie trug einen weißen Kittel und sah amtlich aus.

»Hi!«, sagte sie. »So früh unterwegs?«

»Hatten Sie einen anderen Eindruck von mir?«, fragte Bendix.

»Anders?«

»Als jemand, der bis in die Puppen schläft?«

Laura legte je eine Haarsträhne hinter das entsprechende Ohr und sagte ernsthaft: »Darüber habe ich mir keine Gedanken gemacht. Ich habe allenfalls über Ihren Bierkonsum nachgedacht.«

»Der ist kompatibel«, sagte Bendix.

»Kompatibel? Kompatibel womit?«

»Kompatibel mit anderen Süchten, Sehnsüchten beispielsweise.«

Laura ordnete den Kittelkragen. »Sie sollten über Ihre Zischlaute nachdenken«, sagte sie. Und dann, eine halbe Tonlage höher: »Auf bald!«

Bendix lupfte einen imaginären Hut und hinkte weiter. So sind sie, die Blonden.

Im Supermarkt traf er auf Dodo und Zwiebel; im Wagen lagen neben Hundefutter und einem Beutel Schokolinsen ein Metzger- und ein Käsepaket. Dodo aß also. Auf die etwas überflüssige Frage, ob es ihr Hund sei, nickte sie nur, auf die Frage, ob dieser denn mitkomme, gab sie die knappe Antwort: »Vielleicht.« Dann aber lachte sie ihn an: »Gut geschlafen?«

Bendix schwenkte seinen Einkaufskorb so stark hin und her, dass er mit ihrem Wagen beinah kollidierte und sagte: »Anstandslos. Die Prüfung lag ja hinter mir.«

Ein kurzer, freundlicher Blickwechsel, auf Armlänge voneinander entfernt (Bendix fürchtete sich vor der Indiskretion schnüffelnder Hunde), dann schob Dodo mit einer energischen Bewegung ihren Wagen in Richtung Kasse. Bendix ging zum Kühlregal. Und entspannte sich in der Kälte. Er bückte sich und studierte die Geschmacksrichtungen des Frischkäses, auf der Suche nach Meerrettich.

»Kann ich helfen?«

Bendix richtete sich auf, den falschen Käse – Gurke und Knoblauch – in der Hand und stand Beatrice gegenüber.

»Habt Ihr euch verabredet?«

Beatrices Blick verdüsterte sich, wie im Anlauf zu einer Rüge: »Bitte?«

»Sie sind bereits die Dritte, die ich heute früh treffe.«

»In Steinbronn«, sagte Beatrice, »braucht man dafür nicht einmal den Zufall bemühen.« Und nach einer kurzen Pause: »Wollten Sie Gurke-Knoblauch?«

Nein, sagte Bendix und rückte die Brille, die er in die Haare geschoben hatte, zurück auf die Nase; seine Weitsichtigkeit nahm schneller zu als die Kurzsichtigkeit. »Nein, ich wollte Meerrettich.«

Mit einer einzigen harmonischen Halbkreisbewegung nahm ihm Beatrice den falschen Käse aus der Hand und den richtigen aus dem Regal, bettete diesen mit schönem Nachdruck in seinen Einkaufskorb, wo er, da sich noch nichts anderes darin befand, aussah wie hinter Gittern. Dann sagte sie mit sanfter Stimme auf Wiedersehen und war fort, bevor er sein »Ja, genau« aussprechen konnte.

Er trat aus dem Supermarkt als jemand, der sich vorsehen muss. Aber Penny war gar nicht da. Sie lag noch im Bett und war einmal wieder wunschlos. Ihrer Wünsche beraubt. Deshalb fiel ihr das Aufstehen schwer. Sie drehte sich zu Ottos Bettseite und legte ihre Hand auf sein Kissen. Das war ganz kühl. Und erwärmte sich so rasch unter der Berührung, dass es sie tröstete. Und als sie, wenig später, aufstand, war sie tatsächlich guter Dinge, streifte durch den leeren Gastraum des *Rebstock* wie durch ein Revier, in dem sie nach dem Rechten sehen musste. Alle Fenster öffnete sie weit. Ein schöner Windzug stob herein und räumte auf.

Die Mosel entspringt nahe dem Col de Bussang in den südlichen Vogesen auf 715 Meter Höhe und mündet nach 544 Kilometern am Deutschen Eck (59 m ü. NN) in Koblenz von Westen in den Rhein.

Vom Verlauf her, dachte Bendix über den Atlas gebeugt, also ein Sturzbach auf 550 Kilometer Länge. Wir könnten ihm, umgekehrt, in sanftem Anstieg folgen. Und dem, was uns hier als sogenannter Talmäander stranguliert, entkommen. *Aus Schlendrian geht man in Serpentinen.* Schon wieder ein Zitat, ich lebe von Spenderorganen, dachte Bendix weiter und beugte sich erneut, diesmal mit einer Lupe, über eine Aufnahme der Moselquelle in Bussang: ein steinernes, quadratisches Becken, umgeben von einer Mauer, auf welcher der Moselverlauf eingraviert war. Im deutschen Teil die unglaublichsten Verschlingungen, dann Streckung in Luxemburg und langes, gedehntes Auslaufen in Frankreich. Dass aus einem solchen Pfützchen ein beinah auf voller Länge schiffbarer Fluss wurde! Im Gebirge entspringen, in den Rhein münden – irgendetwas daran rührte Bendix, so als hätte er gerade Entscheidendes über eine Kindheit, einen Lebenslauf erfahren. Jedenfalls – er schlug den Atlas zu – wäre das ein schöner Fluchtplan mit den vier Witwen, immer dem Fluss nach, der einen leitete wie ein Wanderstab. Wenn er es denn würde, ihr Cicerone.

Penny, Beatrice, Dodo und Laura waren bei Beatrice zum Frühstück versammelt; »nicht schon wieder *Rebstock*«, hatte Penny gesagt. »Die Zimmer sind fast alle belegt, die Vorbereitungen für die Lese beginnen, und ich hasse es, die Blicke und Kommentare aushalten zu müssen.« »Scheu unter Männern«, lästerte Dodo, »du bist ein bisschen aus der Übung.« Penny ließ sie.

Beatrices Küche war in ihrer Lieblingsfarbe gestrichen: Ochsenblut. Man saß darin wie nahe einem Lagerfeuer. Servietten, Geschirr, die Grundierung eines Ausstellungsplakats des *Cleveland Museum of Art* (*Meisterwerke von 300 bis 1550*) – alles passte farblich zueinander. Laura bewunderte das und stellte fest: In dieser Küche harmoniert man mit sich selbst. Beatrices Strategie gegen Verwerfungen und die darin sichtbar werdenden Abgründe lautete: Ausgewogenheit.

Viel gab es nicht zu diskutieren, die Kandidaten betreffend. Möglicherweise sprach keine der vier wirklich je aus, dass es Bendix sein würde, so sehr verstand es sich von allein. Aber über die Sorge, die ihnen – mindestens aber Dodo und Laura – diese Wahl bereitete, sprachen sie sehr wohl.

»Er wirkt zerstreut, abwesend, abweisend, schrullig – ein Kauz.« So Dodo.

»Er trinkt, und er scheint nicht gerade zielstrebig.« Lauras Einwände. Beider Kritik ließ sich so zusammenfassen: Der Bewerber wirbt nicht. Nicht für sich und nicht um uns. Dazu kamen die anderen, noch gar nicht bedachten Schwierigkeiten: Wer würde sich um die Gärtnerei kümmern? Wie würde man alles finanzieren bei Verdienstausfall? Und Bert?

Was Bert betraf, so reagierte Dodo rasch und scharf auf die von Penny geäußerte Sorge: »Ihm wächst längst der Bart! Er braucht dich nicht und freut sich vermutlich über deinen Aufbruch.«

Penny schwieg. Dass sie, um der Nacht das Beunruhigende zu nehmen, noch immer in das Zimmer ihres so gut wie erwachsenen Sohnes trat und die Füße, die unter der Bettdecke hervorlugten und im Halbdunkel noch größer wirkten, mit einem nie enden wollenden Erstaunen betrachtete, behielt sie für sich. Im wahrsten Sinn des Wortes waren sie aus ihr hervorgegangen, jetzt seine eigenen. Er stand auf eigenen Füßen (sie nicht). Ohne Zögern, ohne ihre Ermächtigung schlugen sie Wege ein, trugen ihn davon, gesellten sich unter fremden Decken zu anderen Füßen. Und blieben doch dort, im häuslichen Kinderzimmer, für alle Zeiten die Nachfolger jener kleinen, üppig gepolsterten Füßchen, die keinen Schritt ohne sie gesetzt hatten.

Das Gespräch war lebhaft, aber nicht wirklich fortgeschritten. Als Penny wieder zuhörte, ging es noch immer um die Finanzierung: Man würde Bendix' Kosten für Übernachtung und alle Mahlzeiten übernehmen und ihm eine Pauschale anbieten. Des Weiteren würde sich Laura um die günstige Anmietung eines größeren Autos mit Automatikschaltung – das linke Bein von Bendix wurde so entlastet – kümmern. Die Höhe des Verdienstausfalls und die Kosten der Vertretungen mussten kalkuliert beziehungsweise organisiert werden. Könnte nicht Bert Dodos Gärtnerei für die sechs Wochen übernehmen und sich in den kommenden zwei, die bis zum Aufbruch blieben, von ihr einweisen lassen? Und auch Zwiebel betreuen?

Laura hatte einen jungen Kollegen im Auge, der bei ihr famuliert hatte – ein hübscher Kerl trotz früher Halbglatze. (Dann war wenigstens die Mundpartie beim Vorsprechen nicht durch Haarsträhnen verdeckt.) Beatrice erwog, ihre Praxis zu schließen; in den Sommermonaten gab es auch bei den Patienten viele Ausfälle, das war eine vernünftige Überlegung. Die unvernünftigere, aber entscheidende entsprang der Einsicht, dass es ihr unerträglich war, ihre Patienten unter anderen Händen als ihren zu einem aufrechten Gang zu bewegen. Zu einem Leben erhobenen Kopfes.

»Freut ihr euch?«, fragte Dodo.

»Und wie«, sagte Laura und schob sich eine frische Dattel in den Mund.

Beatrices exquisite Frühstückstafel: angerichtet wie ein Stillleben, in den Farben bereits herbstlich und dem vorherrschenden Ochsenblut angepasst. Auch die Pappeln entlang der Uferstraße würden sich demnächst zu lichten beginnen. Die ersten, denen die Farbe ausging und die der sommerlichen Verschwendung ein Ende setzen würden. Höchste Zeit. Höchste Zeit für einen Aufbruch.

»Wir sollten nicht zu viel erwarten!«, sagte Beatrice. »Es ist eine Reise, kein Abenteuer. Und keine Gralssuche.« Sie hielt inne, spürte selbst, dass sie – wie nannte Dodo das? – kanzelte. Von der Kanzel herab sprach. (Und tatsächlich, Dodo rollte bereits mit den Augen.) Beatrice fügte hinzu: »Vier alte Schachteln mit Idiot am Steuer!«

»Stimmt!« Dodo drückte lachend ihren kräftigen Oberkörper in das zarte Geflecht der Rückenlehne,

»stimmt, so hat er sich genannt. Ich bin ein Idiot, also ein Privatier und kein Staatsmann. Herrlich!«

Penny wartete ab, bis Dodos Stuhl wieder sicher auf seinen schlanken Beinchen stand und wurde energisch. Vergaß Bert, Bart und Aufbruchssorgen: »Woher, Bea, willst du das wissen? Kein Abenteuer! Ich fühle mich abenteuerlich, endlich« – sie hielt inne und wartete, dass das Wort sich einstellte, dann ließ sie es von ihrer Zunge schnellen wie von einer Schleuder: »Kursschwankungen! Und die Vorbereitungszeit kommt mir vor wie die Adventszeit als Kind.«

»Ich freue mich auch«, wiederholte Laura, legte ihre Hand auf Pennys Unterarm und lächelte ihr Lächeln. »Das hast du gut gesagt: Kursschwankungen.« Beim Lächeln blieben ihre Augen groß und eisblau, kein Faltenwurf, der sie verengte (nebenbei: Schlupflider wären ein Grund für einen kleinen Eingriff). Auf beiden Wangen bildeten sich Grübchen, sonst nichts. Zwischen den Brauen allerdings eine steile Kerbe, Migränespur. Zähne, die zubeißen konnten, gleichmäßig aufgefädelt, kleine Soldaten. Im Lächeln aber hatten sie nichts Kriegerisches, nur Einnehmendes.

»Habt ihr denn je eine Reise unternommen, die zu wünschen übrig ließ?«

Die anderen drei schüttelten den Kopf, kauend, nein, nie.

Oder doch: Beatrice dachte an den – selbst den Freundinnen unbekannten – Liebsten zurück, dessen Namen sie so oft und endgültig ausgeatmet und mit jeder Entspannungs- und Bewegungsübung entlassen hatte; er kam nicht mehr über ihre Lippen. Sie waren ein heimliches Paar gewesen, also etwas ausgesprochen

Normales. Und wie alle heimlichen Paare bildeten sie sich ein, der Ausnahmefall zu sein, dem das Schicksal den eigentlich Gemeinten zu spät zugespielt hatte. Es gab auch noch dümmere Ausreden – Beatrice war längst zur aufgeklärten Analystin ihres eigenen Falls geworden: wie zum Beispiel die Komplexität der Welt (das war die nicht-magische Erklärung) oder eben Magnetismus (das war die magische). Eine Reise hatte sie nach Schweden geführt, genauer gesagt nach Gotland, in das hübsche Städtchen Visby, dessen intakte Stadtmauer ihnen fälschlicherweise als Garant für äußerste Diskretion und größtmöglichen Schutz erschien. Und das aufgewühlte Meer war das beste Antidot gegen das unbehagliche Gefühl, des jeweils anderen Bodyguard zu sein. Die Ostsee stürmte gewissermaßen darüber hinweg und salzte die beiden Unter- oder Abgetauchten kräftig ein. Beatrice erinnerte sich an einen gewaltigen Appetit; unaufhörlich hätte sie Crumble-Kuchen mit Blaubeeren, gestampfte Kartoffeln mit Stockfisch, Flygande Jacob und Köttbullar essen können. Und das ausgerechnet in Schweden, wo jeder Restaurantbesuch ruinös war. Wie der Liebste scherzhaft, mit einem Anflug von echter Sorge festgestellt hatte, während er ihre runden Hüften umfasste, immer wieder »meine Frau« sagte und es jeden Kellner wissen ließ – »My wife takes today's special – she is so special.« Nein, das dichtete sie nun hinzu. Sie führten nirgendwo hin, solche Aufrufe, nur in die Irre, die sie, wenn schon, lieber plante, hier und jetzt. Beatrice spannte das Zwerchfell an und schenkte ihren Freundinnen den dankbaren Blick einer Rückkehrerin. »Und du, Dodo«, sagte sie, »freust du dich denn?«

»Beides«, antwortete Dodo und streckte auffordernd ihre leere Kaffeetasse in Richtung der Fragerin. »Ich freue mich, und ich freue mich nicht. Und genau das ist aufregend. Wer weiß, vielleicht müssen wir gar nicht mehr verreisen.«

»Wie bitte?« Drei entgeisterte Blicke lagen auf Dodo, die seelenruhig einen vorsichtigen Schluck aus der randvoll gefüllten Kaffeetasse trank.

»Das war ein Scherz«, sagte sie. »Aber ein Abenteuer ist eine Reise längst nicht mehr, sie ist nur eine Verlagerung. Und, Penny, apropos Advent: Darauf folgt immer eine schöne Bescherung.«

»Wisst ihr noch, als wir in der dritten Klasse ausgerissen sind?« Beatrice, die empfindlich noch auf den geringsten Zwist reagierte, lenkte ab.

Penny sprang fast auf, und ohne auf die Frage einzugehen (natürlich erinnerte sie sich, aber das hatte Zeit), legte sie los. Bereits wenige Augenblicke später hätte keine der Freundinnen, ja nicht einmal Penny selbst, sagen können, was genau sie entgegnet hatte. Irgendetwas wie: Sie wünsche sich hohes Fieber, allein im Delirium könne man noch vernünftige Entscheidungen treffen, ja, Advent sei falsch, es gebe weder Ankunft noch Zukunft, wir schummeln uns durch die Gegenwart wie Schüler durch die Reifeprüfung, die Welt sei weiblich, insofern sie wartet – allerdings auf nichts, Seitenblick auf Laura –, die Frauen warten und warten sich selbst, neuerdings von allen großen Modeketten eingekleidet in Jumpsuits und Overalls, olivgrün und Camouflage, Soldatinnen in den Basislagern der Einkaufspassagen. Und männlich, männlich sei die Welt, insofern sie handelt, was gleichbedeutend sei mit *bekacktem* (Penny sagte tatsächlich: *bekacktem*, die Freundinnen schauten) kriegerischem Handeln. »Lest doch mal die Zeitung! Kein Wunder, dass ein Mann uns navigieren wird!« Sie hielt inne, als sie spürte, dass sich ihre Haare elektrostatisch aufgeladen hatten. Eine Furie war sie geworden, und die Blicke der drei anderen waren sorgenvoll. Geradezu schwallartig überfiel Penny ein Hass auf Otto, der sich verdrückt hatte. Er machte jetzt den Freischwimmer und hatte sie am Ufer zurückgelassen. Nun, dann würde sie eben einen anderen bestricken, Bendix zum Beispiel. Penny kicherte: »Ich bin so frei. Man kann Verwobenes auch wieder auftrennen, aufrebbeln, rebellieren – nicht nur bei Pullovern und Socken.« Glättete ihr Haar, räusperte sich, richtete sich auf.

»In welchem Drehbuch warst denn du?« Dodos kräftige, gebräunte Hand drückte Pennys linke, die erschlafft neben dem Teller lag wie etwas Übriggelassenes vom Buffet.

Penny erwiderte ihren Blick, »schon gut«, sagte sie, »du kennst mich ja, dünnhäutig, längst vorbei die Zeiten des *kühnen, herrlichen Kinds*!« Das war eine kleine Anspielung auf eine kurze, erhitzte Wagner-Phase, von Beatrices damaligem Freund eingeleitet, die sie gemeinsam ausgeschwitzt hatten.

Jetzt mischte sich Laura ein und sagte, sie wisse noch ganz genau, was sie damals, als sie ausrissen – vier Neunjährige –, getragen habe: einen roten Pullover mit einer Perlmuttknopfreihe auf der rechten Schulterseite, einen blauen Faltenrock, blaue Strumpfhose, Haare zum Zopf geflochten, der ihr beim Rennen wie das Pendel einer Uhr den Takt schlug; belegte

Brote, zwei Karotten und eine verwaschene Babydecke, Größeres habe nicht in den Schulranzen gepasst.

»Was du dir merkst! Zu viel Schrott gelesen damals«, sagte Dodo, die angesichts des bevorstehenden Aufbruchs – des schönen bevorstehenden Aufbruchs – nicht gewillt war, sich die Verzweiflung zu vergegenwärtigen, die sie als Kind angesichts der in schwerer Trauer verloren gegangenen Mutter erfasst und zu dem Fluchtplan bewogen hatte. Und auch Penny winkte ab; sie hatte damals angstschlotternd mitgemacht und war heilfroh gewesen, als sie bei Einbruch der Nacht irgendwo am Spreebogen aufgelesen und nach Hause eskortiert wurden. Ihre Mutter hatte sich tausendmal bei dem Polizeibeamten für die Unannehmlichkeiten entschuldigt, während sie das Handgelenk ihrer Tochter umfasst hielt wie im Schraubstock. Das war ihr im Gedächtnis geblieben, als ein unverstandener Rest. Würde Bert verschwinden und wiederauftauchen, sie würde an Küssen nicht sparen, gleichgültig wie willkommen oder unwillkommen diese bei Kind oder Polizist wären.

Beim gemeinsamen Aufräumen der Frühstückstafel wurde Laura beauftragt, ihrem Nachbarn, Bendix, zu schreiben, dass die Wahl auf ihn gefallen sei. »Oder du klingelst einfach bei ihm«, meinte Dodo, schob sich das letzte Stück Serranoschinken in den Mund und leckte sich die Lippen.

Der halbe Samstag war über dem Frühstück vergangen, Penny, Beatrice und Laura begrüßten das: Das Wochenende stellte eine besondere Herausforderung dar, war eigentlich nur im Weg und musste verräumt, mehr umgebracht als verbracht werden. Totlast. Auch wenn im *Rebstock* die Arbeit weiterging. Allein Dodo, die in der Gärtnerei am Vormittag von ihrem Lehrling vertreten wurde, kannte keine Freizeitangst. Sie hatte reichlich zu tun mit den Vorbereitungen auf die Herbstbeete, außerdem Buchhaltung in Hülle und Fülle. »Was wächst, kennt keine 37,5-Stunden-Woche.« Sagte Dodo, und küsste die Freundinnen gewohnt herzhaft zum Abschied. »Bis morgen!« (Da war Bürgerfest in Steinbronn.)

Beatrice blieb allein zurück, in der noch ganz von den Düften und Stimmen erfüllten Küche. Und sah, ins Bad getreten, im Spiegel ihr erhitztes Gesicht. Sie nahm den Föhn, schaltete ihn auf kalt und kühlte Nacken und Hals.

Bendix saß nach in Pyjamahose und Oberhemd überstandenem – vielmehr verweigertem – Samstag im Lesesessel, trank aus der Dose. Schubert-Lieder im Hintergrund. Röchelnde Sauerstoffzufuhr im Aquarium. Das Heft lag noch zugeschlagen im Schoß, das O in *PLANKTON* hatte er sonnengelb ausgemalt. Seine Version von Smiley.

Samstag, 6. September, nachts, mal wieder Schubert

Der Himmel endlos ausgespannt ist dein geliebtes Heimatland. Ahoi, Mond, Nachtschicht angetreten, Sonne vertrieben? Aus Ostens Wieg' in Westens Grab unterwegs? Kein Wunder, dass du so fett bist, bei so vielen Hymnen auf dich. Was sagst du zu den Raketen, die vorübergehende Himmelskörper treffen und zu uns armen Wanderern auf der Erd' zurückschicken? Und zu denen, die, Länder aus und Länder ein, umherdrohnen und von oben ihre Giftpfeile versenken? Da scheinst du, oder? Und ich schreibe mit Schmauchspuren an den Fingern. Sitze und schmore in meinem Saft, vorwiegend Gerste. Bergauf, bergab, Wald aus, Wald ein, doch bin ich nirgend, ach, zu Haus. Aber ein schönes Tennisspiel, Wimbledon, US Open, schaue ich mir gern in der Glotze an. Mit Bierchen und Schnittchen und die Beine hoch. Der Knecht als Kleinbürger. Ein Recht auf Unterhaltung hat noch das ärmste Schwein, und es wird ihm anstandslos vom Herrn eingeräumt. In der Psychiatrie nennt man das Ruhestellung. Gut, dass es Wegweiser gibt: In alle Richtungen/toutes directions. Für die LOTSEN im Koma.

Klugscheißer-Bendix.

Morgen Friedhof! 7. Todestag. Schneckengift, Astern besorgen.

Bendix lebte weitgehend inmitten von Möbeln – oder besser gesagt zwischen den Möbeln –, die ihm seine Mutter samt Wohnung hinterlassen hatte. Anders als Friedrich hatte er kein Vermögen geerbt, Köln wurde zu teuer, und Steinbronn, Ort seiner Kindheit, hatte vom Rhein aus gesehen an Schrecken verloren und an Charme hinzugewonnen. Das Verfassen einer Doktorarbeit zum Zufallsbegriff in der philosophischen Tradition im Allgemeinen und bei Leibniz im Besonderen hatte sich über Jahre hingezogen; verdienstvolle verdienstfreie Jahre, wie Friedrich das mit leichtem Spott nannte. Bendix hatte die Eulensammlung seiner Mutter, diverse Spitzendeckchen und Keramikübertöpfe mitsamt den darin verhungerten Pflanzen entsorgt, ihr Bett mit verstellbarem Kopf- und Fußteil dem Erstbesten geschenkt. Ansonsten hatte er sich in ihren Zimmern mit der aus Lektüre gewonnenen Einsicht eingerichtet, dass sich seine Studien in diesen höhlenartigen Räumen am besten verrichten und betreiben ließen. Ausbrüten. Und es gab eine Loggia; nicht ungewöhnlich in Bürgerhäusern des vorvorigen Jahrhunderts. Eine Loggia, die Bendix ohne sein eigenes Zutun durch ihren leichten Vortritt ins Öffentliche mit dem Leben draußen verband. Das blieb eine reizende Irritation.

Unter seinen Fenstern standen die verriegelten Buden vom Bürgerfest herum, als wären sie Sperrgut. Die wulstigen Kabelstränge waren mit schwarzer Folie abgedeckt. Und sahen aus wie Mordopfer. Die Papierkörbe quollen über, ketchupverschmierte Tücher, Wurstreste, Pappbecher, Kippen und Scherben. Eine Katze schlich im Hohlkreuz über das Pflaster, lauerte pro forma und fraß sich durch die Hinterlassenschaften. Unter Umständen war da auch ein Hund. Aber es kam zu keiner Begegnung. Unmöglich, im Mondschein sichere Aussagen zu treffen. Mondlicht erhellt die Verhältnisse nicht, sondern verdunkelt sie. Angemessen, bedenkt man ihre Undurchsichtigkeit.

Als Laura sich Stunden später frischgeduscht auf die Fensterbrüstung stützte und dem wiedererwachten Treiben zwischen den Ständen zuschaute, hatte die Sonne den Mond ersetzt und Bürger aufs Bürgerfest geschickt. Es gab auf gewaltigen, steilen Auslagen Berge von Trauben, von oben sahen sie aus wie Pistolenkugeln. Die Bürger und Bürgerinnen schoben sich verhakt durchs Gedränge, übersahen unter dem Einfluss von Federweißem nicht selten den ihnen kaum bis zum Oberschenkel reichenden Nachwuchs, der laut heulte, verschütteten einiges und vergaben einander alles. Auf alten Schubkarren, ausgelegt mit Weinlaub, lag liebevoll Gebasteltes: Gläser mit selbst gemachter Marmelade und altertümlich gestalteten Etiketten, Eierlikörfläschchen mit putzigen Schleifchen um den schmalen Hals. Kurzum, die Bürgerinnen hatten sich Mühe gegeben, dem hinter verschlossenen Türen Gebrauten und Eingekochten ein angenehmes Äußeres und den Anschein von Ursprünglichem zu verleihen. An den meisten Ständen wurde allerdings globaler Ramsch angeboten; das Zeug wurde gleichwohl aufmerksam, sogar gierig begutachtet, befingert und besprochen. Es gab das Deutsche Eck in Schüttelgehäusen mit künstlichen Schneestürmen. Wenn sie sich legten, war alles wie vorher, monumental niedlich. Deutsche Selbstbehauptung.

Laura sichtete den Bürgermeister und seine Frau, er mit behaglichem Bauchumfang, sie von einschüchternder Schlankheit. Beide grüßten links und rechts und defilierten die Hauptgasse entlang, ohne innezuhalten. Der zehnjährige Sohn war bei Laura wegen starken Lispelns zur Behandlung; überhaupt erkannte sie viele ihrer Patienten im Gedränge wieder. Eine schöne Auswahl der unterschiedlichsten Lautbildungsstörungen verlustierte sich dort unten, nicht wenige bereits mit schwerer Zunge.

Das Platzkonzert begann: *Ein Schloss auf dem Berge / ein Städtchen am Strand / und ranken die Reben / an sonniger Wand / das ist meine Mosel / mein heimatlich*

Land. Dann folgte *Hoch preis ich mit vollem Pokale / die Heimat des köstlichen Weins! / Ich preise die Mosel im Tale* und so weiter und so fort. Je internationaler wir aufgestellt sind, dachte Laura und merkte selbst, dass sie bereits im Jargon von Spekulanten und Börsennovizen dachte, umso piefiger werden die Zugehörigkeitsbekundungen ans vertraut Enge, Häusliche, Heimatliche. Wer hätte vor fünfundzwanzig Jahren in Steinbronn Blaskapelle und Männergesangverein das Moselland beschwören und besingen lassen? Alternative Kooperativen hatte es damals gegeben in Steinbronn, kollektives Eigentum und kollektive Bewirtschaftung, Wohngemeinschaften (2 an der Zahl), Atomkraftgegner, erste, zaghafte Versuche ökologischen Weinbaus! Jetzt kauften Russen, Japaner und Araber die Anbauflächen, und das Heimatmuseum erhielt fette Spenden.

Laura schnaufte. Ein Hund pinkelte ans Gebrannte-Mandeln-Häuschen, dessen oberer Rand geradezu heldenhaft aufgeputzt war, mit Lorbeergirlanden und Wappen. Sie holte ihre Nagelfeile, nahm ihre Beobachterposition wieder ein und gab ihren schönen Nägeln den letzten Schliff. Höllisch gelb schien das Urinpfützchen von hier oben zu schillern, aber das war vermutlich Unsinn, das Treiben färbte ab. Und sicherlich täuschte sie auch ihr Sehnerv, der gerade *Ratte* an ihr Gehirn meldete: eine Ratte, die allerliebst Männchen machte und ein Stück Crêpe zwischen den Pfötchen hielt, den dünnen Schwanz (oder war das eine Blindschleiche?) artig im Halbkreis geringelt, Nutella ums Schnäuzchen. Und das kleine Mädchen mit den blonden Zöpfen, hielt es eine Peitsche im Patschhändchen?

Oder war das der Taktstock, der dem Großen Dirigenten himmelabwärts entfallen war? *Ich weiß ein holdes Jungfräulein / das mir bestrickt die Sinne zur Minne / es wohnt am Stein im Sonnenschein / doch nicht am Rhein und nicht am Main: / Das ist die Blume der Mosel.*

Laura schürzte die Lippen, einer der Musikanten sah, jedes Mal bevor er die Trompete ansetzte (die er immer wieder durch Schütteln von Speichelresten befreite, widerlich!), zu ihr herauf. Schien ihr. Aber das änderte nichts daran, dass der letzte Vers des albernen Liedchens sich nicht reimte, weder Binnenreim noch Endreim aufwies, Blume und Mosel oder Main und Mosel, na, immerhin eine Alliteration. Laura blies den feinen Hornstaub, der beim Feilen entstanden war, in die rauchgeschwängerte Luft – irgendwo versengten Bratwürste – und schloss mit großer Entschiedenheit das Fenster. September oder überhaupt Sommer waren ja schön und gut. Die Tische reich gedeckt, die Luft gut gelaunt, das Laub noch satt, aber Ihres war es nicht. Sie liebte den April, seinen kühlen Namen allem voran, der die Lippen erfrischte wie Zitronensorbet, seine zögerlich warmen Tage, seine jähen Abstürze ins Winterliche mit einzigartig reinem Himmel. Seinen Ungehorsam. Die Pfefferminzluft, die Anfängen und Anfängern gebührende Zurückhaltung in der Färbung. Deshalb war das Fenster zu ihrem Wohnzimmer nun zu. Die Steinbronner Bürgerschaft, übrigens recht deutlich zweigeteilt – die Frauen in Grüppchen, die Männern in größeren Kreisen, als umständen sie einen Kampfring –, kümmerte sich nicht um Lauras Abzug und freute und wärmte sich weiterhin unbekümmert am Zimmertemperierten des Einheimischen.

Als Stunden später die Freundinnen selbst sich unters Volk mischten, verwischten die Eindrücke vom Morgen – Laura reihte sich, bei Penny untergehakt, ein, trank den jungen Wein, bekleckerte sich mit Senf und grüßte die vielen bekannten Gesichter mit einem durchaus ernstgemeinten freundlichen Lächeln. Es herrschte das Licht, das Flusslandschaften so unwiderstehlich macht: ein mattierter Schimmer, der den Konturen die Schärfe nahm und alles ineinander übergehen ließ. Als hätte jemand Silberstaub durch vorsichtiges Blasen gleichmäßig verteilt. Gegen Abend standen die Freundinnen, den Tag besiegelnd, am Ausschank des Rohme'schen Weinguts, dicht aneinander gedrängt wie Fohlen, beschwipst und mit allem einverstanden. Dodos braunlockiger Zwiebel lag ihnen zu Füßen und himmelte sie an. Eine Etage höher, an neurasthenischen Bistrotischchen, wurde Zwiebelkuchen verzehrt, eine Ironie, die den Hund so wenig kümmerte wie das Getümmel um ihn herum. Dodo war da, also alles in bester Ordnung.

Die sagte gerade mit vollem Mund zu ihren Freundinnen: »Wisst ihr, dass die Seescheide, einmal sesshaft geworden, ihr eigenes Gehirn verspeist?« Und prustete los.

»Seescheide?«, fragte Penny entgeistert. »Wovon redest du?«

»Das ist irgendein primitiver Organismus, lebt im Meer«, sagte Beatrice und wurde damit ihrem Ruf als Quizkönigin durchaus gerecht. »Aber warum fällt dir das jetzt ein?«

Dodo kaute, schluckte, wischte sich die Lachtränen aus den Augen. »Keine Ahnung, vielleicht weil wir aufbrechen, also unser Gehirn noch – oder wieder! – brauchen.«

»Dodo, du bist unglaublich!« riefen sie. Dann lagen sie sich so theatralisch in den Armen wie nach Weingenuss üblich, und Zwiebel sprang kläffend auf, umkreiste heftig wedelnd die vier und das nicht besonders standfeste Tischchen. Das musste gefeiert werden.

»Ich habe Lampenfieber«, sagte Penny und schmiegte sich in die sechs Arme, die sie umfingen. So, dachte sie, lässt es sich aushalten. Auch unter fremden Männern. Und fernen.

Ob Bendix, der den Tag hinter verriegelten Fenstern verbracht hatte und erst jetzt, nach Abgang der Musikkapelle, am offenen Fenster stand, die Freundinnen so sehen konnte? So verbündet, so gerührt, so aufgeregt? Kaum. Der Qualm über der Budenlandschaft war dicht, und Bendix selbst rauchte auch, verfolgte mit dem Blick die zerfledderte Rauchfahne, die nach oben abtrieb, bis sie sich aufgelöst hatte im allgemeinen Dunst brutzelnder Maiskolben, gegrillten Fleischs und trächtigen Bürgeratems. Er bekam Hunger.

Beatrice, Laura und Penny hatten sich einen weiteren Federweißen geteilt und waren schon fort, als Bendix eine Bratwurst mit unglaublich viel Senf verzehrte und inständig hoffte, keinen Jugendfreunden aus Schulzeiten zu begegnen und die zwei Antworten – prompt wie einen Haftbefehl – nicht zücken zu müssen, die er auf die Bemerkungen »Du hast dich gar nicht verändert« beziehungsweise »Du hast dich ganz schön verändert« parat hielt: »Du auch nicht« beziehungsweise »Du auch«. Oft geschah das natürlich nicht mehr; seit seiner Rückkehr nach Steinbronn waren schließlich etliche Jahre vergangen. Aber der Abwehrreflex war ihm geblieben. Darüber hinaus war er eigentlich an diesem Abend ganz menschenfreundlich gesinnt und bestellte sich als Nachtisch eine Portion Reibekuchen mit Apfelmus. Das Fett lief ihm das Kinn hinab, er drehte sich zum Tresen, um nach einer Serviette zu fischen, und erblickte Dodo. Sie stand, ihr Hund bei Fuß, neben einem angegrauten Herrn im Sakko, das hinten ein wenig aufklaffte, offensichtlich erstanden, als der Träger noch zwei Konfektionsgrößen leichter war. Sie prosteten einander zu, und Dodos Locken plusterten sich auf (wie Gefieder bei balzenden Vögeln, dachte Bendix), in Vorfreude auf das Kommende. Vermutete er. Und konnte nicht feststellen, ob das dabei entstehende Gefühl Behagen oder Unbehagen glich oder etwas Drittes war.

Wie auch immer, er täuschte sich, und Dodo erzählte den Freundinnen bei nächster Gelegenheit – da waren sie womöglich schon unterwegs – freimütig, dass der Fang vom Bürgerfest keiner war. Sie habe den Mann, als er sich mit der Bemerkung, sie ähnle seiner Frau, an ihr zu schaffen machte, umgehend zurück ins Eheglück geschickt. Sie sei hart im Nehmen und fleischlicher Lust – wie die Freundinnen ja wüssten – durchaus nicht abgeneigt, aber eine Attrappe sei sie nicht. Nur einmal habe sie es verlockend gefunden, jemandes Stellvertreterin zu sein: Sie ging gerade an einem Hauseingang vorüber, kein anderer Mensch weit und breit, als der Türsummer zu hören war. Sie hätte nur die Tür aufdrücken müssen; sie, vielmehr diejenige, die sie geworden wäre, wurde erwartet.

Laura beschloss ohne weitere Beratung mit den zukünftigen Reisegefährtinnen die Mittagspause für einen Besuch bei Bendix zu nutzen, um ihm die Entscheidung mitzuteilen. Sie schlüpfte aus dem weißen Kittel, schloss sich im Bad ein und putzte mit gehörigem Ingrimm ihre Zähne. Gerade hatte sie mit einer jungen Patientin die korrekte Zungenruhelage geübt, dabei selbst zum Strohhalm gegriffen und dem gelangweilten Kind gezeigt, wie sich, ausatmend, Lippen fest um den Halm geschlossen, die Flaumfeder auf der Tischplatte durch Pusten in Bewegung setzen ließ. Nun fühlte sich ihr Mund ganz pelzig an, der Strohhalm der Schülerin war zerkaut. Laura fegte ihn mit einer routinierten Handbewegung in den Mülleimer, wo weitere gelbe, grüne und rote wie Mikadostäbe übereinander lagen. Desinfizierte die Tischplatte, sprühte sich eine Prise Parfum hinter Ohren und auf den Nacken, schlang den blauen Schal um den Hals. Der Lidschatten, ebenfalls bläulich, war ein wenig verrutscht. Egal, Bendix sollte schließlich nicht den Eindruck gewinnen, sie habe sich gerüstet für diesen Einsatz.

»Sie sind es!«, sagte Bendix und trat einen Schritt zur Seite, um Laura das Eintreten zu ermöglichen. Er trug Pantoffeln und das Hemd vom Vortag, das er in den Hosenbund stopfte, als Laura ihren Schal ablegte und über die Garderobe warf wie eine Aufforderung.

Wozu, war natürlich unklar, Fehde oder Verbündung oder Spiel.

»Darf ich?« Laura ging in Richtung der angelehnten Wohnzimmertür – Studierzimmertür aus Bendix' Sicht – und blieb stehen. »Sie haben ein Aquarium!«

»Eher hat es mich«, korrigierte Bendix, machte eine galante Handbewegung und stellte vor: »Bloch, Barthes, Nietzsche, Arendt, Kant, Kierkegaard, Benjamin – Frau Dankwitz« (Lauras Nachnamen kannte er von ihrem überaus ausführlichen Praxisschild). Schob einen Stuhl in ihre Richtung (übersah dabei die kleine Entgeisterung auf ihrem Gesicht) und setzte sich auf den anderen, am Schreibtisch. Wartete, bis Laura fertig gelächelt hatte.

»Ich freue mich«, begann sie, setzte erneut an: »Wir freuen uns, mit Ihnen als unserem Chauffeur aufzubrechen. Und würden gern mit Ihnen beraten, wohin die Reise gehen soll.«

»Das wüssten wir alle gern«, sagte Bendix, gar nicht spöttisch, eher mitfühlend. Er gab sich Mitschuld an ihrer Befangenheit. Ein Scheusal war er. Das kam von »scheu«. Und bevor Laura etwas erwidern konnte, fügte er an: »Ich fühle mich geehrt und würde vorschlagen moselaufwärts, Richtung Elsass, Vogesen, dem Fluss folgen. Das hätte eine eigene Richtigkeit, was meinen Sie?«

Laura schickte zwei Haarsträhnen in die Verbannung (hinter den Ohren), ordnete Ringe und Armband, dann nahm sie Bendix fest in den Blick (Logopädinnenblick, dachte er, nicht so verträumt wie der Feldenkraisblick): »Ein sehr schöner Vorschlag. Wollen wir uns vielleicht morgen Abend im *Rebstock* – ich meine, wir alle? Würde Ihnen das passen?«

Bendix brühte Kaffee, ganz altmodisch, mit Wasserkessel, Kaffeekanne und Porzellanfilter. Laura sah sich um, vermied den Blick auf die zuckenden Fische mit den eigenartigen Namen (nicht alle waren ihr bekannt) und schlug die langen Beine übereinander. Fehlt die Zigarettenspitze, dachte Bendix, der sie aus der Küchennische heraus im Auge behielt, und der Spitzenschleier vor dem süß-eisigen Blick. Er war sich sicher, dass diese Frau bei einer Inventur mitmenschlicher Angelegenheiten alle Miss- und Fehlstände aufspüren und ungerührt verbuchen würde. Auch die eigenen.

Er trug auf einem kleinen Tablett Kaffee, Tassen, Milch und Zucker ins Studierzimmer.

Laura schüttelte den Kopf, als er ihr die Kondensmilch anbot. »Nein, danke. Schwarz.« (Dachte: Büchsenmilch! Sechzigerjahre! Dieser Bendix.)

»Haben Sie die alle gelesen?« Laura zeigte auf die Bücherregale.

»So gut wie«, sagte Bendix. »Manchmal reicht allein der Besitz, der Anblick des Buchrückens.«

»Das verstehe ich«, sagte Laura und war von der Wahrhaftigkeit ihrer Antwort selbst überrascht. Trank anmutig den Kaffee aus, straffte sich und lächelte abschließend. Bendix begriff. Sie erhoben sich, wünschten einander einen schönen Tag, schüttelten die Hände (guter Zugriff, dachten beide), lächelten ein weiteres Mal (Bendix mit charmanter, bisher von Laura noch nicht entdeckter Lücke zwischen den Schneidezähnen) und kehrten nach diesem kleinen Pas de deux an ihre Orte zurück wie in vorgesehene Aufbewahrungen: an den Schreibtisch und in die in optimistischen

Pastelltönen gehaltene Praxis mit den fröhlichen Möbeln.

Bendix zündete sich eine Zigarette an, Laura stopfte sich zwei Kaugummis gleichzeitig in den Mund und bearbeitete sie mit kräftigen Kieferbewegungen. Das intensive Pfefferminzaroma trieb ihr Tränen in die Augen. Sie schrieb an Penny eine kurze Nachricht, Herr Schoens – Bendix – sei einverstanden, und bat sie, auch Dodo und Beatrice den morgigen Abendtermin im *Rebstock* mitzuteilen. *On y va!*, endete sie auf Französisch und kostete ihre kleine Extravaganz aus.

An der Mosel entlang, französisch Moselle, elle, belle, Mademoiselle – welch vielversprechende Deklination! Nasale üben. Überhaupt üben, wie seinerzeit als federleichtes Ballerina-Elfchen (ja, auch Äffchen!) an der Stange. Stumme Endsilben üben, folglich sich in Unterlassung üben, Geschriebenes genussvoll unausgesprochen lassen. Den Teller aß Laura auch niemals ganz leer, immer blieb ein Röschen Brokkoli, ein bereits sorgfältig gestutztes Stückchen Fleisch, ein Löffelchen Püree übrig, Beweis und Ausdruck eiserner Disziplin und für den Willen zur Form: nicht anders als ein Reim, der am Versende den schwellenden Satz kappt. Bei ihr, Laura, fand das Kappen zum Segen der am Kragen eingenähten Konfektionsgröße statt: schon ein ganzes Leben lang *petite*.

Montag, 8. September

Feenbesuch. Hat ihren blauen Schal vergessen. Oder seidiges Souvenir der Frau Tugend. In jedem Fall passend zur Iris. In wenigen Tagen wird die kognitive Selbstexpansion durch echtes Reisen ersetzt, Courage, alter Freund!

Vier auf einen Streich – nur halb so viel wie das tapfere Schneiderlein. Die letzte Reise, die diesen Namen verdient (to rise!), wurde mit der süßen Feindin angetreten, wohin, ist fast vergessen, weil es gleichgültig ist: Worüber auch immer sie sich neigte – einen Gedanken, ein Buch, ein Blumenbeet oder eine just entdeckte Landschaft –, es erhellte sich, es erhellte uns. Ein Grobian bin ich ohne dieses Licht. Ein Brachland. Ein Anwärter auf nichts, ein Wärter von längst Geraubtem. Das Part. Perf. von »reisen« ist nun: gerissen. Angsthase und Hasenfuß, hoppeldipoppel, jetzt geht's los! Der Lahme und die Blinden schauen sich die weite Welt an, Lord extra, Flugstewardess, wie hat uns einst die kecke Welteroberungsschnauze der Boeing 747 (JUMBO JET!) imponiert! Mächtigste Stupsnase, himmelstürmend. Nein, blind sind sie nicht, die berlinischen Auswanderinnen; eventuell ein bisschen kurzsichtig.

Wie schön es aussieht, wenn die Flocken des Fischfutters im Wasser sinken: Es könnte auch Blattgold sein, das sich in träumerischer Schlafwandelei und sicherer Gefolgschaft nach irgendeinem, für uns stummen Takt dreht und schwebt. Rieseln und Reisen.

Eine Woche nach diesem Eintrag hatte der weinrote Fiat *Ulysse*, ein Modell, das nicht mehr gebaut wurde und bereits Spuren anderer Fahrten trug, für einen Monat geliehen und mit Automatikschaltung versehen, bereits die ersten Flecken auf den Polstern der Rückbank. Schmalzbrot hatte Spuren hinterlassen (Dodo hatte zu herzhaft hineingebissen) und Beatrices Kräutertee. Und die ersten hundert Kilometer waren zurückgelegt. Sonntags, gegen Abend, waren die fünf aufgebrochen und hatten in Trier, das keiner von ihnen kannte, übernachtet – Stadtbesichtigung war für den nächsten Morgen vorgesehen und war nun absolviert, »Porta Nigra etc., gebongt«, sagte Dodo flapsig.

Sie waren, obwohl sie gar kein genaues Ziel hatten, ungeduldig, es zu erreichen. Dodo saß auf dem Beifahrersitz, Penny, Beatrice und Laura im Fond, stumm, überwältigt. Sie folgten der Bundesstraße 419, meist war der silbrige Fluss zur Rechten zu sehen, und es war erleichternd, ihn zur Hand zu haben wie ein Geländer.

Penny betrachtete Bendix' lockigen Hinterkopf, noch kaum grau, daher wirkte er von hinten jünger als von vorn. Und es kam ihr, nein, stürzte ihr in den Sinn, wie sie, in den Abruzzen unterwegs, auf dem Sozius der von Otto geliehenen Moto Guzzi kauernd, die Arme um seine Hüften geschlungen, seinen sonnenbraunen Haarschopf im Wind hatte aufleuchten sehen, vom strengen Fahrtwind flatternd wie die Flagge eines siegreichen Angreifers. Nein! Das war viel zu militärisch. Easy Rider, sanfter Saboteur: türmen, desertieren, Fahnenflucht, Windsbraut und Leichtsinn – so lauteten die Stichworte und Zutaten jenes verwegenen Jahrzehnts. Kein Helm weit und breit; weder im wörtlichen noch im übertragenen Sinn war er ihr notwendig erschienen. Und nun saßen sie angeschnallt, wirbelsäulenschonende, steißbeinfreundliche Kissen unter den Hintern, rundum behütet und beschirmt von Seitenaufprallschutz, Airbag und Antiblockiersystem und fühlten sich ausgesetzt, gefährdet, verwundbar. Bendix hatte eine kleine Schachtel mit CDs mitgebracht und sie zwischen Fahrersitz und Beifahrer verstaut. Jetzt war sie ihm dankbar dafür; zu Musik zu schweigen, war so richtig wie zu Musik zu tanzen.

Beim Aufbruch hatten sie, einigermaßen feierlich, einander das Du angeboten. Bendix hatte jeder die Hand gereicht, »guten Tag, Laura«, »guten Tag, Beatrice«, »guten Tag, Dorothea«, und »guten Tag, Penelope«, gesagt. Mit großem Ernst. »Dodo und Penny, bitte!«, hatten Dodo und Penny ausgerufen. Und Bendix hatte sie, Penny, angeschaut und gesagt: »Die Penelopearbeit des Eingedenkens.« Ohne weitere Erläuterung hatte er den Satz und sie miteinander allein gelassen und sich hinters Steuer gesetzt, schwerfällig, Schmerzensmann; bei den Beinen musste er nachhelfen, um sie in die richtige Position zu hieven.

Penny schloss die Augen und lehnte sich gegen die Kopfstütze, Eingedenken, das bedeutete: nicht nur erinnern, im inneren Kalender nachschlagen, sondern würdigen. Also Otto auftreten lassen, als einen von niemandem, auch ihr nicht, zensierten Menschen.

Eingedenken: all die Toten. Zu müde, Penny seufzte, die Tage vor der Abfahrt waren ausgesprochen anstrengend gewesen. Frau Rohme senior hatte sie gescheucht, von morgens bis abends, als müsste sie vorab die Arbeiten erledigen, die im Reisemonat anfallen würden. Dabei, das wusste Penny, war sie keinesfalls unglücklich über die allein ihrer Regie überlassene Ausführung des Drehbuchs *Weinlese mit Saisonarbeitern.*

Im Auto roch es, obwohl es doch schon ein paar Jahre auf dem Buckel hatte, nach Neuwagen; nach Kunststoff und irgendeinem Deodorant, mit dem die Polster behandelt worden waren. Das mischte sich mit Dodos mutig aufgetragenem *Desire noir*, mit Beatrices Duft nach Verbene, Lauras ätherischem nach erblassendem Himmel, Pennys nach Zimt und Bendix' nach Nikotin und Sandelholz.

Beatrice rätselte, auf welche Weise sich die Duftmischung, in der Einzelnes erkennbar blieb und die doch ein Ganzes bildete, auf Empfindungen übertragen ließ: die anderen vier als Gemeinschaft ins Herz schließen. Kleeblatt. Herzblatt. So wie sie in der Kabine – Van hin oder her – zusammengeschweißt waren, auf den hinteren Sitzen im ständigen Körperkontakt, die Nacken der vorne Sitzenden unausweichlich im Blick. Schon lange war ihr das Gefühl von (oder für?) Intimität abhandengekommen, hatte sich aufgelöst in den funktionalen Bewegungsabfolgen, die sie als Lehrerin vermittelte, ihrer Richtigkeit ähnlich gewiss wie derjenigen von Tonleitern. Bewegungen, die irgendwann zur inneren Genesung führten. Umarmungen gehörten nicht dazu.

Beatrice erschrak angesichts der geradezu gewalttätig über sie hereinbrechenden Vergegenwärtigung einer Liebesnacht mit dem Ungenannten und atmete dagegen an. Hoffentlich für Bendix im Innenspiegel – er hatte sie im Blick – nicht erkennbar. Göttingen: nicht viel mehr als ein Matratzenlager in einer leeren Wohnung, Tisch, Stuhl und Kühlschrank, ein vom Vormieter zurückgelassener Lüster, zwei Kerzen, die sie gekauft hatte, um nicht unter der geballten 1000-Watt-Bestrahlung eben dieses Lüsters ausgeleuchtet zu werden. Diese brannten, mit eigenem Wachs auf einem Stück Pappe befestigt, neben ihrer zu einem unordentlichen Haufen verknäulten Kleidung und der Matratze, unbeirrbar, mit steter Flamme. (Hatte sie sich, beim Betrachten von Liebesfilmen und Liebesszenen, nicht immer gewünscht, sich einmal selbst auf solch hastig-fiebrige Weise ihrer Kleidung zu entledigen, wie es die einschlägigen Paare taten, sie achtlos irgendwo fallen zu lassen? Tatsächlich hatte sie den Drang, alles sorgsam zu falten und zu betten, stets, auch dieses eine Mal, mühsam unterdrücken müssen.) Später, Beatrice erinnerte sich genau – sie hatte unter der Achselhöhle des Ungenannten hindurch einen Blick auf die Kerzen erhascht –, zuckten und flackerten die Flammen nervös im Takt der Erregung mit. Sie lag, die Beine himmelwärts gestreckt und weit gespreizt, das Becken gereckt, um ihm, der sie herrlich bedrängte, Raum zu geben. Laut, lustvoll und begeistert hatte sie seinen Namen gerufen, wie jemand, der die letzten Meter einer Verausgabung bejubelt. Danach war ihre Nacken- und Schulterpartie ganz aufgescheuert (wie früher nur die Knie) vom rauen Putz der Wand, die ihr Halt gegeben hatte. Und das Gesicht von seinem Bart. Tagelang hatte der schönste Muskelkater sie begleitet, stummer Generalbass zur bereits verklungenen nächtlichen Hymne – einer von vielen –, die sie aufeinander angestimmt hatten.

»Mädels?« Bendix schaute im Innenspiegel zu den drei, wie ihm schien, schläfrig-stummen Frauen im Fond des Wagens. Mit Dodo hatte er sich anfangs lebhaft unterhalten; der Dieselmotor hatte es unmöglich gemacht, dem Gespräch hinten zu folgen. Um Hunde und Fische hätte es sich gedreht, so viel konnte man an den roten Ampeln der Ausfallstraße noch aufschnappen. Dann verhinderte die gut ausgebaute Bundesstraße ein Gespräch zu fünft.

Beatrice beugte sich vor und schrie fast, um sich Gehör zu verschaffen: »Bitte uns nicht Mädels nennen!«

»Na gut«, schrie Bendix zurück, »liebe Reisegefährtinnen, ich wollte nur vorschlagen, in Schengen zu halten.«

»Schengen?«

»Ja, Schengen, da gibt es eine Wasserburg aus dem 13. Jahrhundert.«

»Und ein Abkommen«, sagte Beatrice und schlang ihr rotes Tuch enger um den Hals, als fürchtete sie Zugluft.

Dodo sagte, sie bedaure, dass Grenzübertritte so unspektakulär geworden seien. Kein Uniformierter mehr, der einem forschend in die Augen schaut und ins Innere des Wagens, welcher unter einem solchen Blick zum Geheimnisträger werden musste. Kein Gefühl der Bewährung und des Triumphs, wenn es weiterging und andere gefilzt wurden. Kein Wortwechsel mehr, bei dem sich mit akzentfreiem Französisch oder Portugiesisch glänzen ließ – sofern nicht mehr als drei Sätze notwendig wurden. Allein anhand der Beschilderung der Ausfahrten und an den Geschwindigkeitsbegrenzungen ließ sich jetzt feststellen, dass das eine Land verlassen worden war und das nächste erreicht.

»Na ja«, sagte Laura auf ihre spitznasige Art, »bei Luxemburg hättest du erhebende Gefühle der Begegnung mit dem Fremden auch vor Schengen kaum verspürt. Oder erregen dich Herzogtümer?«

Bendix parkte den *Ulysse* (»Warum eigentlich nicht *Achilles* oder *Telemach*?«, hatte er den Angestellten der Autoverleihfirma gefragt und ein ratloses Schulterzucken geerntet, »da müssen Sie bei Fiat nachfragen«) schwungvoll auf dem zentralen Platz des Ortsteils Remerschen, direkt vor dem Rathaus. Alle stiegen aus, dehnten sich, und Bendix sagte wie schon beim ersten Halt in Trier: »Entfaltet euch.«

Wird er das jetzt jedes Mal sagen, fragte sich Laura und schaute streng.

»Wir sind allerdings ein wenig knittrig«, bemerkte Penny.

Bendix entzündete eine Zigarette, zog den Rauch tief in die Lunge, wandte sich zum Gehen. »Unterwegs in der Hauptstadt des freien Personen- und Warenverkehrs«, sagte er: »Seit knapp dreißig Jahren, ich hätte gern weitergeschmuggelt.«

»Verstehe ich!«, rief Dodo und setzte hinzu: »Bald wird es wieder so weit sein.«

Die anderen schwiegen und folgten. Bis Laura sich zu Dodo und Bendix gesellte, weil sie es dumm fand, die Sitzordnung im Auto auch als Fußgänger einzuhalten. Beatrice und Penny gingen Arm in Arm, man kam dem Fluss näher, ein eigentümlich vertrauter Geruch vor fremder Kulisse. Ein Betrachter von oben hätte sicherlich verwundert festgestellt, dass das Trüppchen, schlendernd unterwegs zum Flussufer, merkwürdig unverbunden wirkte, und das, obwohl die Brünette und die Grauhaarige eingehakt waren. Lose Gliedmaßen ohne gemeinsame Regiezentrale; alle gingen zwar in dieselbe Richtung, aber strebten doch auseinander. Unsicher wie Anfänger. Dazu passte der böige Wind, der die langen Haare Pennys mal so, mal so verwehte. Keine Bindung, würde ein solcher Betrachter vermutlich feststellen, keine Bindung, allenfalls beschränkte Haftung.

Sie hatten das Ufer erreicht und standen ratlos zwischen dem Europadenkmal, einem Stück der Berliner Mauer, das, wie eine Inschrift verriet, dort seit 2010, dem 25. Geburtstag des Abkommens, dem Denkmal Gesellschaft leisten musste, und der Friedenssäule. Standen herum wie falsch gelieferte Fracht.

»Als wär's ein Bleistift«, sagte Beatrice und umkreiste die Säule, auf der in zahlreichen Sprachen stand, dass Frieden die Welt regieren möge. »Oder ein Geschoss, das vergessen hatte einzuschlagen.«

»Dafür sieht das Europadenkmal aus wie eine Vitrine, in der die Kronjuwelen oder erlesene Beispiele französischer Patisseriekunst aufbewahrt werden.« Dodo rümpfte die Nase beim Sprechen, weil ihr dies Monument des Gedenkens, wie auch die meisten anderen, vorkam wie in Stein oder Glas verewigte Hilflosigkeit.

»Aufgebahrt, nicht aufbewahrt«, verbesserte Bendix und rauchte die zweite Zigarette auf luxemburgischem Boden. Die Kippe trat er mit dem Absatz fest ins Erdreich des Dreiländerecks. »Aber das ist es gar nicht«, sagte er, »die drei Stelen mit zerlöcherten Sternen im rostigen Metall« – er wies mit dem Kinn in die Richtung –, »die sind wohl das Europadenkmal.« Und fügte an: »Nicht viel besser. Sie sehen aus, als hätte Europa ihnen sehr zugesetzt und als würde ihnen nur noch die Verschrottung blühen.«

Sie zuckelten die baumbestandene Promenade entlang und zankten ein wenig weiter, welches Denkmal woran gemahnte. Und erreichten das Schengener Schloss, dessen barockisierender Park mit seinen gestutzten Buchsbäumchen und seiner zwanghaften Harmonie die schlechte Laune der fünf Reisenden verstärkte. Auf der Terrasse, unter prahlerischen Riesensonnenschirmen – »als hätte Luxemburg nicht nur fette Konten, sondern auch die fetteste Sonneneinstrahlung«, meinte Beatrice, übellaunig und daher schärfer als sonst –, gab es ein Café, das zum Hotel gehörte. Späte Frühstücksgäste nippten an ihren Champagnerkelchen oder am Blutorangensaft, die meisten trugen große Sonnenbrillen und optimistische Bräune, kaum Frauen. Aggressiv polierte Schuhe, in denen sich die Träger spiegeln konnten. Geschäftsabschlussrauch in der Luft. Habemus pecuniam.

Bendix ließ sich auf einen Stuhl am letzten freien Tisch fallen, fahl und erschöpft. Penny und Laura nahmen an seiner Seite Platz, Beatrice und Dodo gegenüber. Laura schlug den mitgebrachten Reiseführer auf und las vor: »*Schengen. Musée Européen. Kernstück des Museums ist eine interaktive Kartenanimation. Man erfährt hier prägnante Informationen zur Geschichte der Grenzen der einzelnen Schengenstaaten sowie anderer EU-Staaten, die dem Schengenraum noch nicht beigetreten sind. Ziel der Animation ist es, dem Besucher zu erklären, wie sich innerhalb des Kontinents Europa die Grenzen und die damit zusammenhängenden politischen und wirtschaftlichen Machtverhältnisse seit 1815 verschoben haben.«*

»Das«, sagte Dodo mit großer Entschiedenheit, »das schwänzen wir. Mich interessieren nur Machtverhältnisse ab 1950.«

Laura widersprach, gereizt: »Warum reist man dann? Wenn man nichts erfahren will. Wir können doch nicht bloß herumvagabundieren. Wir brauchen ein Ziel und sinnvolle Etappen.«

»Wie Pilger, meinst du?«, fragte Penny. Die Stimme versagte ihr fast, kam krächzend. Sie räusperte sich; so lange hatte sie nicht gesprochen.

Dann wurde der Kaffee serviert. Und Beatrice stimmte das Lob des Ortswechsels an, eines der schönsten Beispiele für Bewegung. Der Körper bewegt sich, der Geist nicht weniger, und am bewegendsten: die Seele, die man beim Bewegen spürt wie ein schlagendes Herz. Allein, Beatrice erlahmte bald und schwieg beschämt. Eine Predigerin, die *Das Wort zum Sonntag* am Montag sendet. Dodo sah der Freundin ihre Verlegenheit an und verkniff sich, darauf hinzuweisen, dass ein Reisen im Auto, in dem man stundenlang gekrümmt saß (bei Stau sogar noch in einem zum Stationären verdammten Gefährt), kaum die Bezeichnung »Bewegung« verdiene. Bendix schließlich putzte seine Brillengläser mit so großer Widmung, als hinge alles Künftige von diesem Einsatz ab. Hauchen, polieren, hauchen, polieren.

Und Penny? Penny rührte den Schaum in ihrem Cappuccino ingrimmig um, bis er sich auflöste und in kümmerlichen Resten an der Tassenwand verkrustete. Ein Heimweh, das sich nicht auf Vergangenes bezog, sondern auf vermisste Zukunft, erfüllte sie, den Tränen nah. Sie hätte sich gern in Bendix' Arme gelegt wie der Gottessohn in die Marias, Pietà gespielt. Unter der Wucht, Anmaßung und Verkehrung, die in diesem Bild lagen, zog sie den Kopf ein. Ach! Jetzt im *Rebstock* am Stammtisch sitzen, Servietten und Besteck in die dafür vorgesehenen Behälter füllen, Bestellungen aufnehmen, die versprengten Nachmittagsgäste bedienen. Gedankenlose Verrichtungen, die keiner Rechtfertigung bedurften. Schließlich steckt in »Verrichtung« beides, Richtung und richtig. Während man hier zu fünft um einen Tisch herum saß, im Kunstherzen Europas, einander fremd wurde oder fremd blieb und einem Fluss folgte, der wie verrückt mäanderte. Ihr Blick schweifte über die vertrauten Gesichter der Freundinnen, Gesichter, die sie schon so lange bezeugte; was sich in ihnen abzeichnete, erschloss sich ihr wie die Schrift eines geläufigen Alphabets. Und als Spur eines Prozesses. Erstes Anlachen noch mit Zahnlücke, und vielleicht bald erneut?

Da musste sie lächeln, und Bendix fragte sofort: »Penelope, Erste der Frauen, was freut dich?«

Penny wurde verlegen, erwiderte nichts. Dachte ungefähr: Ich bin anwesend, bitte, und kein Zitat.

»Keine Sorge, schon gut«, sagte Bendix, die Brille wieder auf dem Nasenrücken.

»Hier war einmal das Kinderheim der Katharinenschwestern, eines Frauenordens.« Laura sah über den Rand ihrer schmalen Lesebrille zu den Freundinnen und zu Bendix: »Und der Park« – sie schloss ihn mitsamt getrimmten Bäumchen und gewittergrünen Rasenflächen in einer großen Kreisbewegung mit ein – »gehört nun zum Ensemble *Gärten ohne Grenzen.*«

»Das wiederum gehört sich so für ein Steuerparadies«, sagte Beatrice und tupfte sich die Lippen mit einer Serviette ab, auf der das Schengener Wappen aufgedruckt war. Ein brüllender, geflügelter Löwe, der auf den Hintertatzen stand und mit furchterregenden Vorderklauen ausholte. Im rechten und linken oberen Eck des Wappens je eine Rebe praller hellgrüner Trauben. »Aus Kinderlein wurden Kunden«, fuhr sie fort, »auch die kommen zuhauf. Der Löwe dient der äußeren, der Moselwein, der aus den Trauben gewonnen wird, dagegen der inneren Abwehr von Aufsehern.«

Penny lächelte Beatrice an, kommentierte deren Pointe jedoch nicht. Die Sirene eines Dampfers ertönte, erlösend: Man brach auf. Bendix verkündete, er wolle sich noch den alten Turm des ehemaligen Wasserschlosses ansehen. Laura und Beatrice ebenso, allerdings zögernd; Laura rief, sie müsse aber vorher für kleine Mädchen. Beatrice erhob sich mit ihr, wütend über die Formulierung: Sie glaubte Bendix anzusehen, wie sehr der Ausdruck ihn abstieß und fühlte sich mitverachtet. Ärgerte sich noch mehr darüber, dass es sie kümmerte.

Im kühlen Vorraum der Toilette angekommen, wie ertappt im grellen Flutlicht, das über einen Bewegungsmelder angesprungen war, vermied Beatrice jeden Blick in den Spiegel oder auf Laura und verriegelte die Tür der Kabine mit zwei kräftigen Umdrehungen. Das Knirschen des Schlosses tat gut. Laura kramte eine Pinzette aus ihrem Kosmetiktäschchen und riss sich zwei borstige Härchen am Kinn aus, die Augen konzentriert geweitet. Sie spürte, dass Beatrice wartete, das Plätschern zurückhielt, und weidete sich einen kurzen Moment daran. In Korea, hatte sie gelesen, gab es sogenannte Etiquette Bells, auf die man drücken konnte, bevor man seine Blase entleerte, und das Geräusch einer Wasserspülung setzte ein. Das tat man so oft, bis die echte notwendig wurde. Laura trat in die Nachbarkabine und fuchtelte vor dem Sensor oberhalb der Toilette, um die Spülung auszulösen; ein Rauschen hob an, und Beatrice, nebenan, löste die Muskelspannung. Dann erst ließ auch Laura sich nieder. Der Kontakt mit der kalten Brille ließ sie frösteln; und die eigene Härte. Durch die dünnen Kabinenwände zwar getrennt, im gleichzeitigen Hocken und Lauern aber auch ganz aufeinander verwiesen, waren sie einander gründlich abgeneigt.

Zurück im Tageslicht verdunstete die Gereiztheit rasch. Kurzer Blickwechsel, bevor sie zu den anderen drei aufschlossen, die den Tisch bereits geräumt hatten, und Vergewisserung: nichts passiert, kurze Verstimmung, ein verkraftbarer Anflug von Unbehagen und Ablehnung. Zwei Männer, Krawattenknoten gelockert, die Brillen ins gescheitelte Haar geschoben, saßen nun vor aufgeklappten Laptops an dem gerade verlassenen Tisch. In der Haltung von Duellanten; sie schenkten der sonderbaren Gruppe aus vier Frauen und einem Mann kaum Aufmerksamkeit, zu sehr waren sie damit beschäftigt, ihre Bildschirme gegeneinander zu richten, geordneter Schusswechsel, gepflegtes Niederringen. Der kurze Blick, den sie reflexartig den Vorgängern am Tisch geschenkt hatten, hatte wohl umgehend an die Schaltzentrale zurückgemeldet, dass es keiner weiteren Beschäftigung mit ihnen bedurfte. Diese fünf – Kleidung und Habitus bewiesen es – waren ahnungslos in Sachen Lebenskampf, vertrödelten Zeit, verpassten den Anschluss. Im richtigen Moment zu sprinten: Dafür musste man erst einmal Muskeln erfinden und dann im Selbsttuning trainieren. Die Brille des Mannes mit den kinnlangen Haaren, dem Wuschelkopf, dessen Inneres vermutlich ähnlich wirr war wie dieser Schopf, war das vielleicht entscheidende Detail für die blitzartig getroffene und gar nicht ins Bewusstsein vordringende Einschätzung, dass es Zeitverschwendung war, ein zweites Mal hinzusehen. Diese Brille war vorvorgestrig, keine Sehhilfe, sondern eine Behinderung. Sie wandten sich endgültig ab: zurück zum Durchblick.

»Kommt«, sagte Bendix und breitete beide Arme aus, als müsste er eine kleine Herde einfangen und lenken. Die vier setzten sich in Gang, zwei und zwei, Bendix dahinter, so trotteten sie zum Flussufer zurück. Der alte Wasserturm war vergessen. Sie standen einfach nur da, schauten dem Dampfer *Princesse Marie-Astrid* beim gemächlichen Andocken zu und den Grau- und Weißhaarigen beim Aussteigen, das, nach offensichtlichem Moselweinzuspruch, mit viel Geschrei, Lachen und Schwanken verbunden war. Gegenüber die Hänge rebensatt, der Fluss breit und träge, lichtgeflutet.

»Von hier«, sagte Bendix, »fuhren die Schiffe los und brachten den guten Wein zum Kaiser nach Trier. Später, bei den Preußen, wurde er zum Preußenschampus.«

»Volkshochschule!«, lästerte Dodo.

»Nein«, sagte Bendix, »Geschichte kann ich mir merken. Geschichten weniger.«

»Ich dachte immer, Schengen liege in Holland«, sagte Dodo, und dass es eine mittelgroße Stadt sei und nicht ein Kuhdorf von 500 Einwohnern. »Aber den Dialekt – wie heißt der? – finde ich lecker.«

»Letzeburgisch«, sagte Laura, die den Reiseführer noch immer in der Hand hielt. »*Oder Mosel-Fränkisch, die Sprache Europas.*«

»Reiseführer hören sich immer so an, als wollten sie einem das Beschriebene verkaufen«, sagte Penny und ließ ihren Blick über die Kuppen der Weinberge auf der anderen Moselseite schweifen. Sie lagen wie ruhende große Tiere. Und der Fluss war hier viel großzügiger, ja flüssiger als in der engen Schlinge um Steinbronn.

»*... eine prickelnde Mischung aus Bodenständigkeit und Weltläufigkeit*«, fuhr Laura fort; sie genoss es, die anderen zu irritieren.

Bendix stand in Rauch gehüllt und unbeteiligt. Erst als Laura auch die Rebsorten vortrug, die auf dem Muschelkalk gut gediehen – Weißburgunder, Chardonnay – rührte er sich und sagte: »Der hl. Donatus stehe uns bei – wie auch den Winzern!«

Laura klappte das Buch zu; Bendix hatte wahrscheinlich darin gelesen, während sie im Vorraum der Toilette mit Beatrice stille Kämpfe ausgetragen hatte. Woher sollte er sonst wissen, wer der Schutzpatron der Winzer war? Und Bendix dachte, dass Laura Zorn außerordentlich gut stand: Das gletscherhaft Kühle wechselte das Element und wurde feurig, funkensprühend. Und die schönen, geschmeidigen Gliedmaßen – lange Beine, lange Arme, lange Finger – streckten sich, aufgebracht, noch beeindruckender.

Sie lief mit ausholenden Schritten voran zum Auto, vorbei an den Senioren vom Ausflugsdampfer, die, Rucksäckchen geschultert, auf luftgepolsterten Sohlen gemächlich vorankamen. Sie schenkte auch dem alten Brunnen, an dem Beatrice und Penny innehielten, um sich zu erfrischen, keine Aufmerksamkeit. Aus vier gusseisernen Hähnen rann das Wasser in dünnem Strahl ins Becken und plätscherte beim Auftreffen freundlich. Wie in der Schlussstrophe des Volkslieds vom Nachtwächter, der in sein Horn tutet: *Vor unserm Hause nur der Born will nicht vom Plaudern lassen.*

Penny hatte das Gefühl zu erblassen, vor – Schreck: über die vergangene Zeit, das ferngerückte Kind? Es war das Einschlaflied für Bert gewesen, als er noch ihre Stimme brauchte, um die Furcht vor der Beklommenheit, die der Schlaf brachte, zu bezähmen. Bendix dagegen dachte an den Brunnen vor dem Tore, an dem der Lindenbaum steht: Bendix dachte an Deutschland. Dieser Brunnen sah aus wie der von Wilhelm Müller bedichtete und in der *Winterreise* besungene. Dieser Brunnen sah aus wie ein Bote aus den Zeiten, in denen Wanderer verabschiedet wurden, Stadttore schützten und einließen. Dieser Brunnen war aus der Zeit gefallen, biedermeierlich, und er, Bendix, war rückfällig: sentimental. Und fiel herein auf solche Versprechen von Fluss.

Sie verließen Schengen. Und es war Dodo, bei dieser Etappe auf der Rückbank zwischen Penny und Beatrice eingeklemmt – beide drängten sich an sie, als läge allein in der Berührung schon Rat und Aufschluss –, die das Wort »schengeln« prägte. Es bedeutete: schlecht gelaunt sein, schlendern ohne Genuss, quengeln ohne Adressat. Gewissermaßen ein synthetischer Vorgang auf mechanischer Basis. Ansonsten wurden die folgenden gut 300 Kilometer ausgiebig beschwiegen, Bendix hatte vor der Abfahrt lange in der Schachtel mit den CDs gekramt, als wäre es ganz besonders schwierig, den richtigen Ton für die nächste Etappe und ihre Bezwinger zu finden. Er wählte Charles Aznavour, begleitet von einem Jazzorchester, die Stimme uralt und frisch. Wahrscheinlich hatte Bendix Aznavour ausgewählt, weil er auf Französisch sang. Und alle sich erholen konnten, nicht angesprochen zu sein.

Am frühen Abend nach kurvenreicher Strecke auf schmalen, wenig befahrenen Straßen erreichten sie den kleinen Vogesenort Bussang – dort, wo die Mosel entsprang. Und der folgende, von Bendix geäußerte Satz war der einzige, der gesprochen wurde: »Seid ihr einverstanden, dass wir hier Halt machen und uns morgen früh die Moselquelle anschauen?« Alle vier sagten ja, die Zustimmung klang allerdings so matt, dass Bendix im Innenspiegel einen Blickwechsel erzwang. Daraufhin Nicken hinten und ein zweites Ja, von Laura, vorn. Sie bezogen ein reizendes Chambre d'hôtes, dicke Mauern aus Naturstein, edel gealtertes eisernes Gasthausschild. Ein solides Versprechen auf Erdung und Verköstigung. Ein Einzelzimmer und ein Familienzimmer (Doppelbett mit Stockbett - Penny und Beatrice erklärten sich sofort bereit, die Kinderrolle einzunehmen) waren frei. Nach dem Abendessen, von einer fabelhaft liebenswürdigen Wirtin serviert - »avec plaisir« oder »je vous en prie« rundete jeden ihrer Sätze ab –, zogen sich Bendix und die vier Freundinnen in ihre Zimmer zurück.

»Nicht von ungefähr heißt es in Frankreich Gastzimmer«, hatte Beatrice beim Essen festgestellt, »bei uns spricht man von Fremdenzimmern. Auch bei euch, Penny, am *Rebstock*, steht doch ›Fremdenzimmer‹? Wer sie bezieht, wird zum Fremden und stamme er auch aus demselben Ort. Sprache schafft Fakten.« Zur Bekräftigung tupfte sich Beatrice mit der handtuchgroßen gestärkten Serviette aus weißem Batist die Lippen ab. *Sprache schafft Fakten.*

»Wenn du sprichst«, sagte Bendix im Ton eines Nachrichtensprechers, dabei kauend, tief über den Teller gebeugt, auf dem glacierte Maronen glänzten wie polierte Geschosse, »wenn du sprichst, dann oft mit einer Coda: Dein Satz schließt mit einer Zusammenfassung des Gesagten, Nachdruck durch Wiederholung. Ein musikalisches Verfahren. *Sprache schafft Fakten.*«

Beatrice wurde rot, vom Hals aufwärts, schaute der Reihe nach ihre Freundinnen an, schwieg. Dodo sagte, an Bendix gewandt: »Du gibst aber auch einen ganz guten Oberlehrer ab.« Pause. Dann hoben alle ihr Glas und prosteten einander zu. Setzten die Gläser erst ab, als Beatrice wieder blass war.

Eine Weinflasche später – die üppige Käseplatte, schön wie gemalt, war gerade gebracht worden und verbreitete einen alles versöhnenden Duft, stallwarm, streng und mild zugleich, das weiche Innere des aufgeschnittenen Camemberts herausgestürzt und erstarrt wie eine erkaltete Lavazunge, ein Bergkäse blassgelb in Wiesenkräuterrinde, der Ziegenkäse pudrig weiß, darum herum rote Traubengeschmeide –, eine Weinflasche später also waren sie gestillt. Das Strittige befriedet, das Zugige ausgetrieben. Ein Gefühl von Richtigkeit kehrte ein und hielt auch nach der Trennung und Verteilung auf die Zimmer an. »Ein paar Trauben, Hefe, angekurbelte Verdauungssäfte – und schon ist man glücklich«, hatte Dodo zusammengefasst und Bendix mit einer halben Umarmung überrascht.

Bendix zog den Pyjama aus dem Koffer und warf ihn auf sein Bett; das war genug der Aneignung des fremden Zimmers. Er setzte sich an den wackligen kleinen Tisch, der eher dekorative Funktion hatte. Und verwünschte sich, kein Bier gekauft zu haben, Zungenlöser.

Der wievielte September? (kaum aufgebrochen, setzt die Zeitverneblung ein), Bussang, jedenfalls

Eindringlich heute das Seltsame dieses Reiseunterfangens.

Alle vier in Sandalen unterwegs.

Kleine Stil- und Zehenkunde

Gotik: Laura

Romanik: Beatrice

Barock: Dodo

Klassik: Penelope

Laura: Alles strebt. Nach oben. Hochfahrend, hoch hinaus. Spitz die Zunge, spitz die Ellbogen, die Knie. Ausrichtung zum kühlen Norden. Füße die einer gotischen Madonna, der zweite Zeh länger als der große. So schmal, dass man um die Statik des zu Tragenden fürchten muss. Knochig, hoher Spann und ausgeprägte Wölbung, nervöses Wippen mit dem Fuß des übergeschlagenen Beins, wann immer sie sitzt. Kalt wie Amphibien stelle ich mir dieses Füßepaar vor, unmöglich könnte ich es wärmen. Durchblutung ein Rätsel. Zarte Sandale mit filigranen Riemchen, Pfennigabsatz, Zug ins Mondäne. Nagellack in der Farbe von Gletschern.

Beatrice: ist fest. Schmucklos schön, von einleuchtender Architektur. Auch beim Betreten einer romanischen Kirche versteht man sofort den zugrundeliegenden Raumtraum. Überwölben ja, überwältigen nein. Halten und bewahren, das Höhere ist nicht schlank, sondern beharrlich. Beatrice hat Füße wie geschnitzt, wie in einer Kinderzeichnung. Ungehobelt, Rohlinge. Alle Zehen gleich lang, breite Sohle, guter Stand im Schuhwerk, sicheres Auftreten. Die Nägel gerade geschnitten. Muskulöse Beine, Eintreten für die Tugend der Beständigkeit. Verblüffend schlanke Fesseln, um die linke ein geflochtenes Bändchen. Dort ungefähr so angebracht wie an einer romanischen Säule. Vermutlich dezente Vermeldung einer sentimentalen Bindung zum Spender (zur Spenderin?) des Bändchens. Alles an ihr dient dem Wohlgefallen eines durch Moden nicht korrumpierten Blicks, es dient dem Wohlgefallen des Ewigen Zuschauers. Nicht dem des bucklicht Männlein. (Aber das wusste ich ja schon vorher, ihre Berührung, ihr Griff war immer Caritas oder eine halbe Lektion.)

Dodo: Überschwang, alle Linien rund, alles mit vollen Händen ausgegeben, undenkbar, dass etwas knapp wird. Brüste, Bauch und Hüften spendabel. Ein Fuß, wie er auf der Tafel von Göttern liegen könnte, fest im Fleisch, zart gebräunt. Zum Fortkommen geeignet, zum Tanzen wohl auch. Hornhaut an den Fersen vom Bodenkontakt, irdische Fußgängerin. Rotlackierte Nägel, überraschend lange, schlanke Zehen, der Fußrücken gepolstert, nirgends eine Anmutung an uns als von Haut umspannte Skelette. Nichts an Dodo ist rationiert, sehr, sehr einladend, diese Füße. Stecken in römischen Sandalen, die bis zum halben Bein geschnürt sind. Eine Kriegerin der Wollust. Da wird einem vorm Barock bange.

Penelope: Schwieriger Fall. Robust und zart, kunstlos und doch enorm geformt. Kein Nagellack – überhaupt: kein Lack. Klare Monde. Betörende Ausgewogenheit. Umsichtige Penelopeia, heißt es bei Homer. Das heißt, sie überlegt und wendet alles gründlich bedenkend hin und her. Dafür selbst nicht so ausdrucksstark, festgelegt. Wie eine ungeprägte Münze. Sie hat viel von der süßen Feindin. Nachts, damals, vor der Eiszeit, deren warmer Fuß zwischen meinen, erwünschte Begrüßung. Noch immer Phantomschmerzen gegen Morgen, in gottloser Frühe. Ihr Fehlen tut weh, als hätte ich einen Teil meines Körpers eingebüßt: doppelt fantastisch. Penelopes Füße sind die eines Engels; Zeit, mehr als ein halbes Jahrhundert immerhin, hat sie nicht gezeichnet, verhärtet, abgenutzt; ganz so, als wären sie im Flug unbeschadet geblieben und luftliebkost jung. Lichtwesen. Das am ersten Tag die Vertreibung der Dunkelheit mit Zinke und Schalmei feiert.

Ach, Bendix, blöd bist du, lass es gut sein. »Hingerissen« und »zerrissen« stammen aus demselben Gebärsack.

Bendix schlug das Heft zu. Genervt. Auch von seiner Handschrift, von der Nähe zu sich selbst. Das Wort »Plankton« starrte vom Einband zurück. *Plankton*: Wie zutreffend! An ihnen, den fünf Reisenden, ließ sich trefflich studieren, was *ohne Eigenbewegung Umherirrendes* bedeutete.

Er massierte sich das schmerzende linke Bein und hinkte zur Tür, öffnete sie einen Spaltbreit. Mit dem Gefühl, Unerlaubtes zu tun, schlich er an der Tür der Freundinnen vorbei - war da leises Gemurmel, ein Auflachen zu hören? Ging es um ihn? Er schaffte es beinah lautlos bis zur Treppe, die Schritte vorsichtig auf den Läufer setzend, der so abgewetzt war, als hätten Generationen von Schuhsohlen ihm zugesetzt und die Farbe geraubt. Im Erdgeschoss warmes Licht, durch den Türspalt bläuliches; die Familie saß vor dem Fernseher. Französisch klang in Bendix' Ohren durchgehend aufgeregt, als hätte der Sprecher oder die Sprecherin triftigste Gründe zur Ereiferung. Draußen empfing ihn die Luft lau, umwarb ihn nächtlich gewürzt, reife Aprikosen, Wacholder, Lorbeer.

Penny, Dodo, Laura und Beatrice hatten sich auf die Betten verteilt: Penny im oberen Stockbett, Beatrice darunter, Dodo und Laura lümmelten ausgestreckt, auf die Ellbogen gestützt, Füße nackt. Es ging sofort und bis zum Einschlafen um Bendix. Laura erzählte von den Fischen, dem Aquarium, das ein Licht verströmte wie in der Geisterbahn. Lass alle Hoffnung fahren, habe er gesagt und dabei gelacht, dabei habe sie gar keine gehegt. Sie finde Männer mit Zahnlücke zwischen den Schneidezähnen zwar attraktiv, wenn nur der Seehundschnauzer nicht wäre.

Und dann stimmten sie eine Art Kanon an:

»Mir gefällt er! Macht die Lippen weich.«

»Die Hände: jünger als er selbst, Sommersprossen auf dem Handrücken wie ein amerikanischer College-student.«

»Ein schöner Mann eigentlich, aber nicht einschüchternd, weil die Nase gutmütig ist.«

»Gutmütig?«

»Ja! Mit einer drolligen, kindlich-runden Nasenspitze, die man ja eigentlich gar nicht mehr Spitze nennen könne, weil sie so, na eben unspitz ausging.«

Penny bürstete ihr langes Haar und flocht es zu einem Zopf.

»So große Füße! Und die Augenfarbe: wie trockenes Moos.«

»Hat er eine Freundin, hast du bei ihm in der Wohnung ein Foto gesehen, Schuhe?«

»Nein, aber ich war ja nur im Wohnzimmer oder Arbeitszimmer, da hing ein Porträt, aber das war von einem Philosophen, mit Brille, und dann war da das Aquarium und wenig Licht.«

»Er kam immer allein zum Feldenkrais, wurde auch draußen nie erwartet.«

»Du hast kontrolliert! Du interessierst dich für ihn!«

»Er liegt mir am Herzen.«

»Ach, Bea, nur daran? Wo ist bloß dein Süden?«

»Ich kann mir überhaupt nicht mehr vorstellen, außer im Traum, einen Mann an meiner Seite zu haben. Ich bin so ungeschickt geworden, so pulvrig und kraftlos. Ein gestrandeter Pottwal, den an Land, nur wenige Meter von seinem lebensspendenden Element entfernt, das Gewicht seiner eigenen Organe erdrückt. Ohne die er wiederum auch im Wasser nicht überleben könnte. Richtige Ausstattung, falsches Leben.«

Das war Penny, die nun aufrecht auf dem oberen Bett saß und heulte. Die druckreife Klage und ihr aufgelöster Zustand bildeten einen herzzerreißenden Gegensatz. Selbst im Schmerz blieb Penny die gute Deutschschülerin, auf die sich der Lehrer verlassen konnte. Als die Freundinnen aufsprangen und sie umringten, begann sie zu schluchzen, lauthals wie ein Kind, der Rotz lief ihr aus der Nase; sie ließ ihn laufen und die Tränen strömen und griff nicht nach den Taschentüchern, die ihr gereicht wurden: Otto, Otto, Otto. Warum? Ich kann dich nicht länger erwarten.

Beatrice hielt ihre Hand, Dodo umfasste den Knöchel, Laura die Schulter, so standen sie um das ausrangierte Kinderbett ihrer Wirtsleute herum. Entfernt erinnerte die Aufstellung an die Grazien in Botticellis *Frühling*, nur dass es Herbst war.

Von alldem wusste Bendix auf seinem nächtlichen Gang durch das ausgestorbene Bussang nichts. Er atmete tief ein, die Luft schien ihm geradezu nahrhaft. Er war unruhig, seine Lust auf Bier quälte ihn. Sein Gehirn nahm in einer Art Dauerschleife die Erlösung des ersten Schlucks vorweg; da sie ausblieb, geriet er in Rage. Kickte eine leere Dose auf dem buckligen Pflaster vor sich her, schlug den Kragen hoch, knöpfte das Jackett zu, zog den Gürtel enger: Nichts hielt ihn zusammen. Vor dem Moto-Hôtel *Col de Bussang* waren schwere Motorräder geparkt, deren Fahrer hatten sicherlich keine Nachschubprobleme. Bendix spähte in eines der erleuchteten Fenster im Erdgeschoss, dort war die Rezeption und duckte sich, als eine große, blonde Frau sich mit festem Schritt der Empfangstheke näherte. Er drehte ab. Und entdeckte auf dem Heimweg, dass es in Bussang ein Spielcasino gab, in dem sich die Thermalbadenden abends vom Gesunden erholten. Darauf hatte er nicht die geringste Lust: auf taxierende Blicke, auf Siegerlaune, auf edel-hohe Preise. Er rauchte in tiefen Zügen auf Lunge, das Nikotin und die anderen Gifte ätzten die Atemwege entlang, und er konnte für die Dauer eines Atemzugs den Verlauf noch der winzigsten Bronchialverästelungen über das leichte Brennen genauestens verfolgen. Immer der Lunte nach. Einsicht ohne Sehkraft.

Und verlaufen hatte er sich auch. Er bog links ab und stand vor einer Kirche, *Sainte Barbe*, las er. Imposanter Turm, an dessen Sockel er pinkelte. Eine Geißel mehr für die hl. Barbara, die Foltererprobte, Engelhafte. Deren Grundfesten er nun aufweichte. Ganz unmetaphorisch. Aus dem Vergießen ergab sich nichts, nichts spross, keine Verse, keine Reime, kein Gedicht. So viel klassische Bildung hatte er noch parat, dass er wusste, wie nah sich im Lateinischen lautlich die Reime und die Tränen waren. Und ob Urin oder Tränen: Flüssigkeit ist Flüssigkeit. (Weiter werde ich mich nicht annähern, dachte er vage. Als gäbe es noch Instanzen, muttergleiche, die ihn einem Verhör aussetzen könnten.)

So hatten, ohne es zu wissen, Penny und Bendix gleichzeitig Ströme in Gang gesetzt, die handfeste Abwesenheit Ottos und die angebliche Anwesenheit der hl. Barbara zu beweinen beziehungsweise zu bestreiten. Und beide Ströme waren versiegt. Körpermeldungen, gescheitert an der Überlegenheit der Gespenster. Hätte Bendix wohl geschlussfolgert, wenn er noch Gedanken nachgehangen wäre. Er war aber nun ganz leer und ruhig und grübelte und zürnte nicht mehr. Über der Kirche, dem verlorenen Mann und der kleinen Grünanlage wehten, an aufgespannten Drähten, lustige Wimpelchen, bunt, alle Farben von der Dunkelheit jetzt ausgeschwemmt. Vom letzten Sommerfest übrig geblieben. Spitz wie Haizähne. Immerhin war seine Biergier gedämpft oder sogar gelöscht durch den Frevel. Bendix legte die letzten Meter ohne Groll, nur noch müde und schlafwillig, zurück; ein ziemlich normaler Tourist, der sich nach einem anstrengenden Tag auf das zugewiesene Bett freut.

Der Hausflur empfing ihn euterwarm. Essen und Schlaf roch er, bei den Freundinnen alles still. Väterliche oder brüderliche Verbundenheit regte sich, was wusste denn er?! Drückte sein Gesicht wenige Augenblicke später, im schmalen Bett bereits ausgestreckt, in das steife Kissen, das unbeugsam wie ein Gegner blieb. So kam es, dass Bendix selbst im Schlaf noch aussah, als wäre er in einen Ringkampf verwickelt. Bergmannssohn mit Angst vor der Tiefe. Und dem Tiefschlaf.

Sie erwachten überraschend gestärkt. Alle fünf. Als hätte die Nacht sich als Membran zwischen den Kummer und den Morgen geschoben und alles aufgesogen. Dazu herrschte heiterstes Wetter, Farben, wie sie nur der September so dick aufträgt.

Gleich nach dem Frühstück, auf dem Weg zur Moselquelle – sie lag eine gute Spaziergangslänge vom Ortskern entfernt –, nannte Dodo jedes Pflänzchen, jede Blüte, jeden Strauch beim Namen. So kam das Gefühl auf, lauter Bekannten zu begegnen, die sämtlich freundlich grüßten. Bendix hatte das Brunnenbecken mit dem rührenden Rinnsal der neugeborenen Mosel ja bereits als Foto gesehen und war nicht besonders ergriffen. Aber Penny, Laura, Beatrice und Dodo befiel im Angesicht dieses Anfangs eine Andacht, die sie verstummen ließ. War es überhaupt ein Anfang? Beatrice umrundete das Becken und die Mauer, auf der der Moselverlauf abgebildet war. Kann ein Anfang eine Voraussetzung haben?

»Anfänge sind immer unterirdisch«, sagte Dodo, als könnte sie Gedanken lesen. »Anfänge sind reine Möglichkeiten und erst ab Sichtbarkeit Tatsache.«

»Du meinst Realität?« Laura schob zwei Haarsträhnen hinter die Ohren, als müsste sie den Überlegungen Gehör verschaffen.

»Nein«, sagte Dodo sehr bestimmt – genauso bestimmt, wie sie Setzlinge in die Erde drückte oder Zwiebel das krause Fell striegelte –, »ich meine Tatsache. Wirklich sind auch die Möglichkeiten, nicht erst das, was sich daraus als Tatsachen ergibt und als Realität gilt.«

Dodo bebte regelrecht. Das Verkünden passte ihr nicht, passte nicht zu ihr. Sie versetzte dem Mäuerchen, das das Becken umschloss, einen Tritt, der sie fast das Gleichgewicht kostete.

Bendix rauchte, blies Kringel in den makellosen Himmel und sagte: »Voilà. Mein Beitrag zur Ontologie am frühen Morgen.«

»Depp«, sagte Beatrice, allerdings in einem so tastenden Ton, als würde sie selbst ihm noch nicht ganz trauen (womöglich wurde auf französischem Boden die Zunge freier?) und nahm auf dem Mäuerchen Platz. Sie winkte die anderen heran, »setzt euch«, dann sprang sie wieder auf und lief zu einem Mann, der seinen Hund ausführte: »Foto?«

Bendix in der Mitte, die langen Beine hölzern wie Stelzen abgelegt, links von ihm Penny, rechts Beatrice, Laura und Dodo jeweils außen. Laura mit blitzenden Zähnen, strahlend (schließlich war die Mundpartie ihre ureigene Domäne), Dodo mit gerecktem Kinn, als wollte sie dem Betrachter etwas zurufen, etwa im Sinne von: Du bist eingeladen, mich zu bejahen. Beatrice blickte ernst und gefasst, jede Wiedergabe stimmte sie feierlich. Penny schaute zu Bendix, sie musste ihren Blick auf ein Gesicht richten, wenn ihr eigenes aufgenommen wurde. Sonst entglitt es ihr, wurde unsicher und verschwamm, wie die Fotos in der Steinzeit der Fotografie in der Entwicklerlösung verschwommen waren.

Der zufällig gewählte Dokumentarist warf einen prüfenden Blick auf das Display, bevor er Beatrice das Gerät zurückgab. Der Hund hatte zu seinen Füßen gekauert, ohne sich zu rühren. Nun sprang Dodo auf, lief die wenigen Meter halb geduckt und kniete sich zu dem Hund nieder, kraulte ihn hinter den schlappen, weichen Ohrlappen. Er wedelte schwach. Richtete einen kummerschweren Blick aus leicht blutunterlaufenen Augen auf seine unerwartete Wohltäterin. An den unteren Augenrändern Schwappendes, als hätten sich Tränen dort gestaut.

»Wie heißt er?«

»Comment?«, sagte der Mann.

»Name«, sagte Dodo.

»Hero«, sagte der Mann in englischer Aussprache, und Dodo wiederholte ungläubig: »Hero?«

»Oui«, und mit einem kurzen Ruck an der Leine zog er den Hund hoch, sie setzten sich in Bewegung. Hängendes Gesäß beide, nur Gang, kein Fortschritt. Dodo hielt ihre Rechte mit der linken Hand umklammert, als könnte sie so die Zärtlichkeit bewahren und umwidmen: Zwiebel oder gleich allen Mitgeschöpfen.

Es war Laura, die von der Andacht genug hatte und spitz bemerkte (Gotik, dachte Bendix, wusste ich es doch): »Ich finde die Öffnungen, aus denen das Rinnsälchen namens Mosel fließt, eklig. Sehen aus wie undichte Vaginen.«

»Du bist widerlich«, sagte Penny. »Außerdem heißt es Vaginas.«

»Blödsinn.«

Die Luft sirrte. Ein Windstoß fuhr in die Bäume wie eine Ermutigung und bauschte das Laub auf; derart geplustert sah es aus, als wollte es balzen. In den Büschen Vogelkonferenzen, ein aufgekratztes Gezwitscher. Beatrice erinnerte sich, einmal in Donaueschingen die Quelle der Donau besichtigt zu haben, das große, runde Becken auch dort von einer Grünanlage umgürtet und von einem pompösen Denkmal – irgendeine wuchtige Frauengestalt mit Kindern – erdrückt. Alles Anfänglichen beraubt: des Zögernden, Zaghaften, Ungewissen. Da wurde bereits gefeiert, was erst viele Kilometer später zu einem imposanten Fluss anschwoll und Europa durchquerte. Als ob, dachte Beatrice, als ob jemand die vier Mädchen vom Erster-

Schultag-Foto wie erwachsene, fest im Leben verankerte Frauen ausstaffiert hätte.

»Hier kommt sie also her, die Mosel«, fuhr indes Penny fort, verträumt, und Laura schaute sie verblüfft an, weil sie die gerade aufgeflammte Gereiztheit schon wieder vergessen zu haben schien. Das war typisch Penny: kurze, punktuelle Aufmerksamkeit für das, was sie umgab, und langes Abschweifen in wer weiß welche Welten. Wenn sie, Laura, Ottos Frau gewesen wäre, sie hätte ihm alle Detektive dieser Welt auf den Hals gejagt. Und den *Steinbronner Bock* gepanscht. Sich die Haare geschnitten, kinnlang, frech. Strähnchen. Statt wie Rapunzel auszusehen. Aber Penny träumte Otto hinterher, heulte ihm hinterher, wartete ihn ab. Mit einem Blick wie durch ein umgedrehtes Fernrohr, durch das alles, was nah ist, in großer Ferne winzig verschwindet. Laura folgte einem plötzlichen Impuls und strich Penny die langen, offenen Haare aus dem Gesicht; eine mütterliche Geste, wenn auch, mangels Praxis, ungelenk. Penny lächelte zurück. Und wusste ungefähr Bescheid.

Dann standen alle fünf auf, Bendix noch immer in der Mitte, als hätte das Foto nicht nur einen Moment festgehalten, sondern auch eine Choreografie festgelegt. Und marschierten eingehakt als Phalanx durch den Park, zurück zum geparkten *Ulysse*, der ihnen nach drei oder vier Tagen vorkam wie eine Bergungskapsel. Aus Erdennot, wenn es so etwas gab.

»Fehlt nur noch die Internationale!«, sagte Dodo und zwickte Beatrice in den Arm. Bendix, zweifach gestützt, lief beinah schmerzfrei. Wenn Friedrich mich so sähe, dachte er. Er würde mich glatt für einen Konvertiten halten.

Sie hatten ihr Gepäck in dem Chambre d'hôtes zurückgelassen und nahmen das Angebot der auch bei Tage äußerst freundlichen, ja geradezu beflissenen Wirtin an, im Frühstücksraum eine kleine Pause einzulegen, bevor sie sich auf den Weg machten. Den nächsten Stopp hatte Penny festgelegt: Hartmannswillerkopf, eines der großen umkämpften Schlachtfelder des Ersten Weltkriegs.

»Ich habe Geschichte studiert«, sagte sie, »und im Referendariat den Ersten Weltkrieg behandelt. Die Prüfungsstunde über die Westfront ging katastrophal daneben.« Sie lächelte in die Runde. Und alle nickten. Penny etwas abzuschlagen war immer schon so gut wie unmöglich gewesen, wahrscheinlich weil sie Zustimmung nicht voraussetzte und daher umso mehr zum Einverständnis einlud oder gar verpflichtete. Waren sie ihr nicht alle nach Steinbronn gefolgt? Waren sie nicht stets in ihrer Nähe geblieben? Wie die Freier der anderen Penelope: Schweigen. Nur Bendix sagte etwas in der Art von: »In der Schule der Erfahrungen gibt es keine Noten, wir fallen ohnehin alle durch.« Aber das wurde nicht beachtet.

Dodo setzte sich in die Ecke der um den Tisch laufenden Bank und hielt ein Nickerchen, die Arme über der Brust verschränkt, die Beine ausgestreckt. Innerhalb weniger Momente konnte sie einschlafen, wo auch immer. Das hatte sie mit Zwiebel gemeinsam.

Ihre Freundinnen saßen um sie herum und lasen. Bendix, am Nachbartisch, schrieb, den Kopf tief über die Tischplatte geneigt, die Zungenspitze sichtbar zwischen den Lippen. Wie ein eifriges Schulkind. Beatrice sah es und schluckte.

Lieber Friedrich,

ich schreibe Dir diesen Gruß aus Frankreich. Bin als Chauffeur von vier Freundinnen unterwegs, Du wirst es kaum glauben. Werde Dir davon berichten bei meinem nächsten Besuch in Köln. Der Rhein wird mir die Mosel austreiben müssen, deren Verlauf wir bis hierher, Bussang, zur Quelle, gefolgt sind. Ein Nest mit wehrturmartiger Kirche. Unsichere Pilger. Worin unsere Teilhabe bestehen wird – keine Ahnung. Wir rutschen voran. Auf schiefen Ebenen. Und haben nur unseren schlechten Ohren zu verdanken, dass wir die Einschläge und das Pfeifen der Geschoße nicht hören. Der Rest ist geopolitisches Glück. Wer nicht unter Drehschwindel leidet, muss verrückt sein. Oder Friedrich heißen.

Was machen Deine schuppigen Weisen? Habe meine Fische in der Obhut einer Schülerin zurückgelassen, die gegen Entgelt solche Aufgaben übernimmt. Sie schien mir vernünftig, jedenfalls nicht gepierct und keine Tätowierungen. Pferdeschwanz und angedeuteter Oberbiss – unbelastet. Weder S(üße) F(eindin) noch Fanny Ardant in minderjährig. (Mein Leben incl. Frauen und Mädchen darin hat noch nie auf mich gewirkt, als hätte Truffaut Regie geführt.)

Ahoi, mein Freund, sinniere nicht zu viel und entkorke die nächste Flasche auf mein Wohl.

Bendix

PS: Eine der vier Frauen heißt Penelope. Soweit ich verstanden habe, ist ihr Odysseus seit Jahren auf Irrfahrt. Du hättest Chancen! Von den vieren die Beseelteste. Enfin; ich bin für immer stillgelegt.

Was macht der FCK?

Bendix klebte den Umschlag zu. Dabei verspürte er eine starke Abneigung gegen das affektierte »enfin« im Schlusssatz. Schreiben, selbst an den vertrautesten Adressaten, verleite zur Pose. Schreiben war wie toupieren: Blößen kaschieren, Fülle vortäuschen. Er hatte die zuckerwattig gebauschte Frisur seiner Mutter vor Augen, mit der sie nur mühsam die beginnende Kahlheit vertuschte. Blödsinn – er hätte einfach nur das »enfin« streichen müssen. Stattdessen: Fundamentalkritik. Das Kind mit dem Bade ausschütten. Bendix stopfte den Brief ohne Briefmarke in seine Umhängetasche und nahm sich vor, ihn dort zu vergessen.

Um die Mittagszeit brachen sie auf. Der Tag blieb strahlend, »Licht aus allen Kanonenrohren« – als Dodo das sagte, zog Laura den Kopf ein. Selten geschmacklos. Aber dann stimmte es doch. Es war ein Beschuss von Licht, immer wieder durchs Laub abgelenkt und gefiltert. Eine würzige Luft kam durch die schmalen Fensterschlitze, waldig, metallisch, moosig. Über gut zehn Kilometer zog sich die Straße bergan, in weit geschwungenen Kurven und engen Serpentinen. Über uns der achte Himmel, dachte Penny und wusste wie so oft nicht, was sie damit meinte. Oder wer da etwas meinte. Obwohl es erst Mitte September war, schien ihr das Laub herbstlich verfärbt, erste Spuren von Rostbraun und Quittengelb. Die Flanke eines Wolkenausläufers zog sich über die weite Ebene, darunter, unterhalb einer wie mit dem Lineal gezogenen Linie, strotzendes Blau. Ein wahres Himmelbett für die langbeinige, in eleganter Seitenlage ausgestreckte Wolkengöttin in nobelgrauem Negligé. Kein Sturm konnte ihr etwas anhaben, sie ruhte ungerührt. Nichts Schroffes bot sich dem Auge, nur zärtlicher Auf- und Abschwung von Hügeln und Gipfeln, die es nicht übertrieben mit Höhe und Abschreckung, freundlich bewaldet, nirgends kahl.

Als sie den Parkplatz bei der Gedenkstätte erreichten, an dem eine große Tafel gemahnte, angesichts der 30.000 Toten ein angemessenes Verhalten zu zeigen, pfiff ein scharfer Wind über die Höhen und kühlte die kleine Truppe im Nu aus. Ein Bus stand verwaist auf einem der für Reisebusse ausgewiesenen Parkplätze – es gab sicherlich zehn davon –, und der rote *Ulysse* war neben einem weiteren Auto französischer Bauart, über das Dodo sagte, es sehe aus wie eine Bettpfanne, der einzige PKW. Aber durch den Wald schallten deutlich Kinderstimmen, eine ganze Klasse musste das sein, dem Lärm nach zu urteilen und dem lauten Lehrerbass, der sich mit »Silence!« immer wieder hören ließ. Ein vergeblicher Refrain, der Krach setzte sofort wieder ein.

Laura hatte sich vor die große Tafel begeben, Brille auf der Nasenspitze und las vor: »*... angemessenes Verhalten ... keine laute Musik.*« Dann, mit sonorer Stimme: »*Die Vogesenfront bildet eine gebirgige Zone zwischen den Bergmassiven Donon im Norden* *und dem Grand Ballon im Süden…*« Laura übersprang erneut mehrere Zeilen mit hochgeschobener Brille, dann senkte sie diese wieder auf die Nase und fuhr fort, während die anderen sie unschlüssig umstanden, (der Wind frischte auf): »*… ist der einzige Abschnitt der Westfront des Ersten Weltkriegs, in dem Gebirgskämpfe stattfanden…*«

Ein drittes Mal unterbrach Laura und fiel dabei in eine Art rhythmischen Singsang, mit dem sie über die nächsten Zeilen fuhr, als müsste sie diese silbenzählend erfassen und speichern, aber nicht verständlich vorlesen. Dann wieder Vortrag in der deutlichen Aussprache einer Logopädin, jedes Wort professionell vom Leib der Sprache geschnitten: »*Das Vogesenmassiv wird von einem eindrucksvollen Felsvorsprung überragt, der über dem südlichen Teil der Elsässer Ebene liegt: der Hartmannswillerkopf, eines der vier Nationaldenkmäler des Großen Krieges. Franzosen und Deutsche kämpften erbittert um diesen Beobachtungsposten. Allein 1915 wechselt der Gipfel vier Mal das Lager… Schätzungen… mindestens 30.000… 12.000 unbekannte Soldaten… Krypta…*« Laura trat zurück und sagte: »Ende der Schulstunde. Pausengong.«

Beatrice dachte belustigt, dass die Fähigkeit zur Selbstironie bei allen, sie selbst eingeschlossen, glücklicherweise zugenommen hatte – durch die räumliche Enge, die zwangsweise Synchronisation, die mit Reisen einherging. Willkommene Nebenwirkung. Es hätte auch das Gegenteil eintreten können.

Dodo, einige Schritte entfernt, winkte die anderen heran. Auf einer weiteren Schautafel waren Rundwege eingezeichnet, der längste vier Stunden lang. »Nehmen wir den kürzeren, anderthalb Stunden reichen auch«, sagte Bendix und trat seine glimmende Zigarettenkippe in den weichen, feuchten Untergrund; umgehend stieg intensiver Pilzduft auf, als hätte die Schuhspitze ihn aus seinem unterirdischen Versteck getrieben. Bendix massierte, halb gebückt, seinen linken Oberschenkel, schmerzverzerrtes Gesicht. Setzte sich mit einem Ruck in Bewegung, wie ein Pferd, das von seinem Kutscher mit einem Peitschenhieb zum Trott getrieben wird.

Beatrice indes war weiterlesend zurückgeblieben und schnaubte (weltanschauliche Empörung, nannte Dodo diese Angewohnheit bei ihr), als sie das Grüppchen erreichte: »*Das Vogesenmassiv birgt zahlreiche Schlachtfelder, die ihm die Dimension eines Freilichtmuseums verleihen!* Freilicht?! Seht ihr hier Freilicht? Ich fühle mich eingesperrt in diesem Wald.« Sie schaute auf zu den Baumwipfeln; die Kronen wogten im Wind, die schlanken Spitzen der Lärchen und Fichten dagegen bogen sich wie zum Gruß. Am Himmel zwei Kondensstreifen, die sich im rechten Winkel kreuzten; ein monumentales, luftiges Kruzifix.

Dodo erwiderte ungerührt: »Volkshochschulprosa, nimm's nicht so ernst.« Und ging voran.

Penny folgte, nachdem sie neben Bendix ausgeharrt hatte, bis er sich wieder aufrichtete, Hände an den Hüften. Ins Lot bringen, dachte sie, Achse ausrichten: eine Lebensbeschäftigung. Sie sagte aber nichts, sondern nickte ihm lediglich zu, ermunternd, hoffte sie. Sie knöpften ihre Jacken zu und schlugen die Krägen hoch: gegen den Wind. Folgten den Hinweisen *Mahnmal*, *Krypta*, treppauf, ein aufgeworfener Hügel, in dessen Bauch der Eingang zur Krypta lag, drei dunkle Öffnungen – wie Schlunde. Hinter Glas ein Rednerpult, Flaggen aus den unterschiedlichsten Ländern, gekenterte Kränze. »Hier liegen die Gebeine der 12.000 unbekannten Soldaten«, sagte Laura, das Gesicht ganz nah vor der Scheibe, in dem Flüsterton, der einsetzt, sobald es um Tote geht. Ein Schild meldete, dass die Krypta nur zu bestimmten Anlässen geöffnet wurde, an Jahrestagen, am 14. Juli. Welkes Laub in den Ritzen zwischen Beton und Türen. Darin zerbröselt die ebenso welken Reden und verwitterten Beschwörungen des NIEWIEDER und JAMAISPLUS.

Helle Sandsteinstufen führten auf eine Plattform, zum Dach, dem Deckel der Krypta. Darauf ein klotzig-schwülstiger Sarkophag in Goldschwarz, an dessen Flanken, Kopf- und Fußende Wappen einiger französischer Städte, Metz, Brest, Lille, Strasbourg, halbreliefartig aufgeprägt waren. Von hier aus hatte man einen beklemmend weiten Ausblick über die lang gestreckten Vogesenrücken, heilig anmutend in ihrer hingeworfenen Stille: wie schlafende, atmende, verehrte Leiber. Wandte man dem Sarkophag den Rücken zu, wehte einem der starke Wind einen Mittelscheitel auf den Hinterkopf. Wie Fahnen flatterte Pennys langes Haar um ihr schmales Gesicht und verlieh der ganzen Gestalt etwas Heroisches. *Marianne*, dachte Bendix, dessen Locken nicht weniger wild tanzten.

Vor ihnen, zur Linken und Rechten, erstreckten sich abfallend zwei Grabfelder, getrennt durch einen gepflasterten Weg und eine Rasenfläche. Darauf konisch gestutzte Buchsbäume, soldatisch stramm. Weit hinten, am Fuß des sanften Gefälles, ein meterhoher

Mast mit französischer Flagge, deren stürmisches Knattern selbst auf die große Entfernung zu hören war. Laut wie ein Generator. Zwischen den Grabreihen zog ein roter Rasenmäher von der Größe eines Baggers seine stoischen Runden, köpfte die Grashalme, irgendjemand – Dodo, Beatrice? – sagte: »Marine Cut«. Ansonsten nur der Wind, der orgelte, pfiff und heulte.

Die Gruppe teilte sich, Bendix und Penny und Dodo gingen links, Beatrice und Laura rechts. Als wären sie Spurensicherer. Auf jedem der aberhundert weißen Kreuze stand unter dem Namen und der Division des Gefallenen der Satz *mort pour la France*, dann das Todesdatum. Die meisten waren im Frühjahr 1915 für Frankreich gestorben. Ein einziger Grabstein in der Form eines Schlüssellochs, Penny kniete davor: *Aïtsaïd Saïd Mohand Arab*. Drei Rosen lagen davor, weiß und rot. Der Grabstein, blendend hell, schien neu zu sein. Bendix, der mit Dodo herangetreten war, äußerte die Vermutung, dass er nachträglich gesetzt worden sei: der eine tote Muslim stellvertretend für alle anderen Ungenannten, eine politisch-strategische Geste, eine hilflose Korrektur. Wie ein Irrtum im Heer und Meer der Kreuze und rechten Winkel stand er da, der Stein, das Gras an seinem Sockel ungeschoren, um die Rosen zu schonen, deren taunasse Köpfe sich derartig schwer ins Grün schmiegten, dass sie aussahen wie erlegt. Im großen Bogen stiegen die fünf durch das Gräberfeld zurück zu dem Plateau, auf dem der Sarkophag stand. Standen oben, schauten, während der Wind an ihren Jacken und Haaren zerrte.

»Wo«, rief Dodo, die Hände als Schalltrichter um den Mund gelegt, »wo liegen die Witwen?«

Kaum ausgesprochen, zerlegte und verwehte eine Böe ihre Worte. Beatrice hakte sich bei ihr unter, »du hast recht«, sagte sie und drückte bekräftigend Dodos Arm, »wo liegen sie, die Witwen aller Kriege? Die Männer sterben, die Witwen erben – eine Welt in Scherben. Die Habseligkeiten, die unmündigen Kinder, die Ruinen. Und sterben, jede für sich, weder fürs Vaterland noch für die Muttererde.« Dodo erwiderte nichts; sie hatte bereits alles gesagt. Beatrice hatte eine Unterrichtseinheit daraus gemacht.

Ein schmaler Pfad führte vom Friedhof in den Wald, es wurde zu eng, um nebeneinander zu gehen. Im Gänsemarsch folgten sie seinem Verlauf, der eigenartig metallische Geruch, den sie bereits am Parkplatz festgestellt hatten, wurde intensiver. Erneut Schautafeln, Penny musste an Trimm-dich-Pfade denken, die alle paar Meter Leibesübungen verordneten, oder an Waldausflüge im Biologieunterricht, mit Erläuterungen zu Flora und Fauna. Nur dass auf diesen Fotografien Soldaten in Unterständen vor Baumgerippen und kahlgeschossener Waldkulisse posierten und Frontlinien nachgezeichnet waren. Jahrelanges Kämpfen um wenige Meter, die französische und deutsche Benennung der Stellungen übereinandergeschrieben, eine Oberhand nach der anderen.

Nach einem knappen Kilometer erst wurden sie gewahr, dass der Weg, dem sie folgten, entlang der Schützengräben verlief oder zu ihnen führte. Einige waren halb eingestürzt, das morsche Holz, eisenverstärkt, unter Gestrüpp und Laub verdeckt. Andere so unversehrt, als hätte man sie für einen weiteren Krieg instand gehalten. Die Unterstände kettenbewehrt, versperrt, eisiger Luftzug aus dem Innern, Moder und Mordsgestank. Lehmig der Untergrund, lehmig die schulterhohen Wände der Gräben, in den Einschusstrichtern zärtlicher Moosbelag, ums Versprengte herumgewachsen wie ein Salbenverband. Sie krochen voran. Wie unter Beschuss geduckt. Eine weitere Schautafel: Biologieunterricht, Selbstanforstung einer von Granaten und Artillerie zerstörten Landschaft, erst nach fünf, dann nach zehn, zwanzig, nach fünfzig bis hundert Jahren, also jetzt. *Polémopaysage*, wurde erklärt, von gr. *Polemos*, Krieg: Kriegslandschaft. 1918 versengter Wald, Stammstrünke, geschwärzt. Kahler Himmel. Allmählich zunehmendes Grün, Kraterbewuchs. Da alles abrasiert war, konnten sich Pflanzen und Bäume mit hohem Lichtbedarf ansiedeln. Weiden und Birken. Aus der Mondlandschaft wurde ein mitteleuropäischer Mischwald auf mineralisch hochgesättigtem Grund. So ein Schwindel.

Die Luft säbelt Schmisse ins Gesicht. Trächtig mit Blut wanken die Wolken. Vom Himmel hoch. Potz, welch ein Dünger! Und wie es SPRIESST! Demnächst in diesem Jahrhundert. Und alles Fleisch, es ist wie Gras. Worein wir beißen. Schrapnellsegen, Hostien aus geschmorter Epidermis. Und die Erde war wüst und leer. Ihr habt nun Traurigkeit und festes Schuhwerk zum Zermalmen des Grashalms. Es qualmt. Messerzeit. Lehre doch mich. Die Wahrnehmung meiner Einsamkeit auf diesem blutigen Felsen erfüllt mich mit unendlicher Hoffnungslosigkeit, Gefreiter, 23. Infanterieregiment, Dez. 15, Matthäus 5,4. Selig sind, die da Leid tragen.

Es werde Licht. Melde gehorsamst: Der Baum ist tot. Er war ein Patriot. Es sammle sich das Wasser unter dem Himmel: YESSIR! Kugelhagel. Tränenmeer.

Und die Erde ließ aufgehen Gras und Kraut, das sich besamte, ein jegliches nach seiner Art, und Bäume, die da Frucht trugen und ihren eigenen Samen bei sich selbst hatten, ein jeglicher nach seiner Art. Mit der Neubildung der Böden und der zunehmenden Geschlossenheit des Baumbestandes traten allmählich andere Arten in den natürlichen Kreislauf des Waldes ein, der hier der freien Evolution überlassen bleibt.

Dazu auch Sterne, zum Beispiel Sagittarius, zu Deutsch: Schütze, seien an der Feste, dass sie scheinen auf Erden. Auf die Gräben der irdischen Bewehrten. Bis auch solche werden zu wintergeborenen Himmelskörpern. Nach dem Fallen, Verrecken, Krepieren. Oder zu Feinstaub. In nachgeborenen Atemwegen. Als wir nach Frankreich zogen/Wir waren unser drei/Ein Schütze und ein Jäger/Und ich, der Fahnenträger /der schweren Reiterei/Am Bachbett brennt die bittere Beere/Mir ist's, als wenn es Herzblut wäre/Von Kameraden, wund und tot. Muss i denn – auch? Ab! Marsch! Liebe Lore, liebe Elfriede, liebe Gertraud, liebe Gisela, küss mir die Kleinen, dein Siegfried, dein Helmut, dein Horst, dein Wilhelm.

Und Getier. Unsere Walfische sind Läuse, das allerlei gefiederte Gevögel längst verraucht im Mauserschmauch. Gut so, denn aus voller Kehle schreit allein der Soldat, der Tod ist verschlungen in den Sieg zu der Zeit der letzten Posaune. Seid viele, denn, wahrlich, der Krieg ist ein hungriger Arbeitgeber und wird sein immerdar.

Vieh, Gewürm und Tiere auf Erden, ein jegliches stirbt nach seiner Art: Seid getrost, im Verwesen vereint. Untertags erweichen die Schädel und werden zu Humus, darauf Menschliches nachwächst. Plasmabank. Deutschland, Deutschland unter alles/unter alles in der Welt/Alle sind wir falsche Schurken/Von der Etsch bis an den Belt. Selig sind die Toten, die in dem Herrn sterben, von nun an. Ja, der Geist spricht, dass sie ruhen von ihrer Arbeit, denn ihre Werke folgen ihnen nach. Ach. Ach. Ach.

Und Gott schuf den Menschen ihm zum Bilde, zum Bilde Gottes schuf er ihn; und schuf sie einen Mann und ein Weib. Und Gott segnete sie und sprach zu ihnen: Seid furchtbar und mehret euch und füllet die Erde und machet sie euch untertan und herrschet. Und es geschah also.

Also ward vollendet Himmel und Erde mit ihrem ganzen Heer. Aber ein Nebel ging auf von der Erde und feuchtete alles Land, und die Waffenröcke färbten sich rot wie Feigenblätter, und die Äpfel faulten am Baum, und die Schlangen krochen erdverkrustet im Wurzelgeschling und verrieten den Halbtoten, dass es kein Ende haben wird und kein Ziel. AMEN

Niemand hatte gesprochen. Sie erreichten eine Anhöhe. Fahnenmast, Flagge, freier Blick auf die Grabfelder aus der entgegengesetzten Richtung. Penny dachte, dass es auch ein Weinberg, sanft geschwungen, sein könnte, die Kreuze Rebstöcke – von hier aus und für kurzsichtige Augen. Wäre sie zuständig, sie hätte die weißen Kreuze beranken lassen, liebevolle Vereinnahmung anstelle des steril grünen Totentuchs. Und hätte sie verstreut angeordnet; wie abgestürzte Sterne eben.

Lautes Kindergeschrei lenkte ihren Blick zurück: Am Fuß des Fahnenmastes hatte sich die Schulklasse versammelt, bunte Rucksäcke, Trinkflaschen, Anoraks lagen herum, endlich Farben! Die meisten hielten Vesperpakete auf den Knien oder in Händen und aßen mit sichtbarem Appetit. Etwas abgeschlagen der Lehrer; er stand erhöht und las Zahlen vom Blatt, »la Grande Guerre«, hörten sie, und »arrêtez-vous, taisez-vous, écoutez!« Der Wind zauste ihm die schütteren Haare, er sah aus wie jemand, der für kommende Meisterschaften das Verlieren übt. Die Kinder kauten, lachten, jagten einander, schossen Selfies und stülpten sich Kopfhörer über die Ohren. Die abertausend Knochen und das hundertjährige Verstummen unter ihren Füßen schien ihren Bewegungsdrang und ihre Lust auf Verlautbarungen enorm zu steigern: Beatrice betrachtete gerührt den Lehrer; mittlerweile saß der zusammengeklappt auf einem kleinen Felsvorsprung und suchte eine passende Miene zur würdevollen Kapitulation.

Bendix hatte sein Sudelheft aus der großen Umhängetasche gezogen, die ihn aussehen ließ wie einen Postboten aus dem vorigen Jahrhundert, und schrieb:

Hartmannswillerkopf, noch immer September

Inmitten der Spuren verstehen wir nichts, und etwas bemächtigt sich unser.

Klug und schön meine vier Frauen, die Blaue, die Rote, die Graue und die Braune. Vier Schwestern habe ich gewonnen, und das ganz ohne mütterliche Beteiligung. Ich habe sie weder geerbt noch verdient; sie sind mir zugefallen. Erntedank. (Früher der Vater: Ernte 23, Bergmannsqualm.) Verstanden und aufgeschrieben an einem Ort, wo das Vergangene im Wachkoma liegt. Ein museales Schlachtfeld. Von hier, von überall aus desertieren die Scheintoten an die Waffen. Soldaten für alle Ewigkeiten. Wiedererweckt, zu neuen Schauplätzen. Nicht einmal Grabplatten muss man dafür wegstemmen. Nur Dreck. Ein bisschen Wasser resp. Blut aufs Gefriergetrocknete – und schon ist es wieder frisch & einsatzbereit. Ausreichend hoher Gewaltgehalt der Luft – auch das eine Klimakatastrophe –, und im Handumdrehen lernen die Rekruten Halsumdrehen. Noch spielen sie vor unseren Augen Kindheit. Und beschmeißen sich maximal mit bunten Plastiktrinkflaschen.

Vielleicht hätte SF hier verstanden, warum ich keine Kinder zeugen wollte.

Bendix versenkte das Heft mit einer hastigen Bewegung in seinen Rucksack; die Vorstellung, eine von den Freundinnen könnte darin lesen, löste ein Gefühl von Scham aus. Als würde er in seinen Einträgen etwas erledigen. Schriftlich und eitel ausstellen. Oder es wie ein Präparator aufspießen. Scham. Scham schien ihm überhaupt die zuverlässigste Konstante in seinem Leben.

ANWESENHEIT

Dem Blick wohnt aber die Erwartung inne, von dem erwidert zu werden, dem er sich schenkt.

Walter Benjamin, *Über einige Motive bei Baudelaire*

»SensoDrive«, las Beatrice, die neben Bendix saß, aus der Betriebsanleitung vor, nachdem alle, durchgefroren und mit dem Gefühl, große Strapazen hinter sich zu haben, in den *Ulysse* gestiegen waren. Während Bendix den Zündschlüssel zunehmend nervös und krachend im Schloss drehte. Nichts. Einzig ein Lämpchen leuchtete am Armaturenbrett auf, rätselhaftes Symbol, ähnlich einem anatomisch korrekten Herzen geformt mit abgeschnittener Arterie. »Bei Fiat heißt das automatisierte Schaltgetriebe SensoDrive!« wiederholte Beatrice. »Und das hier« – sie wies auf den Wald – »hat es nicht verkraftet. Einfach zu sensibel!«

Die anderen lachten nicht mit, sondern schauten ernst, besorgt oder gleichgültig zu, wie ein Kleinbus schräg gegenüber parkte und einen Trupp Soldaten ausspuckte. Alle in Camouflage-Uniform, kurzgeschorenes Haar; es hätten auch Häftlinge sein können. Eine Maßnahme. Oder eine Trainingseinheit. Aber bevor sich eine der Freundinnen oder Bendix aus der Erstarrung lösen, zum Aussteigen durchringen konnten, verschwanden die Männer unter gebrüllten Anweisungen des Ältesten – der einzige Grauhaarige unter ihnen – im Wald, im Gesprenkel von Licht und Schatten sofort unsichtbar.

Bendix nahm Beatrice das Heft aus der Hand und sagte: »Defekte Getriebesteuerung. Schöne Scheiße. Scheißelektronik.«

»Bist du sicher?« Penny beugte sich nach vorne und berührte leicht seine Schulter.

»Ziemlich.«

»Beim Lancia«, sagte Dodo, »beim Lancia heißt das Automatikgetriebe DFN, dolce far niente! Witzig finde ich das, und offensichtlich ist es ansteckend.«

»Wo hast du solche Informationen bloß her?«, fragte Laura gereizt. »Wie neulich die Geschichte mit der Seescheide, die ihr eigenes Gehirn verspeist.«

Dodo grinste. »Allgemeinbildung.« Dann lenkte sie ein, sagte, ihr Lehrerliebhaber habe einen Lancia gefahren und Biologie unterrichtet, abends, auf der Bank vor dem Haus, nach getaner Arbeit und herrlich durchblutet, sei er gesprächig geworden und habe sie mit Geschichten aus der Rubrik Vermischtes unterhalten.

Keine hörte Dodo recht zu. Bendix war umständlich ausgestiegen und hinkte um das Auto herum, als könnte er mittels Blickkontakt einen Meinungsumschwung, ja, einen Gesinnungswechsel bei dem streikenden Wagen bewirken. Er trat leicht, wie auffordernd, gegen die Reifen, zündete sich eine Zigarette an. Laura öffnete die hintere linke Tür einen Spalt breit und rief ihm zu, dass es kein Netz gebe hier oben. Nur den Notruf.

»Mach zu«, rief Penny, »es wird kalt.« Sie zog die Ärmel ihrer Jacke bis weit über die Handgelenke und schüttelte sich leicht. Im Innern des Autos roch es nach Rauch, wie immer, wenn Bendix mit einer Zigarette in der Nähe war, der Wind hatte eine Nikotinschwade hineingeweht. Die drei Frauen auf der Rückbank saßen irgendwie ratlos im unbeweglichen

Fahrzeug, Beatrice wandte sich zu ihnen um und nahm Pennys Hand, als könnte sie sich so dem warmen Stromkreislauf anschließen. »Nikotin riecht nach Vater, oder?«, sagte sie.

»Meiner auch«, sagte Laura unbeholfen, »der gelbverfärbte Zeigefinger, mit dem er uns Vorschriften machte.«

»Meiner Pfeife. Aber ich kannte als Kind nur die Pfeifen, nicht den Rauch und kaum den Raucher.« Dodo räusperte sich. »Die Pfeifen lagen in der Vitrine im Wohnzimmer und überlebten ihn um Jahrzehnte. Die Hälse waren ganz zerbissen.«

»HB«, sagte Penny, »HB bei meinem, gibt's die Marke überhaupt noch? *Wer wird denn gleich in die Luft gehen?* Königskrone auf der Schachtel, sehr gelb, das Ganze.« Penny zog pantomimisch an einer nicht vorhandenen Zigarette und kündigte an, auszusteigen und Bendix Gesellschaft leisten zu wollen.

»Du rauchst?«

»Jetzt ja«, antwortete Penny, »ich mag nicht mehr stricken.« Sie öffnete die Tür.

»Rauch verweht, Socken bleiben«, sagte Dodo herzlich.

Die Freundinnen beobachteten, wie Penny sich neben Bendix' breiten Rücken stellte, als suche sie Windschatten, und wie sich, wenige Sekunden später, eine zweite Rauchfahne in den blasser gewordenen Höhen verflüchtigte. Man hörte Penny husten und sah Bendix ihr behutsam den Rücken klopfen, großer Bruder, neuerdings. Oder schon immer.

Mit Bendix, der vorne einstieg, und Penny, die sich wieder neben Laura setzte, kam diesmal ein Schwall waldiger kühler Luft ins brutwarme Innere, »ein Fingerhut voll Herbst«, wie Beatrice bemerkte. Und dachte einen Satz wie: *Es ist Zeit.* Gefühl und Zitat zugleich. Wie so häufig.

Was nun?

»*Service dépannage*«, erwiderte Bendix, »wer telefoniert?« Dann folgte, während die vier Frauen ihre Mobiltelefone zückten, um ein weiteres Mal zu überprüfen, ob eine von ihnen Netzempfang hätte, eine kleine Abhandlung über die Panne: *mettre les voiles en panne*, die Segel so stellen, dass sie keinen Fahrtwind bekommen – das sei die Essenz der Panne! Ein freiwilliger Stillstand, eine beabsichtigte Denkpause, eine herbeigeführte Aussetzung.

»Quatsch, wir sitzen in der Patsche«, sagte Dodo und Laura nickte beifällig, »aber immerhin nicht auf hoher See.«

»Wir müssten zu Fuß hinuntergehen, bis es wieder Empfang gibt«, sagte Beatrice, aber die anderen verwarfen das sofort. Zehn Kilometer! Eine kurvige, schmale Straße – und ohne die Garantie, dass von irgendwo aus Telefonieren erfolgreich wäre.

»Also Notruf«, sagte Bendix. »Wer spricht genug Französisch, um unsere Situation zu erläutern? Wir brauchen einen Abschleppdienst oder einen Kfz-Mechaniker, der die Elektronik über ein Steuergerät neu auslesen kann.«

»Du hast ja Ahnung!« Dodo schnalzte anerkennend.

Penny stieg aus: »Ich versuche es.«

»Ich wusste gar nicht, dass Penny so gut Französisch kann«, sagte Laura.

»Vielleicht kann sie es gar nicht gut – deshalb geht sie so weit weg.«

Penny war beinahe am Bus angekommen, der vermutlich die Schulklasse transportiert hatte. Vage Hoffnung, einen Fahrer anzutreffen, aber der Bus war leer. Ob der Fahrer mit auf der Geschichtstour war? Sie konnte sich nur an einen Erwachsenen erinnern, ganz offensichtlich der Lehrer. Vielleicht hatte dieser Bus gar nichts mit der Schulklasse zu tun. Ihr Rachen war rau und trocken von der Zigarette, auf der Zunge lagen verkümmert Französischvokabeln. Im Rücken spürte sie die Blicke der vier Reisegefährten; sie führte das Telefon ans Ohr, bewegte die Lippen, sagte womöglich etwas, in welcher Sprache auch immer, im Sinne von: »Leider habe ich mein ganzes Französisch vergessen, und Otto hat mich vergessen, und hier vergesse ich überhaupt alles, wie gut das tut! Ich warte schon so lange, dass ich jetzt, wo es tatsächlich ums Warten geht, das Warten zurückweise. Ich mache nur eine Pause. Bendix hat recht. Hat er nicht bei unserem Casting auf die Frage, was er sich von der Reise verspricht, ›Aufschub‹ erwidert? Der spinnt, hatten wir gedacht. Aber, sehr geehrter Pannendienst – schickt doch jemanden vorbei, wenn wir uns erholt haben. Wir müssen nämlich noch dort ankommen, wo wir sind.«

Wie gesagt, es war nicht festzustellen, ob Penny sprach und, wenn ja, was sie sagte. Ein Flaum von Unwirklichkeit lag über allem.

Es wurde ihr jedenfalls auf dem kurzen Rückweg zum Auto froh zumute. Sie lachte über das ganze Gesicht, als sie die hintere Tür kraftvoll aufzog und einstieg: »Sie schicken jemand, kann aber dauern! Wir sind hier –.«

»…am Arsch der Welt«, ergänzte Dodo, »sag es ruhig.«

»Am Arsch der Welt!« Penny lachte.

»Was ist los mit dir?« Laura musterte sie argwöhnisch. »Warum bist du so gut gelaunt?«

Penny antwortete nicht, stattdessen legte sie den Arm um Laura, schlotterte wie durchgefroren, dabei war ihr gar nicht kalt. Laura nahm ihren blauen Schal und schlang ihn um sie beide herum.

In der Zwischenzeit hatten Bendix und Beatrice die vorderen Sitze gedreht, sie saßen nun den drei Rückbänklern gegenüber. Jemand hatte die Wasserflaschen und das wenige an Proviant, Kekse und Schokolade, wie ein Stillleben im Zwischenraum angeordnet. Dodo kaute bereits. »Das Lagerfeuer müsst ihr euch dazu denken«, sagte sie mit vollem Mund.

Es war erst zwei Uhr nachmittags, helllichter Tag. Dabei schien es ihnen, sie hätten unermesslich viel Zeit an diesem Ort verbracht. Irgendwann, dachte Laura, wird ja auch die Schulklasse wieder auftauchen. Aber eigentlich war ihr ganz behaglich, so unter dem geteilten Schal. Pfadfinderwarm.

Und dann, ganz ohne Vorrede und Begründung, sagte Beatrice: »Ich erzähle euch etwas.«

Auf dem Autodach schlugen ein paar Eicheln auf, wie ein kleiner Trommelwirbel war das: Es geht los.

ABSCHAFFUNG

»Genau genommen haben wir uns kennengelernt, als wir beide in der dritten Klasse waren, also mit neun. Sein Vater, Bankier wie meiner, war von seiner Bank nach Berlin entsandt worden, sie wurden unsere Nachbarn. Giuliano.«

»Giuliano!« Penny wickelte sich vor Aufregung halb aus Lauras Schal. »Der mit den rötlichen Haaren und dem klassischen Profil! Typ toskanischer Renaissancepage. Der war mal auf einem deiner Geburtstage, deinem zehnten? Der?«

»Ja, der.« Beatrice setzte die Flasche an und trank in langen Zügen. Verschloss sie wieder. »Bitte unterbrecht mich nicht. Sonst –.«

Bendix pflichtete ihr bei, »wir sitzen hier als Leser«, sagte er, »ganz Ohr.«

»Gelegentlich war ich als Kind auch bei ihnen zu Hause, aber der Kontakt blieb ohne geteilten Schulalltag lose. Wie soll ich sagen: Lose, ja, aber immer da, im Hintergrund, im Untergrund; der Name gefiel mir – so als verspräche er etwas. Giuliano. Aber vielleicht bilde ich mir das nachträglich ein. Überhaupt Einbildung! Darin waren wir hochbegabt, er wie ich. Als wir uns mit Mitte zwanzig wieder über den Weg liefen, war er bereits verheiratet. Italiener heirateten jung, damals, Italiener und Ostdeutsche. Katholizismus und Wohnungsnot schmieden Paare zusammen. Merkwürdigerweise fand ich das damals fast anziehend, dass er verheiratet war. Ein kompliziert gesteckter Slalomkurs, statt einfach nur bergab zu rasen. Wir gingen sofort ins Bett, in einem Hotel. Mein Kinn, die Wangen waren danach ganz zerschrammt von seinen drahtigen, stachligen Bartstoppeln, wie nach einem Peeling. Und rot. Auch sein Bartschatten rötlich, die Wikinger, hat er erklärt, das kommt von den Wikingern, die Sizilien erreichten. Und dann, noch im Bett, über uns ein Bild der Siegessäule mit der Victoria, hat er mir gesagt, dass er mich behalten hätte, seit jenem Tag im dritten Schuljahr, an dem ich ein rotes Kleid trug, dasselbe, das ich zu meinem zehnten Geburtstag getragen hatte. Behalten wie man ein Foto behält oder behalten muss, das seit ewigen Zeiten im Geldbeutel steckt und jedes Mal, wenn man bezahlt, einverstanden zuschauen darf. Ich habe weder gedacht, dass er mich damit in die Tasche steckte, die Gesäßtasche, noch dass die Nähe zu den Banknoten, den Scheinen, irgendwie anrüchig war. Das Liebste zur Hand. Ich habe gar nichts gedacht. Er hatte den Ring abgelegt und mich gebeten, ihn später daran zu erinnern, aber auch ohne Ring sah der Finger verheiratet aus, die Haut blasser, dort, wo er gesteckt hatte. Wie soll ich sagen. Beim nächsten Mal hatte er ein kleines Fläschchen Olivenöl dabei, *extra vergine*, kalt gepresst. Rieb sich den kurzen Bart damit ein, jetzt wird er nicht mehr so kratzen, passt doch, *extra vergine*, sagte er, du warst es doch auch, bis vor einer Woche. Was war ich?, fragte ich, na, Jungfrau, sagte er, ich habe dich entjungfert, stimmt doch, oder, das warst du noch. Ja, es stimmt, habe ich gesagt, und er hat mich kleine Priesterin genannt, von da an. Und mir erklärt, wie wunderbar es für einen Mann sei, einen unbeschriebenen Raum zu betreten und darin Spuren zu hinterlassen –

beinahe so, als würde man beginnen, diesen Raum mit Kunstwerken zu füllen, ein Gemälde am Fenster, eine Plastik in der Nische, ein Mobile am Himmel, ein Gedicht an der Wand. Und auf einmal ist er etwas wert und kann erinnert werden. Ich habe mich gefühlt wie eine Kirche, so geweiht.«

»Bea!« Dodos Zwischenruf klang schmerzerfüllt. »Bea!«

Ein Windstoß bewegte die Blätter der umstehenden Buchen, sodass ein Lichtstrahl die Erzählerin erfasste und ausleuchtete, der graue Scheitel glänzte silbrig.

»Zehn Jahre, zehn Jahre vergingen so, beinah. In den zehn Jahren wuchs Giulianos Familie, eine Tochter, zwei Söhne, Kinder, die ich nie gesehen habe, aber von der ersten Ultraschallaufnahme an kannte. Giuliano schwärmte von ihnen. Und von unserer Kinderlosigkeit, nur wir zwei, du und ich. Familie ist etwas anderes, das ist menschlich gesetzmäßig, Geburt und Tod, wir beide dagegen sind außerparlamentarisch, verstehst du? Kondome gefühlsecht. Ich wickelte sie in Klopapier, bevor ich sie in den Hotelmülleimern versenkte. Und nach dem ersten Mal habe ich zwanzig Mark hingelegt, für das Zimmermädchen, am liebsten hätte ich das verdreckte Laken eingepackt. Wegen der Flecken, aber auch, weil ich mich für mein Alter schämte, vierundzwanzig! Aber Giuliano schwärmte über alles hinweg, er schwärmte uns eine Welt zurecht, es gab einen Ring für mich und fast jeden Abend, spät abends, letzte Runde mit dem Familienhund, einen Anruf. Ab und zu kurze Reisen, dieselben Hotelzimmer wie in Berlin, nur woanders. Statt der Siegessäule Toulouse-Lautrec oder das Filmplakat von *Vom Win-*

de verweht, Scarlett und Rhett über dem Bett. Seine Heiterkeit! Er war immer heiter, die Zähne weiß vom vielen Lachen. Nichts an mir blieb ungeküsst, erweckt war ich und ihm zum Segen halb heiliggesprochen, mit einer Heiligen ist nichts Betrug, er schöpfte Kraft aus uns. Wir waren ein Kunstwerk: Das sagte er! Eine Zeitlang gab es noch eine Wohnung in Göttingen, wo er zwei Semester studiert hatte, eine Matratze, Tisch, zwei Stühle, ein grauenvoller Deckenlüster. Kein Nest, aber immerhin kam ich mir dort nicht vor wie ausgeliehen. Ich war gelehrig und gelenkig, in der Zeitplanung, beim Sex, beim Lügen. Mein Kalender hieß Giuliano, mein Kleiderschrank hieß Giuliano, meine Gedanken, meine Möse –.«

»Bea!«

Beatrice fuhr sehr ruhig fort: »Alles hieß Giuliano. Ich war übergetreten. Und, übrigens« – sie schaute ihre Freundinnen der Reihe nach an, dann Bendix, der die Brille abgenommen und die Augen geschlossen hatte –, »es ist heute das erste Mal, dass ich seinen Namen ausspreche, er lief bei mir unter ›der Ungenannte‹. Er war sehr stolz darauf, zwei Frauen zu lieben, die eine vor dem Altar, die andere darauf. Die wenigen Male, die er einwilligte, zu mir zu kommen – eigentlich wünschte ich es mir, andererseits hatte ich immer Angst, wir könnten gesehen werden, auch von einer von euch –, spielten wir Alltag. Also frühstücken oder mittagessen, keine Eile, ins Bett zu gelangen, denn wir waren ja ein normales Paar. Wie man an der Bettwäsche sehen konnte: zweimal dieselben Bezüge, keine Improvisation, nichts Zusammengewürfeltes, kein zufälliger Bettgenosse, sondern rechtmäßiger –

wie soll ich sagen? – rechtmäßiger Besitznehmer, Inbesitznehmer, Bettbewohner, Bea-Gesellschafter, Bezieher ihrer Gunst.

Nicht kratzen!, rief er, wenn ich – weisungsgemäß oder wunschgemäß? – von Sanftmut auf wild umschlug. Spuren waren verboten. So hielt ich ihn mit Händen umarmt, die zu Fäusten geballt waren. Es war so, dass ich mich nur anwesend fühlte, wenn er bei mir war, genauer gesagt, in mir war. Ich war gar nicht besonders leidenschaftlich oder – oder leicht erregbar, geil, was weiß ich. Ihr kennt mich ja. Aber ich hatte nur Umrisse, wenn er mich umarmte, ja, und das riss mich um, darin bestand die Gier nach ihm, eigentlich Habgier, ich war endlich festgelegt, unbestreitbar da. Kaum verschnauft, verschwamm ich wieder, als wäre ich aus Tinte, vom Wasser gelöscht. Giuliano fand das witzig, er hörte mir gern zu, dann nagele ich dich eben fest, sagte er, wir haben noch eine Stunde frei.

Zu den Kellnern und Kellnerinnen, die uns in Cafés und Restaurants – immer entlegene, merkwürdige Orte, jedenfalls in Berlin, in die ich sonst nie geraten wäre, überall Buletten auf der Speisekarte, nüscht mit Extras, wa –, in solchen Gaststätten also sagte er gern zu den Kellnern: »Bringen Sie meiner Frau eine Berliner Weiße«, und strahlte mich an. Ich strahlte zurück wie befördert, Riesendurst und Hunger nach zwei Stunden zwischen Bettlaken und Beschwörungen, die bei mir ja Spuren hinterlassen durften, blaue Flecken oder eben das aufgeschürfte Kinn. Da saß ich dann glorios dampfend.

Ich spüre, ihr denkt, so ein Idiot, was konnte sie nur an ihm finden, aber so einfach ist es nicht, so einfach ist nichts. Er war ja umwerfend liebenswürdig, einfühlsam, erfinderisch, er lobte, lobte, lobte, meine Ohrläppchen (japanisch), meine Finger (flink), meine Grübchen (verschmitzt), meine Ungeschicklichkeit im Anziehen (gerissen), meine Hemmungen (reizend), meinen Appetit (wild). Ich wurde in seinen Worten zu einem Glücksfall für mich selbst. Er interessierte sich für alles, egal, ob ich ihm, im Winter, von den Vögeln berichtete, die mich auf meinem Balkon besuchten, oder von den Enthaarungsmitteln, die ich an den Waden ausprobierte, auf seinen Wunsch hin, der mir aber sofort vorkam wie mein eigener. Überhaupt kam es mir vor, als würde er mich nur daran erinnern, was ich selbst wollte. Wie ein gut geführtes Notizbuch: aufschlagen und nachlesen, was am jeweiligen Tag geschehen sollte. Er verhalf mir zu einer Bea, die mir gefiel und glatt als ›ich‹ durchging. Es ging ganz schnell, dass ich noch vor ihm ahnte, wie ich eigentlich sein sollte. Zum Beispiel Nachthemden. Ich habe immer Nachthemden getragen, bodenlang am liebsten, auf einmal erklärte ich mich zur entschiedenen Gegnerin und kaufte Pyjamas. Männliche. Nackt schlafen war vulgär. Und ich hatte recht! Ich hatte erraten, wie er mich wünschte, besser gesagt: Ich fand mich, endlich, als mit seinen Wünschen übereinstimmend heraus. Er war begeistert und freute sich wie ein Kind darüber, dass ich seinen guten Geschmack teilte. Das war der Kitt. Der Kick.

Nach beinah acht Jahren fuhr seine Frau mit den zwei Kindern, schwanger mit dem dritten, dem Nachzügler, an die Ostsee, Mutter-Kind-Kur oder so etwas Ähnliches. Er hatte ihr wohl gesagt, dass in denselben

Zeitraum eine längere Dienstreise fiele. Ich jedenfalls wurde zum ersten Mal bockig – nach acht Jahren! – und verlangte auch, an die Ostsee zu fahren. Ich lag unter ihm, diesmal im eigenen Bett, zu Hause, und trommelte gegen seinen Brustkorb: Ostsee! Er hielt mich an den Handgelenken fest, drückte meine Arme gegen die Matratze, sodass ich dalag wie gekreuzigt, sagte: Meine Bea will also an die Ostsee. Ihr Wille geschehe. Und buchte eine Woche Gotland, das liegt mittendrin, sagte er, mitten in der Ostsee, zufrieden? In die Woche fiel ein Feiertag, Christi Himmelfahrt oder Fronleichnam, weiß ich nicht mehr, jedenfalls musste er nur vier Tage Urlaub nehmen für sieben Tage Abwesenheit. Deal. Ich wurde blass vor Freude, und er weinte zu meiner Überraschung. Worüber? Über deinen Blick, über deine Freude, sagte er, du hast mich so mitleidig angeschaut, obwohl ja eigentlich ich derjenige bin, der dich leiden lässt, warten lässt, verschwinden lässt. Dafür besingst du mich, hatte ich erwidert. An diese Antwort erinnere ich mich so genau, weil sie einem plötzlichen und unglaublichen Gefühl der Stärke entsprang, und wirklich, er ließ mich sofort los, legte sich neben mich, studierte mein Gesicht wie eine Landkarte. Und machte keine Komplimente. Lag da und betrachtete mich, und ich schaute ihn an: schmale, gebogene Nase, kühn hätte man die früher genannt, der rötlich-braune kurze Bart, Draufgänger-Bart, die vollen, nimmersatten, immer feuchten Lippen, feucht von Wortergüssen, die Augen, moosfarben wie bei dir, Bendix, der Haarwirbel über der Stirn, gehisst zum Angriff, mein Wikinger.«

Beatrice holte Luft wie nach einer langen Koloratur.

»Giuliano hatte eine Regel erfunden, die er ›relative Keuschheit‹ oder so ähnlich nannte. Also mindestens zwei Tage Pause zwischen Bea und angetrauter Frau, von der er viel sprach. Gut sprach, so wie man von einem schon immer zur Familie gehörenden Erbstück gut spricht, das gehegt und gepflegt wird, dessen Anschaffung aber in Zeiten fiel, die man selbst nur vorfinden, nicht mitbestimmen konnte. Ob sie von mir wusste? Nicht konkret, höchstens abstrakt, als Möglichkeit, die Männer ergreifen, um die Rechtmäßigkeit der mit ihnen verheirateten Frau hervorzuheben. So in die Richtung. Katholische Dialektik. Mit zwei Heiligen. Unsere Körper waren auf zwei verschiedene Weisen heilig (und geil): ihrer wegen der Mutterschaft, meiner wegen der ausbleibenden, höchstens Gottes Sohn hätte aus mir entspringen können, was er, Giuliano, verhinderte. Also wurde auch er irgendwie göttlich.«

»Verstehe ich nicht«, sagte Dodo, aber Laura und Penny winkten ab, »lass sie!« Und Bendix dachte an ihre Hände, ihre Stimme in den Feldenkraisstunden, ihre engelgleiche Anwesenheit (die Flügel über alle ausgebreitet) und wunderte sich nicht.

»Warum ich?«, habe ich ihn oft gefragt. Weil du du bist, hat er unerschütterlich geantwortet. Mir ging es gut, mir geht es gut, du bist kein Notnagel, keine Notlösung. Du bist eine Pracht. Kennst du das Hohelied? Ja, eher nein, vom Hörensagen, sagte ich, ich bin keine große Bibelleserin, und er sagte, du kennst es, weil ich es auf dich anstimme. Versteht ihr, wie mundtot ich war?

Wir flogen auf Gotland, über Stockholm. Dort ein großer Streit, ich glaube, er wollte im Duty-Free-Shop

Spielsachen für seine Kinder einkaufen, auf dem Hinflug! Versöhnung mit einem Duft aus demselben Laden – nie aufgetragen, viel zu süß. Den Flakon habe ich heute noch, alles ist verdunstet. Wir stiegen in ein winziges Propellerflugzeug, ich klammerte mich an Giulianos Arm, und er flüsterte mir ins Ohr, wie gut mir die Angst stände, die Blässe. Präraffaelitisch oder Renaissance, sagte er. Er hatte, bevor auch er in das Bankgeschäft überwechselte, ein paar Semester Kunstgeschichte studiert – in Göttingen eben. Das half ihm bei der Beurteilung von Menschen; auch wenn wir irgendwo saßen, aßen, tranken, sagte er manchmal: »Schau mal, der sieht aus wie der Hofnarr von Velazquez«, oder: »Die könnte Corots Frau mit Perle sein.« Ich kannte die Gemälde fast nie, fragte ein paarmal nach, inwiefern ähnelt sie der und der, aber meistens nickte ich nur. Wie gesagt, er hörte mir gern zu, aber sich selbst auch. Gespräch war, wenn einer die Stimme erhob. Dann war alles gut. Schweigen, schweigen war gefährlich. (Vielleicht war das eine Lehre, die er aus Gesprächen mit Bankkunden zog.)

Vor der Landung sah man die ganze Insel, aus der Höhe sah es aus, als treibe sie wie eine große Scholle im Meer, und ich dachte, fester wird er nicht, der Boden unter deinen Füßen. Der Eindruck verlor sich aber in Visby sofort: rundum intakte Stadtmauer, dörflich, besonnt, eine Puppenstube mit Wahnsinnspreisen. Unser Hotel lag etwas erhöht, freier Blick auf die Stadtkirche, die roten Dächer und auf die Ostsee, Federbetten wie aus dem Märchen – ich meine so dickbäuchig, so schirmend, so befriedend. Morgens das Glockengeläut, das von der Harmonie der Welt kündete, alles in Ordnung, so wie es ist. In der Mittagssonne lagen wir in den Dünen, windgeschützt, die Fahrräder irgendwo hingeworfen, Diebstahl undenkbar in dieser Idylle; obwohl, komisch, die Schwedenkrimis sind immer die grausamsten. Jedenfalls sagte Giuliano am dritten Tag, wir müssten uns einmal im Freien lieben, das gehört einfach dazu, und wo könnte es schöner sein als im weißen Sand des Ostseestrands, in einer Kuhle, in einem vom Wind gebauten Liebesnest. Das gibt es nur im Kino, hatte ich protestiert, der Sand wird uns zwischen den Zähnen knirschen – und wenn uns jemand entdeckt! Wir sind in Schweden, sagte Giuliano, da gilt Sex an der frischen Luft als gesund, als sozialdemokratisch! Meine kleine Priesterin, zieh dich aus. Ich tat es, und, wirklich, der Sand war weich und fest. Über Giulianos Schulter hinweg sah ich das Schilf und einen schmalen Streifen Meer, unsere Haut war bedeckt mit einem ganz feinen Film aus Salz, wie Silberbromid. Gepökelt: Wir lachten. An diesem frühen Nachmittag zeugten wir ein Kind, er hatte keine Kondome dabei (spontan sein war auch wichtig). Ist es riskant?, hatte er gefragt, Nein, hatte ich gesagt, todsicher.

Zurück in der Stadt stürzten wir uns in eine Konditorei und aßen Crumble pie mit Blaubeeren und Schlagsahne, dazu Kakao, ein süßes Fest, die Nasen sonnenverbrannt, überglücklich, alle Kalender entlassen. Sonst rechnete ich oft, schon so und so viele Jahre Versteckspiel, von wegen: eine Reihenfolge, keine Rangfolge! Und so weiter. Aber in jenem Moment, im – kennt ihr das, den Norden? – richtig satten Licht des nördlichen Sommertags. Freundliche hell gebeizte

Holzmöbel, breite Dielen, blonde Kellnerin, ein Hauch von Harmlosigkeit über allem, der Kuchentheke, der ausgewogenen Musik, nichts Exzentrisches weit und breit, die Fahrräder ohne Schloss einfach vor dem Café abgestellt, Rosenspalier an der Wand – da war ich zum ersten Mal in meinem Leben: übermütig.«

»Ich höre etwas«, rief Laura, »ein Auto!« Sie schob ihren Schal von den Schultern, als könnte dieser ihr Gehör beeinträchtigen.

Penny hingegen schmiegte sich tiefer in den weichen Stoff. Wer sollte an einem normalen Werktag um diese Uhrzeit schon kommen? »Erzähl weiter«, sagte sie, und Dodo nahm Beatrices Hand, drückte sie auffordernd, »mach weiter.« Falls Laura tatsächlich ein Motorengeräusch gehört hatte – jetzt war, bis auf das Wispern des Laubs, alles still.

»Vielmehr«, sagte Bendix, ohne die Augen zu öffnen und die Brille aufzusetzen, gedehnt, wie in Zeitlupe, »man hört nur die Ostseewellen, wie sie sacht aufschlagen.«

»Die Woche blieb gut«, setzte Beatrice mit einem halb dankbaren, halb unsicheren Blick auf Bendix wieder ein. »Heute glaube ich, dass das auch die Hormone waren, die mich so einverstanden machten mit mir selbst, mit der Situation. Befreit war ich, unbeschwert, ich drängte Giuliano während der verbleibenden Zeit geradezu, seine Familie regelmäßig anzurufen, und fragte ihn danach nicht aus. Wenn wir im Meer schwammen, fühlte ich mich versöhnt, weil es uns alle aufnahm, die andere Frau, die Kinder, ihn und mich. Und ich dachte, wie gut, dass der Wind uns alle durchpustete, unterschiedslos, so ist das Leben nun einmal, wir sind alle Geschöpfe, wir sind alle befristet – so war ich drauf. Am Ende der Woche sagte Giuliano, dass er eine der schönsten Wochen seines Lebens mit einer der wunderbarsten Frauen der nördlichen Halbkugel erlebt habe. Irgendwie typisch für ihn zu übertreiben und einzuschränken gleichzeitig, und, ja, er hat es auch ein wenig selbstironisch gemeint und mir den Anflug von Kränkung weggeküsst. Du darfst dich ruhig freuen, es ist überwiegend ein Kompliment. Und das sagte er auch noch: Ich kenne keine andere Frau mit einem derart gesegneten Appetit, man sollte meinen, du isst für zwei. Ich hatte keine Ahnung, kein Vorgefühl, hörte keine innere Stimme oder was auch immer. Den Lauf der Dinge hinzunehmen, einverstanden zu sein mit allen Zumutungen – das gehörte einfach zu mir, dachte ich, irrte ich. Die Ergebenheit entsprang dem Gefühl der Auszeichnung: Dieser Mann nimmt Anteil an dir, also gibt es dich, also bist du keine bloße Behauptung. So ungefähr.

In Berlin, der Himmel tropfnass und grau, wurde es mir zwei Tage nach unserer Rückkehr morgens speiübel. Giuliano war schon wieder zur Ostsee unterwegs, um Frau und Kinder abzuholen. Da wusste ich Bescheid. Nein, sagte er, das kann nicht sein, ich weiß, wie sich zeugen anfühlt. Das kann nicht sein. Du bist nicht schwanger. Wir erwarten kein Kind. Du bildest dir das ein. Einbilden! Ich fischte das Teststäbchen aus dem Müll, es gibt falsch positiv, sagte er daraufhin, was glaubst denn du, die Pharmaindustrie verdient an so etwas, jede Frau soll sicherheitshalber zwei kaufen. Das eigentliche Argument, nämlich, dass ich es einfach *wusste*, weil ich anders aufwachte, anders den Boden berührte, anders schluckte, aß und trank, ja anders sah – ich sah auch, was hinter mir vorging, was sich an den Rändern abspielte, auch hörte ich viel schärfer –, das verschwieg ich ihm. Dass ich anders genordet war. Auch das Kotzen führte ich nicht an. Ich sagte nur, das hast du nun von der Liebe im Freien. Er jammerte. Er drohte. Er schrie, und er fluchte. Dann flehte er: Treib's ab! Nein, das sagte er nicht, er drückte sich herzloser aus: Wir können es nicht behalten, sagte er, aber es ist deine Entscheidung.

In der zehnten Woche, Giulianos drittes Kind war gerade wenige Tage alt, fast vier Kilo schwer und ganz der Vater, fuhr ich in die Klinik. Saß in einem Warteraum voller Babyfotos, Glückwunschkarten und Danksagungen an die selbstlosen Entbinder. *Wonneproppen.* In mir dagegen ein kleines Scheusal, eine unerwünschte Bereicherung, ein Druckfehler. Ich hatte Sodbrennen, ich hatte das Gefühl, es führe eine Feuerspur vom Schlund zum Uterus. Abfackeln, das Verkehrte abfackeln, nicht länger fackeln. Dann, Erlösung, eine Ohnmacht, ich gab mich ab. Macht, was ihr wollt. Ich erwachte mit einer fetten Binde zwischen den Beinen und einem Gesicht dicht über dem meinen. Keine Sorge in den fremden Augen, sondern berufliches Interesse und eine gespreizte Hand: Wie viele Finger sehen Sie? Fünf, sagte ich. Und welcher Tag ist heute? Ich sagte, der 7. Juli, und dachte: Der letzte Tag ist heute, der letzte nach irgendeiner Zeitrechnung, der letzte nach dem Giuliano-Kalender. Nun war ich ausgeschabt. Eine Bereinigung. Es roch gut, alles steril, kein Dreck. Wie verlassen ich war. Wo ist das Kind?, fragte ich das Gesicht über mir, wo steht der Mülleimer? Sie müssen sich ausruhen. Ich will mein Kind!, schrie ich. Wir haben uns gut verstanden, wir haben einander zugehört, verstehen Sie? Es hat meine Einschüchterung besiegt! Aber ja, sagte die Stimme, die zu dem Gesicht gehörte, so ist das, es geht vorbei, keine Sorge. Ich will nicht, dass es vorbeigeht! Ich war wohl aufgesprungen, jedenfalls fühlte ich einen Blutschwall in die Windel schießen, und endlich tat sich etwas in dem Gesicht über mir: Es legte sich in Falten. Und eine Hand drückte schwer auf meine Schulter, die fühlte sich sofort an, als hätte jemand sie mit einer Eisenplatte verstärkt. Ich hing schief. Und lag gleich wieder, trank, was das Gesicht mir verabreichte.

Am nächsten Morgen hatte ich eine weiße Haarsträhne. Und die Kleider von gestern schlingerten um meinen ausgeraubten Körper herum. Ich war entlassen. Mit zwei Ersatzbinden und einer Telefonnummer für den Notfall. Wir haben uns wiedergesehen, Giuliano und ich. Er war gerührt, bestürzt und voll des Lobes. Meine kleine Priesterin. Zwei Monate später bin ich dir, Penny, nachgefolgt, nach Steinbronn. Unauffindbar. Irgendwie auch für mich selbst. Wie soll ich sagen: Das Kind verschwunden, der Vater verschwunden, die Mutter verschwunden. Ich war eine Erfindung gewesen, eine Erfindung, die ich von nun an vermissen musste. Mit einem echten, toten Kind.«

Beatrice, die während der ganzen Erzählung sehr aufrecht gesessen hatte, lehnte sich zurück, sackte zusammen, als hätte ihre eigene Stimme sie im Lot gehalten. Wie auf Verabredung und wortlos schoben Dodo und Laura die hinteren Türen auf; im Durchzug ein Aufstieben der Haare, des blauen Schals, der leeren Plastiktüte, in der sie Proviant aufbewahrt hatten.

Bendix setzte seine Brille auf und nahm Beatrice in den Blick. Wie ein Arzt, der nach der Anamnese die Diagnose verkündet: »Du bist«, sagte er, »du bist hier ganz richtig. Wir alle sind hier ganz richtig. Hängen geblieben an diesem verrückten Ort, einem Massengrab von Lebensgeschichten. Nicht vergessenen, sondern verhinderten, gewaltsam abgebrochenen.« Er nahm die Brille wieder ab, hauchte die Gläser an und polierte sie mit einem Hemdzipfel. »Ich bin ja so etwas wie der Steuermann«, fügte er an.

Niemand mokierte sich dieses Mal über den bedeutungsschweren Ton, den er angeschlagen hatte. Auch Dodo nicht, die in jeder anderen Situation vermutlich »Achtung, es wird amtlich!« oder Ähnliches ausgerufen hätte. (Allerdings murmelte sie halblaut und freundlich, dass es sich bei den erwähnten verhinderten Lebensgeschichten um solche von Männern handele.) Aber auch sie war Bendix dankbar, dass er die Kluft zur verklungenen Stimme überbrückt und die Erzählerin in ihre Mitte zurückgeholt hatte. Penny nickte bekräftigend und berührte leicht Beatrices Arm, die anderen beiden tippten leicht auf deren Knie, so als würden sie morsen.

Beatrice lächelte und sagte: »Das war meine Geschichte. Die *femme sterile*. Ihr wisst, ich muss immer alles auf den Begriff bringen, euch nervt das, mir hilft es. Es ist vergleichbar zum Jäten bei dir, Dodo, verstehst du? Mir geht es gut.«

Wenig mehr als eine Stunde war vergangen, und als alle fünf ausstiegen, sich die Beine vertraten und die Muskeln lockerten – bis auf Bendix, der rauchte –, wirkte alles wie eine Rast, die geplant worden war und begrüßt wurde, nicht wie eine Panne. Und auch als Laura Penny nach dem Wortlaut der am Telefon erhaltenen Auskunft fragte (und keine wirkliche Antwort erhielt), geschah das mehr pro forma als aus echter Sorge. Demnächst in diesem Jahrhundert, hatte Penny gedacht, aber nicht gesagt. Das war eine der vielen Redewendungen ihres Vaters und Standarderwiderung auf Kinderfragen: »Wann gehen wir Eis essen?« »Wann muss der Opa sterben?« »Wann fahren wir an die Nordsee?« *Demnächst in diesem Jahrhundert.*

»Wer nun?«

Sie hatten die Türen geschlossen, hinter den Fenstern standen der Bus und das Auto, aus dem die Soldaten ausgestiegen waren wie Relikte aus früheren Zeiten. Sie nahmen dieselbe Sitzordnung wieder ein, saßen im Kreis. Mit den erwartungsvollen Gesichtern, die Kinder haben, wenn sie auf das Öffnen des Vorhangs warten.

Dodo, anders als Beatrice, die als Erzählerin so aufrecht gesessen hatte, als müsste sie den Überblick wahren, zog die Beine an und schmiegte sich in die Ecke der Rückbank, ein Kissen im Schoß. Ein-, zweimal korrigierte sie noch ihre Position, bis sie bequem saß, dann sagte sie: »Ich.«

VERKENNUNG

»Also. Bea, ich weiß nicht, was für eine *femme* ich bin. Oder wurde. *Femme normale*, vermutlich. Mal sehen.

Ihr wart ja, glaube ich, früher nie bei mir. Fiel nicht so auf. Andere haben auch nicht Geburtstag gefeiert. Vor allem im Winter. Meiner, mein Geburtstag, kam dem Todestag von meinem Vater in die Quere: 29. November, mein Geburtstag, 30. November, sein Todestag. Ich wurde sechs, und einen Tag später war er tot. Weggeschubst. Von mir. Einen Tag vor dem Jahrestag Geburtstag feiern? Also: unmöglich, da beißt die Maus keinen Faden ab. Dass mein Vater gestorben war, die Lehrerin hatte es ja vor dem Reli-Unterricht verkündet: Dorothea hat etwas sehr Trauriges erlebt, und wir wollen alle für sie beten. Lieber Gott, dachte ich, mach, dass ein Vogel gegen die Scheibe fliegt, damit mich keiner mehr so anschaut. Und sagte nichts. Und es flog ein Vogel gegen die Scheibe, eine Amsel, und brach sich das Genick. Aber erst Tage später. Launisch, der liebe Gott.

Und, könnt ihr euch entsinnen, einmal, noch im zweiten oder schon im dritten Schuljahr, mussten wir einen Aufsatz schreiben, *Meine Familie*? Ich schrieb: Meine Mutti ist Witwe, und ich bin halb weise. Halb weise, in zwei Worten mit e-i. Schließlich wurde ich ja nicht klug aus meiner Mutter. Sie hatte einen kleinen Kater angeschafft und ihn nach meinem Vater Erwin getauft. Außerdem hatte sie einen Haus- und einen Wohnungsschlüssel nachmachen lassen und mir zusammen mit einer kleinen Christophorus-Figur an einer Lederschnur um den Hals gehängt. Du bist ein Schlüsselkind, weil deine Mutti arbeiten gehen muss. Der Vati ist tot.

Der Kater wuchs wahnsinnig schnell, in die Höhe und in die Breite, der war vermutlich kastriert, aber davon wusste ich damals noch nichts. Er hatte eine Art zu miauen, die war schrecklich. Hörte sich an wie die Totenklage von alten Frauen. Also: Deshalb kam später nur ein Hund in Frage. Ein Hund, der bellt, rennt und Knochen frisst, nicht so eine weiche Babypampe wie der Kater. Und die Mutti verhängte die ganze Wohnung. Mit Bettlaken. Nur nicht in meinem Zimmer, sonst überall, Esszimmer, Wohnzimmer, Diele, überall weiße Laken über den Möbeln. Gegessen wurde in der Küche, die Mutti mit dem Rücken zum Fenster, sodass ich ihr Gesicht erraten musste. Die Vitrine mit den Pfeifen, die blieb unbedeckt. Erwin bekam ein Kissen auf der Fensterbank in der Küche, dort schlief er oft, aber er schlief auch gern auf der halben, abgedeckten Bettseite vom Vati, der verhängten Truhe, dem verhängten Kanapee, der verhängten Anrichte. Erwin hatte überall letzte Ruheorte. Sie sagte, Mutti sagte, sie schaffe das mit dem Putzen nicht. Und dem Staub. Deshalb abdecken. Und wir seien ja nur zu zweit, da brauche man auch kein Wohnzimmer und kein Esszimmer. Später, als ich zum ersten Mal einen amerikanischen Film sah, in dem eine reiche Familie mit zwei blonden Kindern ihren Landsitz verlässt, nach den großen Sommerferien – vielleicht war es auch ein Liebespaar –, um in die Stadt zurückzukehren, und die Bediensteten mit weißen Schürzen im Haus herumwuseln und alles abdecken, da dachte ich:

Hey! Bei uns geht es zu wie bei reichen Leuten, wir haben ständig Ferien!

Meine Mutter half in einer Apotheke aus, kam gegen sechs nach Hause und roch wie unser Arzneischrank. Ich hatte dann schon den Tisch gedeckt, also zwei Brettchen, zwei Messer, Brot und so weiter auf den Tisch gestellt. Aber sie musste sich erst um Erwin kümmern, der ihr um die Beine strich, dass die Strümpfe knisterten. Mit ihm sprach sie. Nannte ihn mein Kleinerchen, mein Fellchen, mein Schmutzfink. Ich blieb Dorothea, das Gottesgeschenk. Was mein Name bedeutete, wusste ich vom Nachbarn. Der rief mich manchmal rein, wenn er mich nachmittags herumstreifen sah, und ich durfte seine Briefmarkensammlung anschauen. Er tat mir nichts, stank aber trotzdem und sagte nur einmal: Du bist aber eine Kräftige.«

Beatrice unterbrach: »Das stimmt! So reagierten alle auf dich, du bist aber eine Kräftige. Keine *femme fragile*, eher …«

Laura versetzte ihr mit dem Ellbogen einen sanften Stoß und sagte: »Nicht jetzt!«

Dodo atmete laut aus, stopfte sich das Kissen in den Rücken und fuhr fort: »Also. Er erzählte mir Witze. Um deine Mutti aufzuheitern, sagte er. Also gut. Was ist der Unterschied zwischen einem Mann und einem Dildo? Als ich der Mutti den Witz erzählte, stand ich ganz dicht hinter ihr, die sich heruntergebückt hatte, um Erwins Schüssel mit etwas Fischigem zu füllen. Sie fuhr auf, eine Haarsträhne über dem Gesicht: Was sagst du da? Was ist der Unterschied zwischen einem Mann und einem Dildo?, wiederholte ich; ich war acht oder so. Der Dildo kann nicht Rasen mähen. Dorothea!, rief Mutti und scheuerte mir eine.

Sie hatte mich für schlauer gehalten, als ich war. Und für gemeiner als ich war. Und mir auch nicht erklärt, was ein Dildo ist. Bei anderen Witzen hat sie dann aber doch gelacht, tatsächlich gelacht! Und so sammelte ich sie weiter, vom Nachbarn oder aus Zeitschriften, die Witze, die meine Mutter zum Lachen bringen konnten. Und vergaß anfangs oft die Pointe. Was sagt eine Tomate, die vom Lastwagen überfahren wird? Dann schaute mich meine Mutter an, also, streng, aber nicht nur, auch gierig, und dann wusste ich sie nicht mehr. Erst nachts fiel sie mir ein, ketchup … up … up. Ich lag im Bett und dachte, Ketchup.

Nachts sahen die verhüllten Möbel aus wie Gespenster. Wegen Erwin war die Schlafzimmertür einen Spaltbreit offen, vor Erwin war sie immer zu gewesen. Deshalb war ich gar nicht so schlecht auf Erwin zu sprechen, auch wenn ich nie hineinging, ins Schlafzimmer, weil die tote Bettseite mich gruselte. Links davon lag die Mutti, manchmal hörte ich sie schnarchen. Das war aber kein tiefes, röhrendes Schnarchen, wie wir das von Männern kennen, eher so ein Fiepen, ein Fiepen im Sopran. Wie das Fiepen von neugeborenen hilflosen Tierjungen. Das passte gar nicht zu ihr, zu ihrem strengen Profil, das mir am Küchentisch, wenn sie den Kopf drehte, als Scherenschnitt gegenüber saß. Und es jagte mir Angst ein. Ich hätte sie lieber auch nachts streng gehabt, nicht so anfällig, so wimmerig. Auf ihrem Nachttisch stand ein Foto von meinem Vater und ihr, auf irgendeiner Reise, sie mit wehendem Seidenschal und loser Haarsträhne, er ganz streng gescheitelt, Hemd bis zum letzten Knopf zugeknöpft, also, so ein Kontrast, sie ganz flattrig und er so solide. Witwe, dachte ich, Witwe sein heißt also starr werden, versteifen. Nichts weht und nichts fließt, und an der Nasenwurzel eine Kerbe vom Schicksalsschlag.

Einmal, im Sommer, es war auch nach dem Abendessen noch hell, ließ sie sich von mir überreden, noch eine Runde zu drehen. Vor dem Essen hatte sie noch die Pfeifen vom Vati aus der Vitrine genommen, mit einem Lappen abgewischt und in derselben Anordnung wieder hineingebettet. Die Zahnspuren von Vatis Zubeißen … Zähne leben noch ewig weiter. Ich versuchte, nicht ans Grab und seinen Inhalt zu denken. Wenn wir davor standen, war ich froh über jeden Auftrag, Blumen gießen, Stein putzen, Unkraut zupfen. Nur nicht an die Knochen denken. An die gebleckten Zähne.

Aber ich wollte von dem Spaziergang erzählen. Der führte nie weit, durch ein paar Nebenstraßen, zweimal links, zweimal rechts, dann kam unweigerlich Muttis Satz: Zu Hause ist es am schönsten, lass uns heimkehren. An diesem Abend war es anders. Wir bogen gerade um die Ecke in unsere Straße, als sie stehen blieb. Vor einem schwarzen Citroën, glänzend, eines dieser Modelle aus den Sechzigern, mit Hydraulik, unglaublich windschnittig. Egal –.«

Dodo schob sich ein Kaugummi in den Mund und kaute heftig.

Sie verspürte solchen Durst.

»Also. Vor dem Auto stand die Mutti und staunte: Schau mal. Sie ging um das Auto herum und stellte sich vor den Kühler wie ein Torero, der den Stier erwartet.«

Dodo richtete sich auf, schob den Brustkorb vor, breitete die Arme aus. »Schau mal, wie schön! Die Front war verglast, also nicht nur die Scheinwerfer, sondern die ganze untere Partie. Das Nummernschild lag hinter Glas wie eine Kostbarkeit, wie eine Reliquie in der katholischen Kirche. Ich hatte keine Ahnung, was sie an dem Auto fand, damals. Sie redete von Eleganz und von Linien und von Schönheit und vom Reisen und vom Wind beim Aufbruch, von Sonnenbrillen und den Kopftüchern der Beifahrerinnen, die sich entführen lassen. Sie hatte ganz feuchte Augen. Und sah vor lauter Schwärmen ein bisschen verwildert aus. Wie auf dem Foto auf ihrem Nachttisch. Sie ging noch einmal um das Auto herum, befühlte den Kühler, den Seitenspiegel, die Kotflügel, befühlte alles auf eine Weise, für die ich mich schämte. Gottlob war niemand in der Nähe.

Hat der Vati dich entführt?, fragte ich schließlich und zog sie am Mantelärmel. Womit denn?, fragte sie ziemlich pampig zurück und ergriff meinen Arm, als sei ich diejenige gewesen, die sich nicht trennen konnte von, ja, wovon? Also, von dem Versprechen, das dieser Citroën für sie bereitgehalten hätte. Wenn.

Ohne Wenn und Aber. Das sagte sie immer zu mir. Ohne Wenn und Aber Zähne putzen, ins Bett gehen, Erwins Klo sauber machen. Ohne Wenn und Aber Hausaufgaben erledigen, Kartoffeln schälen, Tochter sein. Hier sieht's aus wie bei Hempels! Rief sie aus, wenn sie mein Zimmer betrat. Sie trug nur schwarz, grau und beige, beige die Strümpfe. Hautfarben angeblich. Ich fand, dass die Beine in solchen Strümpfen oder Strumpfhosen aussahen wie Prothesen. Mit diesen Beinen schritt sie aus, als wäre der Bürgersteig ihr Gegner.«

Dodo hielt erneut inne, schaute in die Runde, sagte: »Huch, jetzt werde ich ja richtig poetisch«, kaute zwei-, dreimal energisch und spuckte das Kaugummi in ein Papiertaschentuch.

»Ich kam kaum hinterher auf dem Heimweg, zumal ich gleichzeitig in meinem Gedächtnis nach Witzen kramte, die der Nachbar mir erzählt hatte, mit anderer Miene als beim Dildowitz. Der mit dem Kassierer vielleicht? Ein Kassierer ist mit der Kasse und der Tochter durchgebrannt, da sagt der Chef: Allmählich scheint er es zu bereuen. Wieso?, fragt der andere, hat er das Geld zurückgegeben? Nein, sagt der Chef, aber die Tochter. Keine Reaktion bei meiner Mutter. Sie hing mir schwer am Arm, ich reichte ihr bis zur Schulter, ihr Blick nach vorne gerichtet, als müsse sie ein Ziel im Auge behalten oder erst einmal ausmachen. Ich hatte mal einen alten amerikanischen Film gesehen, beim Nachbar, wie die ersten Pioniere Amerika besiedeln, da gab es solche Frauen: schleppten irgendetwas Schweres, Haare streng frisiert und der Blick himmelwärts, von wo die Wolken drohten. Zu Hause, im dämmrigen Windfang, in dem es noch immer nach Pfeifentabak roch, fragte sie nach: Was hat der Chef geantwortet? Ich schaltete das Deckenlicht ein und sah, dass sie wieder aussah wie sonst, das Aufgelöste, Windige war weg, und den Händen sah man auch nicht mehr an, wie sie das Auto angefasst hatten. Nein, sagte der Chef, das Geld nicht, aber die Tochter.

Die Mutti lachte einmal kurz auf, wie jemand, der nur zu gut versteht. Dann machte sie die Runde durch die Zimmer, ließ die Rollläden herab, mit Karacho, das hörte sich an wie eine Gewehrsalve. Jetzt war die Wohnung richtig versiegelt. Dann saßen wir vor dem Fernseher, Erwin auf einem Küchenhandtuch auf ihrem Schoß, ich daneben auf dem Sofa, der Sessel vom Vati blieb leer und verhängt. Erwin schnurrte so laut, dass ich nicht verstehen konnte, was im Fernsehen gesprochen wurde. Ich war nur froh, dass überhaupt.

Nach der Schule – außer ich war gelegentlich bei einer von euch, das war immer sehr schön, andererseits schwierig, weil ihr ja nicht zu mir konntet –, nach der Schule dachte ich mir Wege aus, die ich zurücklegen musste. Um abends belohnt zu werden. Oder mindestens nicht bestraft. Womit ich nicht meine, dass die Mutti mich oft schlug oder so. Aber ihr Schweigen hatte Schichten, Stufen. Es gab eins, das war nicht tief, eben nur nicht-reden. Ein anderes war viel schlimmer, nicht-dasein war das, und wenn ihr Blick auf mich traf, zufällig, ging er durch mich hindurch, als wäre ich nicht da, auch ich nicht da. Wie ein Schuss: Einschussloch, Austrittsloch. Keine Chance. Wobei der Vati, der ja wirklich nicht mehr da war, immer da war. Dabei sah ich ihm angeblich so ähnlich. Dieselbe Frohnatur, dieselben braunen Augen. Ich verschwieg, dass ich aus meiner Sicht einem so gut wie glatzköpfigen alten Mann gar nicht ähneln konnte. Die dicken, kaffeefarbenen, ungebändigten Haare fand ich das Schönste an mir – damals konnte ich das natürlich noch nicht so ausdrücken. Diese Haare machten aus mir den Wildfang, den ich aus Büchern kannte, machten aus Dorothea – meine Mutter nannte mich nur so, es gab keine Kosenamen, die hatte alle Erwin – Dodo, den Zugvogel, die Stromerin im Bezirk Tiergarten, Dodo mit den dreckigen Witzen, Dodo, *die Kräftige*, mit einem Hintern, der mit Vatis flachem, eingezogenem, durchgehangenem Bürostuhlhintern nichts gemeinsam hatte. Und der sich nie auf die Leintücher setzte, die sein Abgang uns beschert hatte.

Einmal, die Mutti noch in der Apotheke, deckte ich alles auf. Vorher hatte ich meinen dicken Zopf gelöst, so dass die Haare in alle Richtungen flogen. Ich deckte also alle Möbel auf, schmiss die Laken auf den Boden, riss die Fenster auf, bis die Türen im Zug knallten. Erwin hatte sich fauchend verzogen. Nur die Bettseite vom Vati ließ ich verhangen, ins Schlafzimmer ging ich nie. Es hing darin ein Geruch – habe ich schon gesagt? –, als wäre auch die Mutti halbtot. Vielleicht weil sie nur noch ein halbes Bett hatte. Dadurch, dass die weißen Laken fehlten, wurde die Wohnung noch dunkler, unsere Möbel waren alles andere als schwedisch und hell gebeizt« – Dodo lächelte Beatrice an –, »sie waren schwer und schwermütig. Die Polster von Sofa und Sessel scheußlich grün, algengrün, krank, das Holz torfbraun. Mit den Betttüchern sahen sie – fand ich dann, als ich alles wieder zudeckte – sahen sie immerhin aus wie verschneit. Und wie in Erwartung besserer Zeiten.

Die Mutti sprach wenig, wenn, dann meistens um Warnungen auszusprechen. Am liebsten vor Männern. Oder sie redete so vor sich hin, zu Erwin, zum Vati, zur Luft. Und sie schrumpfte, ging immer gebückter, das hat mich geplagt als Kind. Ich wuchs und wuchs, die Kräftige! Ich strotzte vor Kraft, hatte immer Hunger, zog mir nachmittags aus den Automaten Bonbons und lutschte sie mit zerschnittener Zunge. Immerzu musste ich etwas essen, auf etwas herumkauen, vielleicht statt reden, ich hätte so gern mehr geredet. Ohne reden versteht man ja nichts, als Kind. Einmal fand ich auf der Straße ein gebrauchtes Kondom und hob es auf. Zeigte es ihr, was ist das, Mutti? Ich wusste es wirklich nicht, war neun oder so, wusste es jedenfalls nicht genau, nur ungenau. Da setzte es richtig Prügel, Prügel mit dem Kochlöffel für Weißwäsche, dessen hölzerner Griff sich in der Lauge gelblich verfärbt hatte. Wenn es um den Unterleib ging – ich dachte an die Ohrfeige nach dem Dildowitz –, wurde sie wütend, eine merkwürdige Wut, die ihr das Gesicht verzerrte und Tränen aus den Augen quetschte wie bei einer großen Anstrengung. Sie taten weh, die Schläge, aber schlimmer als der Schmerz war die Angst, die sie mir einjagte, Angst auch vor mir selbst. Denn sie musste mir ja etwas austreiben, das konnte ich an ihrem entschlossenen Blick erkennen. Verhauen nannte sie die Prozedur. Dabei war ich schon viel stärker als sie, sie war völlig außer Puste nach einer solchen Strafaktion. Erwin mochte es gar nicht, er miaute so kläglich und machte einen Buckel, das kürzte das Ganze ab; lang dauerte es ohnehin nie. Es ging der Mutti, wie sie erklärte, ja nicht ums Wehtun, sondern ums Lernen. Nach dieser Aktion mit dem Kondom war auch ich völlig k.o. Wir saßen am Abendbrottisch, tranken Hagebuttentee und schmierten Teewurst auf akkurat geschnittene Kommissbrotscheiben, Gurkensalat, Harzer Roller. Erzählst du mir einen

Graf-Bobby-Witz? Sie streckte ihren Arm über den Tisch, und ich dachte erst, sie würde mir wieder eine Ohrfeige verpassen. Aber sie legte mir nur eine Haarsträhne, die sich aus dem Zopf befreit hatte, hinters Ohr. Und wiederholte: Graf Bobby? Also Graf Bobby steigt in Salzburg in den Zug und trifft dort seinen Freund, den Grafen Esterhazy, beide unterhalten sich angeregt über dies und das« – Dodo unterbrach sich –, »ich war total stolz auf mich, ich hatte die Witze regelrecht auswendig gelernt, genauso wie der Nachbar sie mir erzählte oder wie ich sie auf den letzten Seiten irgendwelcher Blättchen las – beide also unterhalten sich über dies und das. Schließlich meint Graf Bobby: Siehst den Fortschritt der Technik? I fahr nach Wien und Du nach Innsbruck, und beide hock'n wir im gleichen Zug! Der ist gut, sagte die Mutti mit traurigem, ernstem Gesicht, der ist richtig gut, Dorothea. Und schnitt ihr Brot in kleine Vierecke wie für Zahnlose.

Manchmal ging ich nachmittags in die Bäckerei an der Ecke, in der Stromstraße, wisst ihr noch? Die hatte schon damals ein paar Tischchen. Ich trank eine Limo, kaufte mir eine Nussecke und blätterte die zerschlissenen Zeitschriften durch, die dort lagen. In einem *Stern* gab es da den Beginn einer heraustrennbaren Serie Sexualkunde, nein, *Aufklärung* nannten die das. Nicht dass mir irgendetwas tatsächlich neu war. Der Nachbar, die Reaktionen der Mutti – man reimt sich viel zusammen und liegt meist richtig. Aber die Zeichnungen, der bürokratisch-sachliche Ton für Vorgänge, deren Schilderung der Mutti nicht über die Lippen gegangen wäre, allenfalls gewispert, schockierte mich dann doch. Es las sich ein wenig wie eine Bauanleitung, eine Bastelarbeit, Schwellkörper und so. Am meisten schockierte mich aber die Vorstellung, einmal als gekrümmter Wurm im Bauch der Mutti gekauert, gelauert zu haben, und ich stellte mir meine Geburt wie eine Explosion vor, die sie innerlich beinah zerriss. Und jetzt wuchs und wuchs ich auf ihre Kosten, ein Trampel mit einem Schlag für Männer. Schon mit zehn.

Ja, ich genoss es, wenn ich beim Nachbarn fernschaute, das Rasierwasser zu riechen, Tabac, den Ledergeruch der Schuhe, die Hausbar, indirekt beleuchtet, fruchtig-schwerer Geruch von den ganzen Obstlern, Cognac und so weiter, den Schweiß. Der Geruch von der Mutti, also der nach Weiblichkeit, der hatte immer etwas von Abschied, von Verschwinden und von Verzagen. Verrückt eigentlich, denn es war ja schließlich der Vati, der weg war. Aber sie starb ihm jeden Tag ein kleines Stückchen hinterher, in kleinsten Dosen, als würde sie jeden Tag ein Teelöffelchen von sich abkratzen« – Dodo hielt inne –, »genau, allmähliches Abkratzen!«

»Mit der Zeit ließ das mit den Witzen nach, es wurde wichtiger, Erzählstoff, merkwürdige Begebenheiten, Geschichten für das Abendessen zu finden. Oder zu *er*finden. Deshalb, liebe Laura, merke ich mir solche Sachen wie die mit der Seescheide, die ihr Gehirn frisst, sobald sie sesshaft geworden ist. Das wäre eine 1A-Mutti-Erzählung gewesen! Je erstaunlicher das Erzählte, umso lebhafter wurde sie, also, was heißt lebhaft. Immer gemessen an halbtot. Der Nachbar hatte das *Guinnessbuch der Rekorde*, daraus munitionierte ich mich.«

»Munitionierte?« Bendix schaute Dodo verblüfft an.

Dodo schüttelte unwirsch ihre Locken, »wieso, darf ich deiner Meinung nach keine Fremdwörter benutzen? Die dumme Dodo? Die *femme banale, femme triviale*?«

»Dodo!«, riefen Bendix, Laura und Penny wie aus einem Mund. Und Beatrice sagte: »Genial! *Femme banale*, die fehlte mir noch!«

»Erzähl weiter.« Das sagte, wie immer, Penny. Die sich im Innern des Autos fühlte, als umschlösse sie eine Hand, eine wohlwollende, eine gelassene Hand. Und Dodo setzte wieder ein.

»Am meisten interessierte sich die Mutti für Rekorde im Küssen – irgendein mexikanisches Pärchen, glaube ich. Oder Luftanhalten oder Nasebohren. Ich erfand auch viele beziehungsweise schaute gar nicht nach, ob es sie wirklich gab, die Rekorde. Im Dauerpinkeln, im Auf-einem-Bein-stehen, im Massieren. Alles körperlich. Sie reagierte nervös, und ich war mächtig. Dann erzählte ich ihr von Männern und Frauen, nein, eigentlich nur von Männern, die nach Jahrzehnten wiederkehren und behaupten, sie seien der Liebste von damals. Die Geschichte kennen ja alle, vom Kriegsheimkehrer« – Penny schluckte –, »der zurückkommt und tausend Details aus dem Familienleben weiß. Und auf eine Frau trifft, die sich die Unwahrheit so sehr wünscht, dass sie Wirklichkeit wird. Nur bei mir waren es eben keine Kriegsheimkehrer, da kannte ich mich nicht aus, mit zehn, elf, sondern einfach verschwundene Männer. Aber die Mutti mochte auch diese Geschichten nicht. Sie wollte sich gruseln, aber nicht so. Vom Riesenbärenklau erzählte ich zwei Abendessen lang, wie er an den Gleisen entlang die BeErDe erobert, mannshoch wächst, giftige Milch versprüht und mit messerklingenscharf gewetzten Blättern die Finger zerschneidet, die sich an ihm vergreifen wollen. Das gefiel ihr.

Nach und nach begannen die weißen Laken zu verschwinden, aus Wohn- und Esszimmer, sogar aus dem Schlafzimmer. Dort lag eine Überdecke auf der Vatihälfte, darauf die angelesenen Bücher, die Brille, Taschentücher, Schlaftabletten. Muttis Schlafmüll. Vatis Bett war zur Ablage verkommen, und nie wieder hat ein Mann Muttis Schlafzimmer betreten. Umso mehr begannen sie mich zu interessieren. Die Männer. Ich hatte explosionsartige Lust aufs Männliche, das war mein Einspruch gegen die Mutti, gegen ihre geknickte, geduckte, kleinlaute, tyrannische, blutsaugerische« – Dodo unterbrach sich, nahm Anlauf für die Fortsetzung –, »karge, verkniffene, humorlose, kleinliche, freudlose, pedantische, korinthenkackerische, strenge, beflissene, beschissene Art zu trauern. Vielmehr zu leben. Und traktierte sie mit gewürzten, aufgeschnappten Geschichten, Ehebruch mit der besten Freundin der Frau, untergeschmuggelte Kinder, in flagranti erwischte Seitenspringer. Das half! Sie wollte nichts mehr hören, Dorothea, wer erzählt dir denn so einen Blödsinn? Und ab da war sie es manchmal, die erzählte, vom Vati, vom Kennenlernen, von ihrer Kindheit in Pommern. Sie machte das in der Art von Lektionen. Das änderte aber nichts daran, dass sich immer mehr herausstellte, wie wir einander verpassten. Also, nicht hassten, nur verpassten. Sie sprach nicht mit mir, sie sprach zu mir, als dem Kind, das ich nicht mehr war. Oder je gewesen war. Mein Erwachsenwerden jagte ihr einen gewaltigen Schrecken ein. Außerdem bedeutete es ja, dass der Vati irgendwann einmal länger tot sein würde, als sie mit ihm verheiratet gewesen war. An mir verging sichtbar die Zeit, die sie anhalten wollte.«

Penny, die während der Erzählung – wie schon bei Beatrices – oft wirkte, als schliefe sie, richtete sich auf und sagte: »Ach, Dodo, das hast du schön ausgedrückt.« Sie sagte es mit großem Ernst und gemessener Wehmut. Dodo berührte kurz ihren Arm, lächelte.

»Mit zwölf kaufte ich mir den ersten Wegwerfrasierer und begann bei den Beinen: Ich veränderte mich. Ich änderte etwas an mir, ich änderte etwas ab, so wie man eine Hose, einen Rock ändern lässt, die einem im gekauften Zustand nicht mehr gefallen. Weil ich es so wollte, nicht weil ich mich fügte. Das war ein Triumph! Die drahtigen, schwarzen Haare an den Waden, wie sie auch unter den hautfarbenen Strümpfen von der Mutti zu sehen waren, platt gedrückt, lang gezogen wie Algenfäden in der Strömung, die hatte ich geerbt. Und entfernte nun ein Erbe. Später rasierte ich mich auch in den Achselhöhlen, in den Leisten. Anfangs mit vielen blutigen Kratzern, aber ich lernte schnell, erinnerte mich auch an den Vati, wie er vor dem Badezimmerspiegel gestanden hatte, grimassierend, bis die Haut straff war, die Klinge von unten angesetzt und Bahnen in den Schaum gezogen hatte. Rasierschaum kaufte ich auch, stellte ihn sichtbar auf den Rand der Badewanne und wartete auf einen Kommentar. Er kam nicht, jedenfalls nicht ausgesprochen. Nur die Blicke wurden noch vorwurfsvoller, noch vergrämter. Ich war eine Zumutung. Mit Körbchengröße 85C. Ich strotzte. Und konnte nicht mehr übersehen werden. Übrigens auch nicht überhört, weil ich laut war, vorlaut, laut Musik hörte in meinem Zimmer, laut sprach, laut lachte, laut telefonierte. Das wisst ihr ja.«

»Ja!« Laura ergriff Dodos Arm. »Ja, das stimmt. Wenn wir telefoniert haben, hast du immer wahnsinnig laut gesprochen, wirklich: geschrien, kurz angebunden wie ein Mann – was liegt an? –, aber laut.«

Dodo nickte, kicherte, sagte: »Der Mann im Haus, das war ich. Die Mutti und ich, wir wurden immer ungnädiger miteinander, in Blicken und in Worten, ich wurde frech. Nicht mehr, weil ich auf der Suche nach Pointen, nach Ablenkung und Aufheiterung war, sondern weil ich sie treffen wollte. Ich verbiss mich, wenn ich sie anschaute, in eine Einzelheit, die deftige Nase im ansonsten eher spitzen Gesicht oder die groben Fingergelenke, die walzenförmigen Waden, und starrte das jeweilig Ausgesuchte einfach an. Also nicht in die Augen, nur das gewählte Detail. Das wurde so hässlich dadurch, selbst wenn es vorher schön gewesen wäre. Aber auch sie tat das. Ich merkte, wie ihr Blick beanstandete, Argwohn und Missbilligung, du lautes, du lebendiges, du anderes Wesen, du passt mir nicht. Ich schloss mich im Klo ein und verschaffte mir die Lust, gegen die sie sich stemmte, von der sie sich bedroht fühlte, die sie tagaus, tagein beschäftigte, quälte, aufbrachte. Wenn ich den Raum betrat, witterte die Mutti all das Gefürchtete, das war wie Brunst. Und als ich das erste Mal meine Tage hatte, da kaufte sie Binden in der Größe von Babywindeln. Kölnisch Wasser auf die Unterhose sprenkeln, wegen des unangenehmen Geruchs, muss ja nicht jeder wissen, dass es bei dir schon so weit ist – das war ihr Hinweis. Ich war zwölf. Und bei mir war es so weit. Ich heulte. Und rannte den Jungs hinterher. Den Nachbarn mied ich. Er sagte noch immer auf alle möglichen Arten, dass ich so eine Kräftige sei, und schenkte mir ein Gläschen Eierlikör ein. Das ich schlürfte. Erinnert dich das an was?, fragte er. Ich sagte, an Eier, und da lachte er dreckig. Das war's dann. Manchmal nahm ich die U-Bahn Richtung Charlottenburg und setzte mich nachmittags ins Kino, eine große warme Tüte mit Pommes im Schoß – wie Erwin bei der Mutti – und im Halbdunkel schön geschützt. Knie angezogen und gegen die Rückenlehne des Vordersitzes gepresst, ick war eene Festung. Mayonnaise an den Fingern. (Beim Berlinerisch der Freundin zuckten die anderen drei Freundinnen zusammen, das war ja längst ausgetrieben.) Danach zu Hause trotzdem Abendessen mit der Mutti, Kartoffeln, Suppe, Rührei. Das Kochen war mit dem Vati verschwunden, ich meine Kochen mit Soßen, neuen Einfällen, Freude. Für uns wurde etwas auf die Kochplatte gestellt, das dann nicht mehr kalt war, sondern heiß, nicht mehr roh, sondern gar – sonst aber nichts. Ich wurde so dick. So stramm. Ein Fuder. Ein Vierschrot. Eine Bombe. Mit einer Mutti, die einschnurrte wie zu heiß gewaschen.

Dann starb Erwin. Wir durften ihn unten in dem winzigen Garten begraben. Es war das erste Loch, das ich in Erde buddelte. Mit einem Spaten hatte ich zuerst Wurzeln zerschlagen, dann die größeren Steine rausgeschmissen, zum Schluss mit einer kleinen Schaufel

Erwins Grab ausgehoben. Schön rechteckig, 100 x 100, so ungefähr (Erwin war ja auch ordentlich in die Breite gegangen), zum Schluss mit den Händen die Wände festgeklopft und den Boden mit weichem Geriesel ausgelegt. Das war ein Gefühl! Und wie gut es roch! Sinnvoll. Sinnvoll. Sinnvoll. Kann ich nicht anders erklären. Erwins Grab zu buddeln war die erste Erfahrung von etwas Sinnvollem. Die Mutti kam herunter, verheult, den Kater in den Armen, in einen Kopfkissenbezug eingeschlagen, nur eine Pfote hing heraus, als wollte er sich verabschieden von uns. Als wir ihn mit Erde zugedeckt hatten, machte ich mich auf die Suche nach etwas Blühendem. Viel war da nicht, kennt ihr ja, diese Hausgärtchen, für Mülltonnen und Fahrräder und zum Streiten darüber, aber zwei, drei Pflänzchen, war ja Mai, Akelei, Vergissmeinnicht, fand ich und setzte sie auf Erwins Grab. Schön tief, dass sie gut anwuchsen, goss sie, entfernte die welken Blüten, tätschelte hier und da, legte Kieselsteinchen rund herum. Die Mutti war längst wieder oben in der Wohnung, aber ich konnte mich nicht trennen, blieb den halben Nachmittag. Fand noch einen Steinbrech, weiß blühend, und setzte ihn als Ruhekisselchen auf den Erwin.

Jetzt hatte ich sie erst recht, die Trauerränder, in der ersten oder zweiten Klasse – erinnert ihr euch? –, da mussten wir doch morgens immer der Frau Sarnow die Hände zeigen. Und sie meckerte jedes Mal über meine Trauerränder unter den Nägeln. Ich Depp dachte wirklich anfangs, sie würde das wissen und darauf anspielen mit der verwitweten Mutti und ihrer Trauer. Und sie auch mir verschreiben, unterjubeln als Trauerränder, so wie bei Beileidsbriefen die Ränder immer schwarz sind. Die Trauerränder nach Erwins Begräbnis dagegen waren für mich die gute Spur, das gute Zeichen einer neuen, einer wichtigen Beziehung: Zwischen Nachwachsendem und mir, zwischen Blühendem und mir. Damals gab es das ja noch gar nicht, urban gardening und so, aber ich habe es erfunden! Von da an, von Erwins Begräbnis an, war ich nachmittags unterwegs und bepflanzte, was mir unter die Finger kam. Die vollgeschissenen, verkrauteten kleinen Flächen unter Bäumen, im Hof die zugewucherte Ecke, in der die Mülltonnen standen, vorm Haus das steinige Beet, hinter den Fahrradständern im Schulhof. Ich hatte eine kleine Schaufel im Rucksack, sonst nichts. Die Pflänzchen buddelte ich aus, vereinzelt klaute ich sie aus Schalen oder Kästen, die die Eigentümer im Erdgeschoss an den Balustraden der Balkone angebracht hatten, aber immer so, dass es nicht auffiel. Wurde auch nie erwischt. Ich hatte nun Gießrouten, Unkrautrouten. Außerdem säte ich. Kapuzinerkresse. Blüten, doppelt so orange wie die Sonne. Mein langer, über Stunden gedehnter Nachhauseweg war jetzt gesäumt mit Schützlingen. Denen ich gut zureden musste, wenn sie schlapp machten, kränkelten, unter der Hundepisse schier vergerbten. Musste gar nicht alles blühen, Hauptsache grün, Hauptsache lebendig. Es war wie Graffiti für andere Leute, ich hinterließ etwas, eine Unterschrift, eine – eine Wortmeldung durch die Blume.« Dodo lachte, »Mensch, was einem so einfällt, wenn man erzählt!«

»Und was wir alles nicht mitgekriegt haben«, sagte Penny.

Und Bendix beugte sich zu Dodo vor, eine Bewegung, die im beengten Innenraum des *Ulysse* kaum ausgeführt werden konnte, ohne dass die Köpfe sich berührten, und sagte feierlich: »Weißt du, was du bist? Du bist eine Partisanin.«

Gerade als Dodo, die sich dehnte und streckte und im neuen Titel sonnte (denn er gefiel ihr), etwas erwidern wollte – von der Schönheit des Hinterhalts zum Beispiel und dass sie sich (womöglich alle fünf?) darin ja auch in Steinbronn geübt hatten –, gerade da lenkte sie die Rückkehr der vier Militärs ab. Sie traten in ihren gefleckten Uniformen aus dem Wald, verharrten wie witterndes Wild und rannten dann in einem eigentümlichen Schritt, beschleunigt und gedrosselt zugleich, zu dem Geländewagen, den der Älteste im Laufen bereits elektronisch entriegelt hatte. Kurzes Blinken, metallisches Klacken. Und noch bevor die fünf sich aus dem Auto, dem Erzähl- und Lauschkokon geschält hatten, in dem sie so entrückt waren, dass ihre Bewegungen steif geworden waren, brausten die Soldaten (oder doch Häftlinge auf Freigang?) davon. Ein paar Steinchen spritzten unter den schweren Rädern, eine dünne Staubfahne wehte auf, erstarb.

Schwindelig fühlte sich Penny. Es war, als ob all das vergossene und vergorene Blut unversehens unter ihren Füßen zu brodeln anfinge. Als hätte es den Siedepunkt erreicht und würde nun anschwellen, andrücken gegen die pergamentdünne Kruste, zerbrechlich wie Knäckebrot, auf der sie standen – und als wäre das der Grund für den fluchtartigen Aufbruch der vier Soldaten. Sie schaute zu Bendix, der ihren Blick erwiderte und, schien ihr, leicht nickte. Sie lehnte sich fast gegen seine Schulter, er hielt still.

Laura und Beatrice hatten Dodo in ihre Mitte genommen, umarmten und herzten sie. Im Handumdrehen war das ein Ritual geworden nach dem Erzählen. Ein Festhalten wie bei einem Buch, das gerade ausgelesen worden war und gefallen hat und noch ein wenig in den Händen gewogen wird. Unter dieser schönen Zuwendung blühte Dodo geradezu auf. Aber sie musste auch sofort einwenden: »Ihr geht mit mir um wie mit einer Genesenden!«

Beatrice stimmte zu, auch ihr sei es nach dem Erzählen so vorgekommen. Und so ganz falsch sei es ja nicht, wenn sie sich als Genesende erlebten. Sie erholten sich doch.

»Was haltet ihr davon, zu Fuß zurück nach Wattwiller zu gehen?«, fügte sie hinzu. Sie sagte es in einem derart lockenden Ton, dass man annehmen musste, der in Aussicht gestellte Fußmarsch sei die notwendige Voraussetzung für das Gelingen der Erholung, die sie suchten. »Wir nehmen uns ein Hotelzimmer, und morgen früh suchen wir uns eine Werkstatt vor Ort.«

»Aber es ist wirklich weit!« Penny wand sich innerlich bei der Vorstellung, durch den windzerzausten Wald abzusteigen, den engen Kurven der Straße folgend, den metallisch-moosigen Geruch stets in Nase und Poren. Sie wollte zurück in den Unterschlupf, die Höhle. Eine Stimme zum Trost und als Richtschnur.

Dodo sagte, dass Wattwiller ein kleines Kaff sei, das sie vermutlich weder beherbergen könne noch eine Autowerkstatt zu bieten habe. »Was meinst du, Bendix?«

Bendix hatte seine große Umhängetasche aus dem Auto geholt und öffnete gerade eine neue Schachtel Zigaretten. »Päuschen«, sagte er, »dann weiter im Text. Die werden schon kommen, aber wir sollten beim Auto bleiben.«

»Verpasster Anruf«, rief Penny und hielt ihr Handy in die Höhe. »Sie, ich meine, der französische ADAC, haben versucht, mich zu erreichen.« (Also habe ich angerufen, dachte sie mit einem kleinen Erstaunen.)

Während sie über den Parkplatz ging, um für den Rückruf die Ecke mit dem besten Empfang zu finden und Lauras Frage auszuweichen (»hattest du dein Telefon etwa auf lautlos gestellt?«), setzte sich Bendix auf einen Baumstumpf, die Tasche als Unterlage, in der linken Hand die Zigarette und schrieb:

Hartmannswillerkopf, im September

Diesmal nur ein Kärtchen, lieber Friedrich, denn es kommt mir vor – um es metaphorisch auszudrücken –, als habe ich ein halbes Leben lang fotografiert und nicht geschaut: Nun, da meine Ohren so viel gehört haben – denn die Witwen erzählen viel! –, fällt mir das Schreiben schwer. Auf der Rückseite siehst Du den Grand Ballon, meinen Mont Ventoux. Auf bald! Dein Bendix

(Geht es Dir gut? Lass von Dir hören, auch wenn ich noch nicht weiß, wann wir von dieser Reise zurückkehren.)

Er stand auf, trat die verglimmende Zigarette in den Boden und sah hinüber zu den Frauen, die sich um Penny herum am Auto versammelt hatten, sah sie wie Gestalten eines vertrauten Gemäldes. Nur dass sie in

Bewegung geraten waren und dadurch verblüffenderweise undeutlicher und deutlicher zugleich wurden. Sie standen für nichts, seit sie nicht mehr feststanden – so ungefähr formulierte Bendix für sich das Paradox.

Die süße Feindin hatte zu ihm gestanden und ihn dann stehen gelassen, hatte sich bewegt, fortbewegt, war geflüchtet. In Portbou hatten sie sich entzweit, dem schroffsten Ort der Welt. »Ich bin kein Pilger!«, hatte sie ihn angeschrien (oder ihm vielleicht auch zugeflüstert) und angefügt: »Du hast ja deinen Walter.« Das traf ihn ins Herz. Ihr, der süßen Feindin, die damals noch den Namen Agathe trug, hatte er, wie seinerzeit Walter Benjamin seiner Geliebten, eine Widmung in ein Buch geschrieben – wohl in die *Wahlverwandtschaften*, das wusste er nicht mehr so genau: dass sie die Ingenieurin aller zu ihm führenden Straßen und Umwege sei, folglich auf diesen niemals zuvor gemeinsam begangenen Wegen nun seine Weggefährtin und Lebensreisebegleiterin. Von wegen Lebensweg! Weg war sie, einfach weg; ausgecheckt. Morgens war er erwacht, verkatert, da war sie fort. Ein Zettel, zwei Zeilen, im Bad das Handtuch feucht. Es kränkte ihn, dass sie gelassen genug gewesen war zu duschen. Sie hatte ihn nicht im Affekt verlassen, sondern in aller Seelenruhe. *Leb wohl.*

Im Frühstücksraum des Hotels, an dem für zwei gedeckten Tisch, legte er die zweite Serviette über den zweiten Teller wie über einen gerade Verstorbenen. Daran hatte ihn Dodos Erzählung vom Verhängen erinnert. Und dann hatte er lange am Denkmal für Walter Benjamin gestanden, ein rostiger Schlund, in dessen Innerem eine Treppe steil die Mole hinabführte und ins Meer abstürzte. Das war ein optischer Trugschluss, gleichwohl blieb er dauerhaft tückisch. Geschlichen hatte er sich dorthin wie ein Dieb. Er sah seine einsame Silhouette im Spiegel unten wie etwas Halbiertes, Beraubtes stehen, Auge in Auge mit nichts. Eisern war er dann im Nieselregen einem mickrigen Parcours auf Walter Benjamins Spuren gefolgt, den letzten Stunden und der letzten Verzweiflung eines herzkranken Touristen. Tourismus in der Bedeutung von Fremdenverkehr. Bendix dachte, das ist kein Lebensweg, sondern ein Sterbensweg. Der Sterbensweg eines Verfolgten, im Stich Gelassenen. Und schämte sich undeutlich. Vergaß immer wieder, dass man hier nicht Französisch sprach. Er stellte die Suche nach einem Regenschirm schließlich ein. In »Spanisch« steckte »panisch«, ein dummes Wortspiel, das sein Gehirn einfach ausspuckte.

Von Portbou an, von diesem verheulten Sommer an, begann eine neue Zeitrechnung: p. A., post Agathe. Und eine neue Namensgebung: SF wie süße Feindin. Ihm war nur übrig geblieben, ihr Bild verdämmern zu lassen, wie beim Fade-out am Ende eines Films. Einerseits. Andererseits musste er sie immer wieder heraufbeschwören, in größter Genauigkeit aufrufen, auspinseln – und sie erneut verstoßen. Erste Klappe auf der Rückfahrt von Portbou, an dem steilen Gebirgspass, dem ehemaligen Grenzposten zwischen Spanien und Frankreich: ein öder Ort, so verlassen wie er selbst, auf den Mauern Graffiti, Styroporflocken in der Luft. Jede Kurve nahm er mit dem Wunsch hinausgetragen zu werden. Aber das Auto transportierte ihn sicher bis in die Nähe von Narbonne; in die Abbaye de Fontfroide, die Abtei der kalten Quelle, der richtige Ort für sein geschundenes Herz. Penibel hielt er sich an die noch gemeinsam geplante und beschlossene Reiseroute, ob Rettungstau oder Strick, das war unbekannt. In der nasskühlen Abteikirche, einem Tonnengewölbe von 20 Meter Höhe und 60 Meter Länge, flitzten hoch oben in prahlerischen Flugmanövern die Schwalben. Dort rief er zum letzten Mal ihren Namen, der ohne Echo gegen die armdicken Wände prallte, im Schwalbengelächter unterging. Er hatte sich einen Führer durch die Abtei gekauft und beging so, gewissenhaft in der vorgeschlagenen Reihenfolge, den Kapitelsaal, den Kreuzgang, das Refektorium, als wäre damit eine Bewährung verbunden. Im Dormitorium sank er, überwältigt vom Verlassensein, in die Knie. Er hockte, stützte sich an der rauen Wand ab und sprach wie ein Kind eine Art Gebet: mach, dass. Aber der Angerufene machte nichts. Auf den Besuch der Abtei folgte die Festung Salses, inmitten einer wüstenartigen, ausgedehnten Ebene gelegen. Bei glühender Hitze, die Tränen waren längst verdunstet, nahm er an einer Besucherführung teil. Die Verschanzung und Wehrhaftigkeit der trutzigen Anlage, der heute außer Weinstöcken in großer Entfernung keine Gefahr drohte, bekümmerte ihn noch mehr. Er reiste weiter, nach Norden, immer nach Norden. Zwei Wochen lang hatte er nur sich selbst zur Gesellschaft und kein Wort gesprochen, außer beim Bestellen und Bezahlen. So erreichte er nach weiteren Besichtigungen, Übernachtungen und in der Kabine seines Autos versiegelten Fahrten Köln als Entgeisterter. Mit einem Gespenst als Beifahrer. Und das Schreiben begann.

Zwei, drei, sogar vier Jahre hatte er nichts von ihr gehört. Storno. Dann kam eine Geburtsanzeige, *glücklich zeigen wir an*. Ein rotgesichtiges, vom Geburtskanal offensichtlich ziemlich malträtiertes, zerknautschtes Kind mit Namen Friedrich. Ausgerechnet. In den nächsten Jahren zwei weitere Glücksanzeigen, Bendix schloss sie weg. Beim nächsten Umzug, sollte es ihn geben, würde er sie vernichten, verwerfen, entsorgen. Die dreifache Mutter, Frau an der Seite eines Tüchtigen – das hatte nichts mehr mit ihm zu tun.

Nein, Bendix atmete aus. Das hier war anders. Er nahm die Brille ab und polierte die Gläser sorgfältig, dann ging er langsam auf die Freundinnen zu, das Hinken nach der langen Sitzung stärker ausgeprägt. Aber womöglich auch Ausdruck des kleinen Widerstands, den er in sich verspürte. Nein, ein Bekehrter, das war er nicht. Aber ein Zuhörer.

»Es wird ein Gewitter geben«, sagte Penny zu ihm, als er zu dem Grüppchen aufschloss. Sie wies zum Himmel. Der hatte sich schlecht gelaunt verfärbt, im Westen türmten sich Wolken. Ganz windstill war es geworden, bis auf einmal, wie aus einem Hinterhalt, immer wieder scharfe Böen ins Laub fuhren und es rauften. Laura öffnete einladend die hintere Schiebetüre, und alle krochen ins Auto.

Dodo hatte im Kofferraum noch zwei Wasserflaschen aufgetrieben und eine unansehnliche Schokolade, in der Hitze fleckig geworden. »Egal«, sagte sie, »das Äußere trügt auch hier! Fang an!«

DRESSUR

Lauras erste Worte wurden von einem gewaltigen Donner verschluckt. Unmittelbar darauf zerschnitt ein zweiter Blitz den Himmel, in seinem gleißenden Licht flackerten die fünf Gesichter auf: ein Foto von Geisterhand. Dann Regen auf dem Autodach. Percussion vom Feinsten. Laura nutzte die Zeit, sich kerzengerade aufzusetzen und die seitlichen Haarsträhnen mit der eleganten Bewegung hinter die Ohren zu verbannen, die allen so vertraut war.

»Ich erzähle euch nichts Neues. Ich erzähle euch vom Scheitern beim Spitzentanz. Ich erzähle euch von der normalsten Kindheit der Welt, ich erzähle euch von einer Blondine mit den Maßen 90-60-90. Mit denen werde ich sterben, todsicher. Scheckheftgepflegt.«

Laura lächelte, zwei hinreißende Grübchen bildeten sich, und die Gesichter der Freundinnen und Bendix' Miene hellten sich beruhigt auf, eine leichte Besorgnis blieb trotzdem. Laura sprach klar wie bei einer Durchsage.

»Meine Eltern nannten mich Püppi. Auch einziges Püppi. Von klein an wusch meine Mutter mein Haar mit einem Kamillenextrakt, für die Erhaltung des Blonds; heute kann ich das nicht mehr riechen, damals schon. Überhaupt wurde ich sehr gepflegt, Nagelhaut zurückschieben, Hornhaut bearbeiten, Ellbogen eincremen – all das in einem Alter, wo ihr nur Nivea kanntet. Und Seife. Meine Mutter war darin unermüdlich und machte mich ständig auf alle Arten von drohendem Verschleiß aufmerksam. Wenn du nicht regelmäßig, dann … Aber am wichtigsten waren der Gang und die Sitzhaltung: Kinn hoch, Brustkorb raus, Wirbelsäule im Lot. Meine Mutter, das wisst ihr ja, hatte früher getanzt, bis ich dann kam, da war sie Ende dreißig, und ihr Bindegewebe versaute. Das sagte sie aber immer lachend, während sie mir die Haare bürstete oder die Nägel feilte. Ich wusste schon als Zehnjährige« – Laura hielt inne, überlegte – »nein, sogar als Achtjährige, wie man sich mit einem zweiten Spiegel von hinten betrachtet. Ich studierte mein Profil (da war der Haken an der Nase noch nicht so ausgebildet) und den schwer zu zähmenden Haarwirbel am Hinterkopf. Man muss seine Schwächen kennen, um sie zu bekämpfen. Mein Klopapier musste Blümchen haben, das Glas für die Zahnspange war dunkel getönt. Wie sie in dieser Flüssigkeit herumschwamm, darin wie eingelegt, igitt! Wie ein Exponat in einer anatomischen Sammlung. Später die Tampons nur mit Schuber, der direkte Kontakt war zu widerlich. Geronnenes Blut. Und die Krämpfe! Püppi mochte die eigenen Ausdünstungen gar nicht. Püppi legte großen Wert auf Sauberkeit, Duft und Beifall. Und trainierte hart, Ballettschule Corinna Schulze, dreimal die Woche. Dreimal die Woche wurde der kleine Dutt frisiert, alles streng nach oben und streng nach hinten, dass der Skalp spannte. Tadelloses Hohlkreuz, die Zähnchen blitzblank. *Aplomb, Allongé, Battement, Cabriole, Grand-plié, Sauté, À la seconde, Croisé devant, Relevé … Relevé*, das heißt auf die Spitze gehen, auf die Zehenspitze; dadurch wird das Bein enorm gestreckt, verlängert. Es ist das Aushebeln der Anatomie.

Ich mach's kurz: Nach zehn Jahren, mit 15 also, war klar, dass aus der Primaballerina allenfalls eine Terzaballerina würde, wenn überhaupt. Mit pickligem Einzugsbereich um die Nase herum und Schweißrändern im Trikot. Das änderte zunächst nichts an meiner Verbissenheit. Oder der meiner Eltern. Mein Vater nahm mich gern mit zu irgendwelchen Einweihungen oder Firmenfeiern; in figurbetonten Kleidern stelzte ich neben ihm, lose eingehängt, mit dem Spielbein schwungvoll ausholend, als marschierte ich mit einem Pas-de-deux-Partner, dem versprochenen Prinz, vor die glückliche Hofgesellschaft. Das alles, bevor ich, wie meine Mutter, Migräne bekam und nur noch mit der Schüssel für Handwäsche neben dem Bett schlafen ging. Wisst ihr: Bei einem Migräneanfall hat man das Gefühl, der Kopf gerate in eine riesige Presse, die ihn zerquetscht. Wie beim Verschrotten von Autos. Er drückt einem die Tränen aus dem Schädel, den Augen. Keine schönen Tränen, die strömen und Stein und Bein erweichen, Tränen, in denen sich die Sonne spiegelt und in deren Flut der Liebste Fahrt aufnimmt, sondern« – Laura schneuzte sich – »eine salzige Brühe, von der man sich fragt, wo sie vorher herumschwappte. Also schmiss ich das Ballett, stattdessen rhythmische Gymnastik, Aerobic etc. pp. Kein Tonusverlust.

Mit euch ging's mir gut, wisst ihr? Bestimmt auch, weil ich sicher sein konnte, immer die Auffälligste zu sein. Ich mochte euch wahnsinnig, wisst ihr, aber ich war so froh, dass ich nicht kämpfen musste, Angst haben musste um den ersten Platz. Dabei gab es auch einen kleinen Neid, Neid auf eure Unbekümmertheit, eure, eure« – Laura stocherte mit ihren langen, eleganten Fingern in der Luft, wie um dort das richtige Wort aufzuspießen – »gute Selbstannahme.

Einmal, gerade keine Migräne, wurde ich angesprochen, ich hätte Modelmaße (damals, glaube ich, sagte man sogar noch ›Mannequin‹), ob ich das wisse? Ich war so geschmeichelt und sah mich schon auf Pariser Laufstegen, da sagte die Frau, ich könne als eine Art Maßpuppe dienen, also Dummy, anhand der man die Größen festlegen könnte, die ja nicht wirklich standardisiert seien, sondern je nach Land einem Mittelwert folgen. 36 ist in Spanien, was bei uns noch Kindergröße ist, die sind ja alle so winzig, wisst ihr? Dann stellte sich aber heraus, dass mein Hüftumfang nicht passte. Wenn mein Vater mich seinen Kollegen vorstellte, sagte er oft: »mein Meisterstück«, seine Hand zwischen meinen Schulterblättern, mit der schob er mich ein bisschen, in die erste Reihe der Aufmerksamkeit, Prost! Gelächter, anerkennendes Rauf und Runter der Blicke, dann Abwenden oder Weiterreden. Becken raus, dachte ich nur, Becken raus und am Glas keinen Fettrand hinterlassen von der Schokolade, die ich in mich hineinstopfte statt Abendessen. Auch beim Empfang ließ ich die Lachshäppchen, die Pumpernickeltürmchen, die Käsewürfelchen ungegessen. Höchstens ein paar Salzstangen. Die Haare so frisiert, dass die Nase, die immer hakiger wurde, im Profil abgemildert war. Lächeln hatte ich auch schon geübt, Lippen auseinander, nur so weit, dass sich zwar die Grübchen bilden konnten, nicht aber die Augen verschmälerten. Ich ekelte mich vor fast allem, Püppi ekelte sich vor fast allem. Dem schwitzigen Händedruck der Geschäftsfreunde, dem feuchten Schwimmbadboden, den Fußspuren im Sand, den Schaumresten im Abfluss, den Haltestangen in Bus und Bahn, den feuchten Mundwinkeln unserer Deutschlehrerin, der Sarnow, dem klebrigen Menstruationsdunst meiner Mutter, den Maden in den Kirschen, der gummierten Rückseite von Briefmarken, den Schwämmchen, um sie zu nässen. Aber am meisten ekelte mich der Mann, der Mann als solcher und an sich. Wisst ihr? Die Jungs in unserer Klasse? Wie groß und platt die Füße wurden? Wie die Zungen wuchsen? Wie Aale! Mit denen sie versuchten, meine zu verschlingen. Zum Kotzen, ich meine wörtlich: Beim ersten Zungenkuss musste ich kotzen und zu Hause gurgeln, Thymianessenz. Und diese dumpfe Dauergeilheit, der Geruch nach Talg und Testosteron, nach Fußschweiß und Knoblauch!«

Laura schüttelte sich, so gut es neben Bendix in dem engen Innenraum des Autos ging. Er rückte höflich zwei Zentimeter zur Seite.

Laura legte ihre knochige, schöne Hand kurz auf seinen Oberschenkel: »Ich spreche von früher. Den meisten quollen ja damals auch noch Brusthaare aus dem Ausschnitt, niemand rasierte sich, im Dauerkindchen-Look von heute, an den Haarwurzeln entzündete Drüsen – ich konnte mich in solche Einzelheiten so vertiefen, ähnlich wie du, Dodo, gerade von deiner Mutter erzählt hast. So vertiefen also, dass ich gut beschäftigt war. Und, denke ich heute, tieftraurig. Über so viel Abstoßung, so viel Widerwillen. Alles Lebendige war Verrottung, Verrohung. Auf dem Rand der Badewanne, die als Dusche diente, Aufrüstung.

Dort wurde die Batterie im Einsatz gegen die Sekrete und sonstige von unseren Körpern produzierte Abfälle immer umfangreicher: Intimwaschlotion, Peelings, Antischuppen, Anti-, Anti-, Anti-. Püppi brauchte ewig im Bad, die Vorbereitung zum Kampfeinsatz war selbst schon einer. Gegen alles musste zu Felde gezogen werden: Haarspliss, Achselschweiß, Zahnbelag, Pickel – beziehungsweise die Androhung davon –, Ohrenschmalz, Behaarung. Unsere Körper sind den ganzen Tag damit befasst, Ekliges auszuschwitzen, so gesehen. Aber anders als bei dir, Dodo, wollte ich mich nicht verändern, absetzen, wie hast du gesagt? Enterben? Sondern perfektionieren, naja, eigentlich steckt es ja schon in »Püppi«: verpuppen. Sowohl in der einen wie in der anderen Bedeutung.«

Laura sprach die beiden aufeinanderfolgenden P so explosiv aus, als wären ihre Lippen ein Trampolin, von dem die Laute abfederten.

»Das mit dem Bad, dass ich immer so lang brauchte, regte meinen Vater auf; der musste ja im Unterschied zu meiner Mutter auch aus dem Haus. Du bist doch naturschön, sagte er, was gibt's da zu korrigieren? Und dann kam noch etwas über seine Mutter, die eine Schönheit gewesen sei und nie geschminkt und trotzdem wow! Und immer wow! Ich hörte mir das an und nutzte die Zeit zum Bauchmuskeltraining, ein Bein gestreckt, das Spielbein angewinkelt, Fersen in Kontakt: Ruheposition. Schminken war ja noch gar nicht, nur abwenden, vorbeugen und korrigieren. Schminken kam mit dem Führerschein, und mit dem Führerschein die Überzeugung oder die Einsicht, dass das erste Mal hermusste; *pathetic*« – Laura sprach das th perfekt aus – »habe ich das gefunden: Autofahren lernen und Jungfrau sein! Also mit achtzehn.«

»Was?«, rief Dodo und wandte sich so heftig an Laura, dass der ganze Wagen mitbebte. »Was, du hast den Führerschein? Du hast Fahrstunden genommen, und wir wissen das nicht, du sagst es uns nicht?« Sie verhaspelte sich.

»Gemach«, sagte Laura und Dodo fühlte sich augenblicklich so unzulänglich wie einer von Lauras Patienten, an dessen Sprachfluss es etwas auszusetzen gab. »Gemach: Ich bin dabei, es zu erzählen.«

»Da waren wir in der Unterprima!«, fiel Beatrice ein. »Und das fandest du schlimm? Jungfrau zu sein? Und führerscheinlos? Außerdem stand die Welt da Kopf…«

»Lasst«, sagte Penny, auch dieses Mal so prompt, als hätte sie auf ihren Einsatz gewartet. »Lasst sie.«

Bendix glättete seinen Schnurrbart.

»Aber ganz wie bei dir«, fuhr Laura fort und funkelte Beatrice durchaus giftig an, »ganz wie bei dir war ich nur mit mir selbst befasst. Allerdings ohne einen Giuliano. RAF, Atomkraft, Mogadischu oder 68, da waren wir allerdings ja noch sehr jung, trotzdem: alles ausgeblendet. Meine Kriege führte ich gegen mich selbst. Gespräche mit meinen Eltern gab es nicht, ich meine Gespräche, die sich um etwas anderes als Familie, Arbeit, Schule drehten. Ich erinnere mich nur, dass Willy Brandt meiner Mutter, bis auf die Geheimratsecken, gefiel und meinem Vater nicht. Die Ostpolitik fuchste ihn, Ausverkauf war das, Helmut Schmidt: besser, sein Satz, wer Visionen hat, muss zum Arzt, der gefiel meinem Vater. Er trug ihn mit sich herum und zog ihn bei jeder Gelegenheit hervor, wie eine Brille, ein Feuerzeug, ein Taschentuch, immer zur Hand. Wir brauchen die Bundeswehr, Öl und Amerika. Er saß mit angespannter Miene vor dem Fernseher, Buback, Ponto, Schleyer, es hätte aus seiner Sicht auch ihn erwischen können, wäre er bedeutender gewesen. Denn die Richtung, die Einstellung teilte er. Er gehörte zu denen: Schlussstrich ziehen, Wachstum, Wachstum, Wachstum, Christdemokraten forever. War ja dann auch so, nach Schmidt Schnauze. Aber, wie gesagt, das tangierte mich kaum, ich weiß nicht, wie euch das ging?« – Beatrice schwieg. – »Ich wollte 1976 nur den Führerschein und die Entjungferung – Entebbe, Palästinenser und die Bewegung 2. Juni, Stammheim hin oder her. Ich entschied mich für eine Fahrschule in Charlottenburg, der Fahrlehrer trug ein Kettchen um den Hals und keinen Ehering. Hemd weit aufgeknöpft, Haare nass zurückgekämmt, große Poren – wahrscheinlich soff er; stämmige Arme, fette Uhr am Handgelenk, eine von denen, die alles messen, einschließlich der Weltraumtemperatur und der Peristaltik des eigenen Darms.«

»Laura!« Dodo ächzte ein bisschen.

»Darunter«, fuhr Laura ungerührt fort, »also unter Peristaltik verbuchte ich das Ganze bei mir ja auch. Eine Art Eigenbewegung von irgendetwas, weiß der Teufel was. Es klappte noch vor der Prüfung. Anfangs hatte ich seine Hand immer weggeräumt von meinem Oberschenkel, dann ließ ich sie liegen. Und sagte, warum nicht, als er mich fragte, ob ich Lust hätte, etwas mit ihm zu trinken, er wisse da etwas Nettes. Da lagen meine Fahrstunden bereits seit Wochen auf dem frühen Abend, und ich war die letzte Schülerin. Irgendwo in Schöneberg, nicht weit vom Rathaus, gingen wir in eine Kneipe, *Narkosestübchen* hieß die passenderweise. Die Wirtin eine resolute Brünette, die sich mit den Männern maß, die um den Tresen herum auf kippligen Barhockern saßen, Beine gespreizt, Bäuche entspannt, Bierschaum am Handrücken vom Mundabwischen. An einem an der Wand befestigten Garderobestab, auf dem Weg zur Toilette, hing ein altertümlicher Vogelbauer, darin ein ausgestopfter Kanarienvogel. Wer weiß, was der einmal besungen hat. Die Liebe? Gruselig.

Da saßen wir also am Tresen, die meisten anderen waren auch Fahrlehrer, hatte geradezu etwas Gewerkschaftliches, der Ort, und tranken Bier. Ich war sofort betrunken, trank ja sonst nie etwas, und der schale Geschmack half komischerweise zur Vorbereitung auf etwas – Schales. Er wurde gefragt, ob die Kleine seine Fahrschülerin sei. Was denkst denn du, hatte er erwidert, und ich hütete mich zu nicken. Ich schlug ein Bein übers andere – auf dem Barhocker schon fast eine gymnastische Einlage –, hörte mir alles an und ließ mich taxieren wie eine Kuh oder so, die zum Verkauf steht und deren Milchleistung abgeschätzt werden muss. Ich kenne da ein nettes kleines Hotel, da sind wir ungestört. Nach dreimal *Narkosestübchen* kam dieser Satz. Okay. Ich rutschte vom Barhocker, hakte mich unter, ließ mich abführen. Sein Arm doppelt so dick wie meiner, unterm Deo unbestimmter Geruch. Am meisten fürchtete ich mich vor seinen Füßen, wisst ihr. Die brauchte man ja nicht, für das, was bevorstand, daher waren sie etwas PERSÖNLICHES. Ich hätte es gern unpersönlich gehabt.

Er zog sich aus, verhedderte sich im Hosenbein, hüpfte bis zum Bettrand und saß dann da. Nackt, bis auf Unterhose und Socken. Er winkte mich heran, setz dich! Küssen, Erektion, meinen BH aufdröseln, dabei faseln, wie attraktiv ich sei, ihm, Kenner und Könner, dürfe ich das glauben. Ich ließ mich nach hinten fallen, ohne auf seine Füße zu schauen, an der Decke machte eine Spinne gerade Beute, und ich musste schrecklich lachen. Dass er fast wieder aus mir herausrutschte, nachdem er sich ausgesprochen mühsam hineingekämpft hatte. Für mich war es wie beim Frauenarzt, scheuern, drücken, brennen. Er half mit Speichel nach, du bist zu trocken, ich wandte den Kopf zur Seite, damit er nicht auf die Idee kam, mich noch mal zu küssen, und packte ihn bei den Hüften. Das gefiel ihm, er hielt meinen festen Griff für Leidenschaft und schnaufte endspurtig. Mannomann, rief er. Jetzt konnte ich ihn wieder anschauen, seine Augen glänzten, und das rührte mich ein bisschen. Sah abgerackert aus, wie nach einem langen Tag, nicht nach Feierabend. Ich hatte kaum Schmerzen. Er fragte mich, ob ich fertig geworden sei. Ich bin fertig, sagte ich wahrheitsgemäß, und er strahlte: Übung macht den Meister.

Dann bediente er sich aus der Minibar. Ich ging ins Bad, wusch mich, die Knie weich, im Spiegel aber ansonsten nichts Neues. Nur die Haare hinten verfilzt vom Reiben auf dem Betttuch. Zurück im Zimmer trank ich in einem Rutsch den Sekt aus, den er mir eingeschenkt hatte, und ließ mich rühmen. Beziehungsweise meine Dessous, apricot, teuer. Die Angst vor Flecken machte mich völlig wahnsinnig. Schließlich legte ich zwei Tempos ein, das muss er besonders geil gefunden haben, denn er leckte sich die Lippen und berührte mein Knie. Zugabe? Ich schüttelte energisch den Kopf, schaute ihn fest an, jetzt auch die Füße, die breit waren und stummelzehig, bis er aufstand, na denne, und ins Bad ging. Am nächsten Morgen schrieben wir Mathe, wisst ihr. Und ich dachte, so, jetzt hast du es hinter dir. Was für ein Würstchen, der Mann und sein Anhang. Was für ein Geschufte und Geschnaufe. Eine Woche später fiel ich durch die Fahrprüfung, theoretisch hatte ich bereits bestanden. Rechts vor links übersehen, und das, obwohl er mich, ich meine der Fahrlehrer, kurz am rechten Bein berührte. Hinten, der Prüfer, sagte sofort: Anhalten! Ich nahm noch mal die drei oder vier Fahrstunden, die man nehmen muss, wenn man durchgefallen ist, aber ich meldete mich nie wieder zur Prüfung an.

Ich habe bis heute keinen Führerschein, wie ihr wisst, den Fahrlehrer habe ich nie wieder getroffen. Aber an die Spinne an der Decke denke ich manchmal. Die war ja so etwas wie *embedded*, Zeugin all dieser mickrigen Bettgeschichten, interesselos und ausdauernd. Wie Warhols 24-Stunden-Kamera, ich meine, die Spinne hätte alles aufzeichnen können, interesselos. Sich so etwas dann anzuschauen, 24 Stunden, das hätte geholfen zu verstehen, wie egal es ist, wer die Tänzer und Tänzerinnen sind bei immer gleicher Choreografie, rein, raus, rein, raus. Aber ich brauchte diese Vorstellung gar nicht, ich habe es ja ohnehin so erlebt: als eine Verschiebung, an der ich beteiligt war. Verschiebung?« Laura wiederholte das Wort, als könnte sie im Nachhall hören, ob es saß. »Ich wurde verschoben, ich habe ihn verschoben, ich habe verschoben, bis heute, davon zu berichten. Und jetzt« – sie lächelte – »haben wir Bendix davon. Davon, dass ich keinen Führerschein habe, davon, dass ich. Keine Ahnung. Davon, dass ich von meinem Fahrlehrer entjungfert wurde und noch immer nicht weiß, wo es langgeht. Ich hätte ebenso gut eine Gurke hernehmen können. Ich habe das Zusammensein zweier Körper noch nie als Vereinigung erlebt, nur als Entzweiung. So steht es um eure Laura. Andern Leuten aufs Maul schauen, aber selbst nicht wissen, wo es langgeht. Die Kühle, die Große, die Blonde, super Tonus, die Beine eine Wucht, kälter als Schnee das Herz, umso mehr schmelzen die der Anbeter. Eine Barbie will jeder, nicht zuletzt wegen der Sicherheit, dass es an Ersatzteilen nie mangeln wird. Außerdem weiß man, wie man heute so schön in der Werbung sagt, dass das, was drauf steht, auch drin ist: also nichts. Und das Ganze ohne Benutzerkennung. *Free access.*

Nicht sehr poetisch, ich weiß, anhimmeln geht anders. Ihr mit euren Liebesgeschichten! O Gott, was ich gemacht hätte, wenn er mich geschwängert hätte! Daran hatte ich vorher überhaupt nicht gedacht. Und noch heute ist mir völlig – völlig! – unnachfühlbar, dass dieses pappige Geschäft ein Zeugungsakt sein kann, sogar sollte, laut katholischer Kirche. So als würde man das Nasebohren verklären.

Ich hatte dann noch – das war schon nach unserer Schulzeit, während der Ausbildung – zwei, drei Affären. Immer begleitet von dem Gefühl, eine Trophäe zu sein, der Lorbeerkranz auf dem Dichterhaupt beziehungsweise ein Faktor auf der Spesenabrechnung.

Denn klar – selbstredend! – wurde ich ausgeführt. Errungenschaften müssen veröffentlicht werden, sonst gelten sie nicht. Und in meiner Gebärmutter – was für ein Wort, grauenvoll, als hätte jede Frau schon eine zukünftige Mutterschaft verschluckt oder ein Nest gebaut –, in meiner Gebärmutter wehrte ab Fahrlehrer eine Spirale alle Eindringlinge ab. Ich lasse mich nicht von innen kapern.

Meine Eltern, das wisst ihr ja, haben sich getrennt, als ich vierzehn war. Ich blieb bei meiner Mutter, auch weil mein Vater mit der neuen Frau ziemlich ausgelastet war. Und plötzlich gab es ein neues Band zwischen meiner Mutter und mir, den Hass auf Männer. DEIN VATER, so begann jeder zweite Satz bei ihr, und ich erfuhr alles über ihn, was man als Heranwachsende gar nicht wissen will. Aber im Unterschied zu anderen verlassenen Frauen wurde meine Mutter weder dick noch grau, im Gegenteil. Sie wurde immer straffer, schlank war sie sowieso. Sie sonnte sich mit Mitte fünfzig unter den Blicken, die sie nicht vorhatte zu erwidern, für die sie sich aber anstrengte. Ich war also schon gut geschult, als ich dem Fahrlehrer unterlag, ich meine es wörtlich: ihm als Unterlage diente. Das einzige Mal, dass ich meine Mutter bestürzt sah, ich meine, von einem Mann bestürzt, war, als der Flugkapitän der *Landshut* erschossen wurde, wann war das? Oktober 1977, oder? Wir saßen vor dem Fernseher, Nachrichten, sein Bild wurde eingeblendet, da sagte sie: So ein schöner Mann, ein Flugkapitän. Als wäre das eine Art drittes Geschlecht. Sie machte mich auf die Jochbeinkinnlinie aufmerksam, das weiß ich noch, aus der könne man viel schließen, charakterlich. So war das damals, alles im Klein-Klein, obwohl es die Republik ja gerade zerriss. Verrückt. Ich kann mich auch nicht erinnern, dass wir darüber gesprochen hätten, es lief wie ein Film im benachbarten Kinosaal, und ich blieb noch jahrelang bei meinem einzigen Projekt, Entwicklungshilfe für mich selbst. Formfindung, Inhaltsverzeichnis erstellen, Fehler korrigieren, sucht's euch aus! An mir war nichts dran« – Laura schob ihren dünnen, eisblauen Pullover hoch und zupfte an der Haut, die ihren flachen Bauch umspannte –, »ist heute auch nichts dran, ich bin nur perfekt. Mädels« – Laura holte Luft, dann winkelte sie die Arme an und bewegte sie auf und ab wie Flügel: »*Kiwitt, kiwitt, hab nie geliebt.*«

Das sagte sie mit hoher, piepsiger Stimme, wiederholte es ein paarmal. Die vier schauten entgeistert. Dann brach sie in Heulen aus, in ein so grobes, rotziges, unbeherrschtes Schluchzen, dass sich alle, noch schockierter, in die Polster pressten, bevor sie zu einer anderen Reaktion fähig waren.

Es folgte die eingeübte Choreografie: Verbindung herstellen, Wiedereintritt durch Berührung, Weitergabe. Nur zögernd allerdings nahmen sie diesmal Kontakt auf. Eine legte den Arm um Laura, die andere tätschelte ihre Hand, die schwer beringt und schlaff herabhing, wie nach einem ermüdenden Dirigat. Bendix kramte sein Taschentuch hervor. Und dachte: Hier stimmt das englische Wort, lauter *midwives*, weibliche Teilhaberinnen, Anteilhaberinnen, die bei schweren Geburten zur Seite stehen.

»Mädels und auch du, Bendix«, stieß Laura nach einiger Zeit, noch immer heulend, mit der Entschlossenheit einer zum Geständnis Bereiten hervor, die letzte große Steigung vor der Klimax der Offenbarung in Angriff nehmend: »Ihr und auch du, Bendix, ihr seid mein Schatz. Sonst nichts.«

Sie schwieg. Der Satz blieb. Dann schneuzte sie sich, das Feierliche verzog sich zur Erleichterung aller. Laura lächelte, betupfte die unteren Augenränder, wo nichts zerfloss, weil sie wasserfeste Wimperntusche verwendete. Und setzte hinzu, jetzt im bestimmten Ton eines Vertragsabschlusses: »Ihr seid mein Kapital, meine einzige gute Anlage. Ich kann nun einmal keine Liebesgeschichte erzählen.«

»Psst«, machte Beatrice und hob, wie warnend, ihre rechte Hand. Alle dachten zunächst, dass sie Laura in ihrer abschließenden Bilanzziehung unterbrechen wollte. Aber tatsächlich hörte man nun, da Laura innehielt, Kinderstimmen. Die Schulklasse kehrte zurück. Am dunkelgrünen Waldrand erschienen die ersten Farbflecke, grellbunte Rucksäcke, neongelbe Windjacken, vom Wind zerpflücktes Geschrei, die sonore Stimme des Lehrers, der Generalbass, der alte Dreiklang der Ermahnungen: »Hört zu, seid ruhig, stellt euch auf!« Das war nach der langen Stille, die nur von einer Erzählstimme gebrochen worden war, dem Wind oder einem entfernten Vogelruf, ein regelrechter Überfall.

Die Freundinnen und Bendix öffneten die Türen des *Ulysse* überaus vorsichtig, so als müssten sie ihren Ohren, ihren Augen eine Übergangszeit, Schonung gewähren. Aber dann rannten sie – bis auf Bendix – in den Kinderschwarm hinein, winkend und lachend, »nehmt ihr uns mit?«

Der Lehrer stellte sich mit ausgebreiteten Armen vor die Schulklasse, die hinter ihm drängelte. »Bonjour!«, sagte er in eher strengem Ton und so etwas wie: »Was gibt's, was kann ich für Sie tun?«

Penny, mit fliegenden Haaren, wies auf das Auto, »en panne«, sagte sie, »en panne.«

Da nickte er, die Strenge fiel von ihm ab, »venez«, und, zu den Kindern, »allons-y, les enfants.«

Sie stiegen als Erste ein, hinter ihnen die schubsenden, prustenden Schüler, die die fünf Alten irgendwie witzig fanden. *Drôle.* Bendix zog das Bein nach, das nach dem langen Sitzen wieder schmerzte. Sie setzten sich umständlich auf die Rückbank, dorthin, wo früher, zu Schulzeiten, die Schulschwänzer, die Abtrünnigen lautstark und schwungvoll Platz genommen hatten, deutlich abgesetzt von der übrigen braven, willfährigen Busgemeinschaft. Zaungäste waren sie auch jetzt.

Tatsächlich: Es war der Lehrer, der den Bus fuhr. Mit ausholenden, ungelenken Bewegungen kurbelte er das große Steuerrad, stockend, furzend (alle lachten, das machte die Ähnlichkeit noch zwingender) setzte sich der Bus langsam in Bewegung. Der rote *Ulysse* sah aus dem Rückfenster betrachtet aus wie vor hundert Jahren abgestellt, in ihm verkapselt der Atem, der Zorn, die Tränen, die zurückgehaltenen und die geflossenen. Das Letzte, was sie sahen, war ein Eichhörnchen, das sich anmutig von einem der unteren Äste einer Eiche auf den Kühler schwang und dort mit gehisstem Schweif saß, die zipfelförmigen Ohren possierlich aufgestellt, eine Frucht zwischen den Vorderpfoten. Schwarzgrau das Fell, blank poliert die gewitzten Äuglein. Dodo sagte mehr zu sich selbst als an irgendjemanden gewandt: »Teufelskerlchen, bilde dir bloß nichts ein!« Dann fuhr der Bus um die erste große Kehre.

Keine der vier Freundinnen – und auch Bendix nicht – hatte nachgefragt, wohin die Fahrt eigentlich ging. Der Straße nach, hätte Penny vermutlich gesagt, wenn sie nicht, kaum in die Ecke der Rückbank geschmiegt, eingeschlafen wäre. Zumindest waren die Augen zu, und der Körper war so entspannt, dass sich auf ein Einverständnis mit dem Gegebenen, wie es sich nur im Schlaf einstellt, schließen ließ. Auch von den anderen vier fiel die Spannung ab, die sich während des Erzählens und Wartens gehalten hatte. Im Geschwirr der jungen Stimmen, im Dunst des Schulgeruchs, der sich merkwürdigerweise auch ohne Linoleumboden, Kreidestaub (den es ja schon längst nicht mehr gab) und Turnbeutel breitmachte, entstand eine friedliche Verfasstheit, auch eine kleine Belustigung darüber, nach vierzig oder mehr Jahren erneut in einem Schulbus zu sitzen. Nach der letzten Stunde: Geschichte im Hauptfach. So jedenfalls dachte Bendix. Den es nicht störte, dass Dodo ihren Kopf an seine Schulter lehnte, oder doch fast, die Augen geschlossen. Wohl war ihm, und er verschob die Verwunderung darüber auf einen nicht näher bestimmten Zeitpunkt. Noch war Pannenzeit. Und er ein Treibgut, ein beinahe glückliches; ziellos, endlich.

Zurück in Steinbronn würde er die Sitzgarnitur seiner Mutter, die einen Großteil seines Arbeitszimmers einnahm, entrümpeln. Das nahm er sich vor. Eigentlich hatte die Entrümpelung ja bereits begonnen. Und er würde Friedrich besuchen. Kölsch trinken. Die Fenster, die blinden Fenster, putzen, die Loggia bepflanzen, mit Dodos Hilfe. Sie, die Loggia, würde in Stellvertretung für ihren Inhaber die Steinbronner Bürger aufgeschlossen und heiter grüßen, je nach Jahreszeit mal in Rot, mal in Gelb.

Wie gern glaubte Bendix sich in diesem Moment alles, die guten Vorsätze, die Gewogenheit gegenüber seinen Mitmenschen und eine Zuversicht, die weiter reichte als bis zum abendlichen Bier. Vielmehr nur bis dahin, aber genau das würde nicht anstößig sein. Im Schaukeln des Busses, im leisen Ächzen der Stoßdämpfer, im Geschnatter der Schüler seltsam behütet und eingelullt, entging ihm, wie sehr sein Traum der eines Idioten, eines Privatmannes war – auch wenn er sich diesen Titel selbst und selbstironisch verliehen hatte. Ein Idiot, der davon träumte, unbehelligt zu bleiben und sich nur dem zu widmen, was unmittelbar erfahrbar war. Dem Wetter, den Jahreszeiten, dem Kaffee am Morgen, der Zigarette danach, dem Bierchen und dem Bierchenschlaf. Auch dem Lesen, aber nur dem der Klassiker; die erhellten, aber behelligten eben nicht. Nachrichten vom Fußball. Sonst nichts. Im Kleinen und Kleinsten beheimatet sein, vor Datenströmen, Finanzströmen, Flüchtlingsströmen und Tränenströmen bewahrt. Die schwierigste im Laufe eines Tages zu beantwortende Frage die nach dem Abendessen. Nicht mit Geschichte, nicht mit Zeit und erst recht nicht mit Zeitgenossenschaft wollte sich dieser Bendix, der Träumer im Schulbus, befassen. Sondern mit Ein- und Ausatmen, mit Verdauen und Schlaf. Er wollte von der Welt nicht mehr wissen als ein Säugling. Er wollte vergessen, was Angst war. Ja, das war die Schrebergartenfantasie, der Entwurf eines Gärtleins aus Wohlbehagen mit Rabatten, deren Geradlinigkeit wildgezackte Unruhen vertrieben. Und bucklicht Männlein auch. Und Lumpensammler. Auch Engel hatten dort nichts verloren.

In Bendix' Traum, der eigentlich nur ein halber war, denn mit einem Ohr hörte er noch die Jungen und

Mädchen sich Amüsiertes zurufen, Amüsiertes über die fünf Herrschaften auf der Rückbank, die schliefen wie gefällt – im Traum also war die Welt nicht aus den Fugen. Im Traum gab es Schutz vor dem Unüberschaubaren, das hineinströmte ins eigene Leben und darüber hing wie die mittlerweile allgegenwärtigen Drohnen. Im Traum funktionierte die Notwehr. *Wenn wir zu denken anfangen, sind wir nackter als bei der Geburt und hilfloser.* Das war sicherlich ein Zitat. Bendix' eigener Kopf brachte nichts dergleichen hervor; der Satz hatte sich an- und eingeschlichen aus alten Vorräten, die er gerade im Begriff war zu verwerfen.

Er verstand nicht, wie die Reise – von der Länge her kaum der Rede wert: es waren keine Zeitzonen durchschritten worden und nicht mehr als zwei Sprachen aufgetreten – eine so heftige Wirkung haben konnte, dass ihm nun, zugegebenermaßen im Halbschlaf, die meisten seiner Grundsätze abhandenzukommen schienen. Fiel er dem anheim, was von einem seiner bewunderten Geistespaten unter *New Parochialism* geführt wurde? Also ein Kleinkrämer mit Hang zum Regionalen. Der sich um die Welt nicht scheren musste. Etwas bewunderte er an den Erzählungen der Frauen: möglicherweise die Liebe zum Detail, die Fähigkeit, einer Einzelheit etwas zu entlocken, die über diese hinausging, das für etwas stand, das ungenannt blieb. Oder unbegriffen – sofern Begreifen mit Begriffen begann und endete. Aber auch dieser Gedanke versickerte, noch gar nicht ganz ausgeführt, im Halbwachen. Und wurde überlagert von einer Erinnerung an eine weitere Frau, seine Mutter, deren Ernst und Strenge ihm als Kind zugesetzt hatten und die er nur ein einziges Mal, so schien ihm, ausgelassen erlebt hatte: Da saß sie schon im Rollstuhl, war halbblind und hörte schwer. Er wusste nicht, was ihn bewogen hatte, sie eine ziemlich abschüssige Straße im rasenden Tempo bergab zu schieben, die Griffe des Rollstuhls fest umschlossen. Aber bevor er sagen konnte, dass sie sich nicht zu ängstigen brauche, er habe alles im Griff, hörte er sie schon lachen, geradezu prusten, atemlos vor Begeisterung und Geschwindigkeit wie ein karussellfahrendes Kind. Das war seiner Erinnerung nach das schönste Erlebnis, und das hatte er mit ungefähr zweiundfünfzig gehabt, als sehr verspäteter Sohn. Nach dieser wilden Fahrt waren beide durcheinander, nicht einmal der Rollentausch war klar: Er hatte zwar wie ein Vater über ihr Wohlergehen gewacht, sich aber zugleich kindlich gefühlt in der geteilten Freude am Unvernünftigen. Kurz und gut, er hatte sie als die Mutter erlebt, die sie nie gewesen war und sich als das Kind, das er nie gewesen war. Und obendrein und verwirrenderweise auch als den Vater, der er nie gewesen war (und nie sein würde), und sie als das Kind, das sie möglicherweise einmal gewesen war.

Der Bus fuhr nun schneller, die Kurven hatten aufgehört, und, wie sich bei einem Blick aus dem Fenster herausstellte, war er auf geradem Weg nach Mulhouse. Auch einige der Schüler waren eingenickt, das Gesicht gegen die Scheibe gedrückt oder an die Schulter des Nachbarn. Die bunten Farben der Rucksäcke schienen nun blasser, wie ermüdet nach einem langen Tag.

Bendix schrak auf aus dem träumerischen Halbzustand, spürte Dodos Kopf schwer und warm an seinem Arm, sah Penny wie von Gegenwind in den Winkel der Rückbank gedrückt. Laura war wach, saß gerade und zeigte ihm ihr schönes Profil. Beatrice schlief. Er kam auch jetzt, ganz erwacht, nicht dahinter, was passiert war, und fand sich ab mit seiner neuen Milde. Ganz offensichtlich gehörte zu ihr auch die Fähigkeit hinzunehmen, was der Fall war. Dabei konnte er nicht einmal angeben, was eigentlich der Fall war. Er war Chauffeur von vier Frauen, die ihm, im fahruntüchtigen Auto, einen Weg wiesen. Mehrere Wege. Bendix nahm die Brille ab, rieb sich die Augen, dann die Gläser und ließ es bei diesem halbgaren Gedanken bewenden. Alles war in diesem merkwürdigen Moment wohl nur halb zu haben.

Der Bus hielt vor einer Schule, und wie auf Kommando brach ein gewaltiges Gekreische aus, dessen der Lehrer, der sich aus dem Fahrersitz geschält hatte, nicht mehr Herr wurde. Immerhin gelang es ihm durch mehrmaliges Hineinbrüllen in die Brandung, den Schülern zu bedeuten, dass sie die blinden Passagiere zuerst aussteigen lassen sollten. Niemand lachte über den Scherz. Penny stolperte mehr, als dass sie die Treppen aus dem Bus hinabstieg; die Haare hingen ihr über die Augen, wirr vom Schlaf, und nahmen ihr die Sicht. Bendix, der als Erster ausgestiegen war, reichte ihr die Hand.

»Du bist dran«, sagte er.

Und Penny erwiderte: »Ich weiß.«

Sie hatten ein kleines Hotel gefunden, nachdem sie mit dem französischen Pannendienst einen Termin für den folgenden Morgen vereinbart hatten. *Chez*

Pierre hieß es, auch wenn hinter dem Tresen an der Rezeption kein Mann stand, sondern eine blonde, irgendwie verträumt wirkende Frau unbestimmten Alters ihre Ausweise entgegennahm. Sie trug ein winziges Namensschild am Revers ihres Jacketts, *Magda* stand darauf. Zu den Zimmern führte eine enge Stiege; überhaupt hatte das Gebäude etwas Bauchiges, Höhlenartiges, sodass die Treppe nicht wie ein Zugang wirkte, sondern wie eine Zufuhr, eine Blutbahn, eine innere Naht. Die Aufteilung diesmal nicht auf zwei, sondern auf drei Zimmer, die sich alle um den kleinen Raum drängten, den Magda als Frühstückszimmer vorstellte. Die fünf ließen die Türen sperrangelweit offen, warfen ihr Gepäck auf die Betten, rissen die Fenster auf, in der vergeblichen Hoffnung, den Mief aus Raumdeodorant, Milbenkot, altem Staub und Teppichbodenkleber zu vertreiben. So riechen Hotels nun einmal: Alle, die hier einkehrten, waren zu flüchtig in den Zimmern behaust, um eine Geruchsspur zu hinterlassen, die auf den jeweiligen Verursacher hätte verweisen können; so blieb nur ein globales Duftgemisch nach Vermietung übrig.

Dodo stellte für alle gemeinsam fest, vor Hunger schier einzugehen. »Ich will elsässisch essen«, sagte sie, »so richtig heftig, deftig, schwerkräftig. Nach all den Keksen, der Schokolade, den Geschichten.«

Sie fanden ein Restaurant, das dem Hotel insofern glich, als es sich ebenfalls ausnahm wie eine Höhle. Die Wände vom Rauch dunkel (unklar, ob vom Räuchern von Schinken oder von Hexen oder vom Nikotin), an den schweren Balken allerhand Aufgehängtes. Ein solches Übermaß an Dekoration – Wimpel, Puppen, Plastikpflanzen, Holzfiguren, Ölgemälde, Geweihe und ausgestopfte Tierkörper –, dass es einem angst und bange werden konnte. Die fünf nahmen es gelassen, so als wären sie auf einem fremden Planeten unterwegs (wo ja alles denkbar war) und nicht im Elsass. Die Speisekarte auf Elsässisch, man erriet Einiges, das andere wurde riskiert. *Säuwerla*, zum Beispiel. Dazu Riesling, Gewürztraminer. Selbst Bendix verzichtete auf Bier. Er wollte einen Weinrausch, etwas Dionysisches, nichts für den Feierabend in Pantoffeln und Hausanzug (gegen die er grundsätzlich nichts einzuwenden hatte). Sie erhoben die Gläser und stießen an.

»Worauf eigentlich?«, fragte Dodo.

»Auf Pannen zur rechten Zeit«, sagte Penny und trank den ersten Schluck Riesling mit Andacht.

WARTEN

Pennys Haare stoben im Gegenlicht eines künstlichen Kaminfeuers, als sie, ihr Glas noch in der Hand, ansetzte: »Ich habe eigentlich nichts zu erzählen. Ich meine: mitzuteilen.« Ihre Zunge stieß ein wenig an.

»Ich war mal, wir waren ein paar Jahre schon verheiratet, mit Otto in Polen. Ganz im Nordosten, an der See, in einer verwunschenen, wilden, unerschlossenen Gegend. Heute ist dort ein Naturschutzgebiet, ein Nationalpark. Damals war sie einfach da, die Gegend. Wir fuhren die schmalen, von Bäumen gesäumten Straßen entlang und staunten. In oder vor jeder Ortschaft, meist winzige Ansammlungen von Häusern, saß jemand, eine Frau, ein Mann, manchmal ein Kind, vor zwei oder drei Gläsern mit Blaubeeren, Preiselbeeren oder Brombeeren. Manchmal auch Honig oder eine Schale mit in Schmalz Ausgebackenem. Stunden-, tagelang: auf einem Schemel, ohne Lektüre, ohne Eile, ohne Langeweile. Sie warteten nicht darauf, dass der Tag verging. Sie begingen jeden Tag, im Sitzen. Im Wind wehte ein Zipfel des Kopftuchs, das die alten Frauen trugen. Oder das weite Hosenbein einer Hose, die von Hosenträgern gehalten wurde. Darunter ein schweres Hemd. Sonst bewegte sich nichts. Das reine Warten. Das habe ich auf Anhieb verstanden.

Ja, ihr werdet sagen« – Penny schluckte, verhaspelte sich –, »ihr werdet sagen, die warteten auf Kundschaft. Mag sein, aber es war trotzdem kein Warten auf etwas, sondern eine Bekundung. Ein Zustand, ein Bekenntnis, eine Absage an das Zeiterleben, das uns regelt. Sie saßen da und waren da, ungeteilt, unbestreitbar, durch nichts zerstreut. Sie schauten den vorbeifahrenden Autos oder Fahrrädern weder entgegen noch nach – nein, sie ließen sie passieren. Das habe ich endlich verstanden.«

Penny strich die Tischdecke glatt, stapelte die Bierdeckel: »So warte ich.« Und sagte dann, und das war ähnlich sinnlos oder sinnvoll wie die zärtliche oder pedantische Geste des Glattstreichens und Ordnens: »Jeder Rücken ist anders müde.«

Ihre Zuhörer horchten zwar auf, sagten aber nichts. Vielleicht verstanden sie, dass es ihre Art zu erzählen war, ahnten, dass sich Muster und Zusammenhänge nur im Gewebe ergeben würden, im Raum, im Ausgebreiteten, nicht auf einer Achse, einer Tartanbahn für beschleunigtes Erreichen des Ziels. Auch die Gesten, die das Sprechen begleiteten, bildeten, würde man sie aufzeichnen, solche Muster. Luftdiagramme, Intarsien. Etwas wird eingebettet, eingeflochten, im wahrsten Sinne des Wortes.

Penny fuhr fort: »Anfangs dachte auch ich, Warten ist etwas Gerichtetes, auf ein Fehlen, ein Ausbleiben Gerichtetes. Das irgendwann eintreten wird. Und deshalb habe ich Kurse belegt, bei der VHS, Polnisch, Weben, was noch? Irgendeinen Kochkurs. Ich dachte, ich müsste etwas füllen, überbrücken. Bis eines Nachts – Otto war schon einige Jahre fort, ich konnte nicht schlafen, wälzte mich hin und her, versuchte, die verlassene Bettseite zu übersehen –, bis ich eines Nachts also verstand: Die Zeit hat keinen Verlauf, sondern eine Ausdehnung. Otto lebte mit mir in dem gemeinsam errichteten Zeithaus, das nach und nach größer geworden war, immer mehr Räume bekommen hatte. Otto war genau so nah wie er mir geht, auch wenn er mir in diesem Moment fernlag. Im Stunden liegt so viel Gegenwart.«

Pause. Penny trank, glättete die Haare, rückte Besteck, Gläser, lächelte.

»Wie froh bin ich nun manchmal, dass Otto ging. Sonst wären wir längst nach oben, die Schwiegereltern nach unten gezogen und hätten das für einen Fortschritt gehalten. Dabei sind die Veränderungen im Dableiben die aufregenden. So wie Haare wachsen ohne unser Zutun und Entscheiden: Ich lasse es nur gewähren. Übrigens auch das Weinen. Wie oft bin ich aufgewacht und habe mich weinend vorgefunden. Es weinte sich, so wie es sich jetzt erzählt. Es ergab sich. Weder Aktiv noch Passiv, sondern etwas dazwischen, das wussten die alten Griechen und verankerten es in ihrer Grammatik. *Doch als sie sich an Weinen gesättigt hatte in ihrem Gemüte*« – Penny lächelte, während sie zitierte, und fügte an: »Einmal Lehrerin, immer Lehrerin, oder? Jedenfalls, kein Ultimatum, kein letzter Tag, denn wo wir runden, gibt es auch keine Erstreckung. Nur eine Entwicklung. Jede Nacht das Gewebte wieder auflösen – das ist weder Stillstand noch Verlauf. Sondern Vertiefung.«

Penny rutschte tief in den Stuhl, streckte unter dem Tisch die Beine aus und auf dem Tisch die Unterarme. Wie Gleise. Den Blick auf Bendix gerichtet. »Für Irrfahrten muss man nicht aufbrechen, aber wenn man aufbricht, sollte man sie vorhaben. Und um etwas kreisen. Daran haben wir uns – ich meine euch und mich – gehalten.«

Sie gluckste leise und trank ihr zweites oder drittes Glas leer. Penny war betrunken. Und ganz klar.

»Jedenfalls«, setzte sie ein, die Hände sprachen wieder mit, zogen Zeilen auf dem Tischtuch, »jedenfalls muss Otto nicht mehr zurückkommen: Wir werden irgendwann aufeinandertreffen, in einem dieser Räume. Ich bin so frei. Im Traum ist es schließlich auch so, da schiebt sich alles ineinander, da ist man von Abwesenden schwanger und von Anwesenden unbeeinträchtigt. Da liegt Fernes und Nahes Tür an Tür. Im Traum sind wir nicht die Summe unserer Jahre, sondern die Fülle unserer Erfahrung. Im Traum werden die Fakten verlacht, die sich Wunder was einbilden auf ihre Tatsächlichkeit. Die wie beim Autorennen davon ausgehen: Wir haben die Poleposition. Von wegen! Im Traum überholt die Sehnsucht aus der letzten Reihe den Angeber Wirklichkeit im Flug. Daraus erwache ich vergoldet.«

Kurzes, heftiges Ausatmen, mit dem Zeigefinger am Rand des Glases entlangstreichen, dann am Hohlsaum der Tischdecke.

»Habt ihr schon einmal der Spülmaschine bei ihrem Gesang zugehört? Manchmal sitze ich abends in der Küche, habe sie gerade eingeräumt und angestellt. Ein Kammerorchester. Anfangs Einstimmen, schräg, darauf ein feenhaftes Klingen, wie von Triangeln, leise Reibung von Glas an Glas, luftige Harfen setzen ein. Das Klirren der Teller, im Bass summen und poltern die Töpfe, erst kollert das Wasser, dann zischt es, brandet, übernimmt schließlich den Continuopart mit einem steten Brummen. Darüber klirren die Melodien der Spülgänge, Glissando, mal wohlgemut, mal grollend, von allegrissimo bis andante. Manchmal denke ich auch, wenn ich da so sitze, inmitten des Musizierens und Zuhörens, dass es Freundinnen sind, die sich etwas zuflüstern, kleine Konspirationen, vom Wasser getarnt, das ihre Geheimnisse umrauscht. Und draußen verblasst das Licht. Im großen Leib des Wirtshauses, in dem ich verborgen bin, wird der schwindende Tag verkraftet, letzte Geschäftigkeit. So warte ich, bis das Schlusssignal ertönt, erholt wie im Konzertsaal. Ich öffne die Maschine einen Spaltbreit, ein Schwall heißer Dampf schwappt mir entgegen. Als würde eine Decke zurückgeschlagen, unter der etwas Lebendiges die Wärme gehortet hat, die nun geteilt werden darf.

Otto und ich hatten, noch vor dem Umzug nach Steinbronn, einmal eine Reise nach New York gemacht. Wir hatten ein kleines Apartment gemietet, in einem ehemaligen Hotel, das den Frühstücksbetrieb eingestellt hatte und Zimmer nur noch wochenweise vermietete. *The Windermere* hieß es, schon der Name ein Versprechen! Segeln auf hoher See! Und ich kauerte im Bett unter der Decke, belauschte – Otto noch im Bad, es war Spätherbst und schon geheizt –, belauschte das Wasser in den Heizungsrohren. Los ging es mit einem höflichen, aber bestimmten Klopfen, lass mich ein, hör mir zu! So voller Erwartung. Darauf schwatzhaftes Gegurgel, lebhaft, als fielen sich zwei immer wieder ins Wort. Dann längere Monologe und, bei Nachschub, aufgebrachtes Beteuern und Behaupten, und zum Schluss, 25° waren längst erreicht, hitziges Finale. Genau genommen – ja, ja! – lag ich im Bett und wartete auf Otto, Zeit verstrich. Genauer genommen aber lag ich im Bett und hielt, eingebunden in den

Raum, den Moment fest. Die Zeit wölbte sich wie ein Zelt über mir, und es gab, weit und breit, keine Kluft.«

Dodo knurrte ein wenig, das war ihr zu versponnen; sie füllte die Gläser nach und gähnte herzhaft.

Penny reagierte: »Doch, natürlich vermisse ich Otto! Natürlich grolle ich ihm! Natürlich bin ich immer wieder verzweifelt. Aber, verstehst du, ich war auch in Erwartung, als er da war, und das bin ich jetzt noch. Nicht um Altern geht es, nein. Ich zähle die Jahre nicht, sondern ich erfülle sie. Darin bin ich Abenteurerin.«

Penny schob die Tischdecke zurück, sodass die geschundene Holzfläche zum Vorschein kam. Dann nahm sie ihr Glas und schüttete vorsichtig ein wenig Wein aus. Eine kleine Pfütze bildete sich, dehnte sich aus.

»Seht ihr, das meine ich! Es gibt kein Verrinnen, keine Erstreckung, nur Ausbreitung, Zuwachs, die Umrisse vorher unberechenbar.«

Penny deutete aufgeregt auf den Tropfen, der kaum merklich anschwoll, bevor er verflachte. Schlug die Tischdecke wieder darüber, eine Spur Nässe wurde im Stoff sichtbar. Ein banaler Fleck.

»Ich erzähle euch das und glaube es selber nicht.« Penny stützte ihren Kopf in beide Hände und berührte angewidert die nasse Stelle. »Jedenfalls oft nicht. Vor einem Jahr hat mich die Panik so gepackt, dass ich nach Trier gefahren bin –.«

»Du warst also schon vorher einmal in Trier?«, rief Laura, Penny redete einfach weiter.

»– zu einer Hautärztin, die im Internet mit schonender Faltenentfernung wirbt. Da saß ich im Wartezimmer – da sitze ich ja immer! – und füllte den Fragebogen aus, den neue Patienten bekommen. Unter Gründe schrieb ich: *kosmetisch*. Und dachte: *kosmisch* und *komisch* auch, nämlich meine ganze Welt betreffend und ein Witz. Wartete. Machte aus WARTEN Anagramme, heraus kam: NEW ART. Betrachtete den Fingernagel meines linken Zeigefingers, den ich mir vor vier Monaten gequetscht hatte: Ein kleiner Bluterguss war unendlich langsam vom Nagelmond nach oben gewandert; alles darunter war verstrichene Zeit in Millimetern.

Wo war ich? Ja, Wartezimmer … Die Ärztin hatte Schwung, den Schwung derer, die die Welt verbessern. Sie setzte mich unter ein starkes Licht und hob meinen Kopf unter dem Kinn an. Sonnengeschädigt, sagte sie, Sie haben da wohl ein wenig übertrieben, zu viel des Guten und so. Ich erwiderte nichts, dachte aber, die Trauben brauchen Sonne und ich auch. Eine Assistentin wurde hereingerufen, ich musste die Haare aus dem Gesicht streichen, hinter dem Kopf festhalten. Die Assistentin fuhr mir mit einem scharf nach Desinfektionsmittel riechenden Wattebausch über die Haut, die ich darunter förmlich zerknittern spürte, und ich wurde fotografiert. Das Foto wurde an die Wand projiziert: Ich sah darauf aus wie eine zerrüttete Suchtgeschlagene, nach der gefahndet wird. Brutal. Mit einem Zeigestöckchen ging die Ärztin darüber, hier Mimikfalten, dort degenerative, noch woanders irgendwelche anderen, genetisch vermutlich. Wo sie die Spritze ansetzen wollte, setzte sie das Stöckchen besonders spitz ein. Ich war vollkommen verschüchtert, versuchte den Blickkontakt mit mir selbst zu vermeiden, unterschrieb, dass ich im vollen Bewusstsein meiner geistigen Fähigkeiten einer Botoxbehandlung zustimme. Es könne, sagte die Ärztin, ein paar Hämatome auf der Stirn geben, nach vier, fünf Tagen verschwänden sie. Mein Mann liebe mich ja sicherlich auch mit dem ein oder anderen blauen Fleck. Oder ich könne mir ein paar Strähnen geschickt darüberlegen, bestimmt fand sie, das würde mir ohnehin besser stehen als die Frisur, mit der ich zu meiner Erneuerung angetreten war. Wenn ich mich entschlösse, nicht nur die Stirn, sondern auch den Rest zu glätten, müsse ich damit rechnen, dass das Unterspritzen mit Hyaluronsäure auffälligere Schwellungen hervorrufe. In diesem Fall lege sie mir nahe, zwei, drei Tage zu Hause zu bleiben, krankgeschrieben, damit der Chef keinen Schreck kriege oder die Gleichstellungsbeauftragte im Betrieb mich nicht für ein Opfer ehemännlicher Gewalt halte. So ungefähr.

Ich nahm die Rechnung in Empfang, stürzte ins Bad, stand mir mit gelähmter Stirn gegenüber und schminkte mir die Lippen rot. Blass war ich, wie nach einer Ohnmacht. Das Foto danach hatte ich verweigert. Ich wollte nicht festhalten, wie ich aussah mit getilgten Spuren. Der Versuch zu weinen misslang, es war, als wären auch die Augen erstarrt.

Die Rechnung bezahlte ich noch am selben Tag, mit Ingrimm: Bußgeld. Zu Hause sagte Ottos Mutter nur, ich sei aber lange weg gewesen, aber ihre Musterung ergab nichts. Bert hob den Blick beim Essen ohnehin kaum, aß unbeeinträchtigt von den Zurufen der Großmutter – »Schling nicht so!« – rasend schnell, den mageren Oberkörper über den Tisch gebeugt, ein in sich geschlossener Schaltkreis. Da musste ich lachen, die Stirn runzeln ging ja nicht. Vor den beiden könnte ich ergrauen, die Zähne könnten mir wackeln und die Augenbrauen ausdünnen – sie würden es nicht merken.

Häuslichkeit und Abenteuer kommen ohne Zeitzins aus, finden im geschichtslosen oder geschichtsfernen Raum statt, und das tröstete mich auf einmal. Wiederholung – das war die Gemeinsamkeit zwischen mir, der Hausfrau, und Otto, dem Abenteurer. Jeden Tag aufs Neue dieselben Verrichtungen, auch wenn beim Abenteuer sich die Kulisse wandeln mochte: Im Kern blieb es dasselbe, nämlich Wiederherstellung der Ordnung. Wie Küchenarbeit. Auch Otto würde also verändert und derselbe sein, wenn er wiederkehrte. Verändert, weil diese Einsicht selbst schon eine Veränderung ist, derselbe, weil er unsere Räume nicht verlassen, sondern erfahren hatte.«

Penny schaute ihre Freundinnen und Bendix so prüfend an, dass sich alle vier schuldbewusst aufrichteten und ihr zunickten oder sie anlächelten. Dann sprach sie weiter, ein Redefluss wie im Traum, kein Stocken.

»Aber bereits in der folgenden Nacht, die Stirn lahmgelegt, sodass ich selbst mit geschlossenen Augen das Gefühl hatte, sie wären offen, weit offen, widerrief ich: Ich lauere, Otto jagt. Das ist fundamental anders. Otto erlebt Zeit als zu überwindende, ich lasse sie vergehen. Geschichte ist für ihn ein Abschnitt einer Erstreckung, den man nur nachträglich erfasst, also abstrakt, für mich ist sie Umgebung, immer sinnlich, Gegenwart.

Als 2001 die Türme einstürzten, da klebte Otto tagelang vor allen verfügbaren Bildschirmen. Und las täglich drei Zeitungen, hörte auf allen Wellen Analysen. Kollaps des kapitalistischen Priapismus, Schluss mit der Dauererektion, auch das Streben nach Höherem ist ein banaler Wettkampf konkurrierender Systeme, Clash der Kulturen, aus Koma wird Amok undsoweiterundsofort. Er arbeitete mit Neonmarker, unterstrich in den Artikeln die unterschiedlichen Thesen mit unterschiedlichen Farben. Er konnte sich nicht distanzieren, die Welt suchte ihn heim. Kein Odysseus, dieser damalige Otto, sondern eher ein Getriebener, so wie Karrieristen Getriebene sind. Für sie ist Vergangenheit eine Art nekrotisches Gewebe, das abgestoßen werden muss. In ununterbrochenem, hysterischem Wachstum. Reifen tun sie dabei nicht. Eigentlich hätte Otto als Winzer und Weinbauer darum wissen müssen, ich meine um den Unterschied zwischen Wachstum und Reife. Aber ihm waren die Unternehmerohren so zugedröhnt, dass er nichts mehr von den Trauben lernte. Ich glaube, um zurückzufinden, musste er aufbrechen. Schließlich steckt im Abenteuer ja die Ankunft. Irgendwann wird er wieder bei mir liegen, unter dem Tuch, das ich webe. Ein Faden davon wird gerade gesponnen, hier, mit euch.

Seid mir nicht böse, ich verliere ihn gerade auch ein wenig, obwohl ich auf euch sicherlich so wirke, als hielte ich einen vorbereiteten Vortrag. Das ist, weil ich so viel und so lang gebrütet habe, nächte-, nächte-, nächtelang. Ich muss an ein Erdbeben denken, das ich in Griechenland erlebt habe, zwei Jahre nach 9/11, morgens um sieben. Ein gewaltiges Rütteln, als wäre eine riesige Schiffsschraube unter dem Bett, die es in Schwingung versetzt, oder Gottes Faust, die es schüttelt, ein schwappender Horizont, ein unsäglich flattriges Herz, eine Unwucht. Ich schrie, schrie in allen Sprachen, die mir zur Verfügung standen, um Bert und Otto und meine Schwiegereltern zu wecken. So als hätte das Erdbeben unsere Zungen gespalten und ich müsste erraten, welche nun obenauf lag. Alles verkehrte und drehte sich, ein infiniter Schwindel, ein monumentaler Achsenbruch. 6,3 –.«

»… auf der Richterskala«, murmelte Dodo und ließ ihren Kopf unsanft auf ihre ausgestreckten Unterarme fallen (Beatrice konnte gerade noch das Glas wegschieben). Laura saß zurückgelehnt, mit geschlossenen Augen, den Schal eng um die Schultern, als ob sie fröre. Sie schnarchte ganz zart. Bendix und Beatrice aber ließen Penny, die gar nicht wahrzunehmen schien, dass zwei ihrer Zuhörerinnen über dem Warten eingeschlafen waren, nicht aus den Augen. Als sie weitersprach, mussten die beiden näher rücken; wenig fehlte, und es wäre ein Anschmiegen gewesen. So leise, beinah flüsternd fuhr sie fort, eilig, sprudelnd, als müsste sie auf den letzten Metern wettmachen, was vorher verbummelt worden war. Ihr Atem weinsauer.

»Am Tag darauf gab es einen gewaltigen Stromausfall in New York, das füllte die Zeitungen und drängte das Erdbeben an den Rand der Nachrichten. Wir hielten uns den ganzen Tag im Freien auf, unter unseren Füßen nichts Festes mehr. Die meisten Touristen versuchten zum Hafen und auf die Fähre zu gelangen, oben vom Hügel überblickten wir die endlosen Autoschlangen, hoffnungslos. Viele Straßen waren durch

Felsbrocken blockiert, überall sah es aus wie nach einem großen göttlichen Wutanfall. Wir blieben, mit schlotternden Knien, kehrten abends in einer Taverne ein, im Garten ein paar Tische und Stühle, saßen und schwiegen. Sogar Ottos Mutter schwieg, und als die Bedienung mit den Getränken kam – essen wollte keiner –, da tanzten die Gläser auf dem Tablett ein irres Solo.

Ich glaube, wir haben verlernt uns echt, leibhaftig, live zu erschrecken. Sind so gewöhnt an den vermittelt und gefiltert eingeflößten Schrecken, der zwar in die Wohnzimmer dringt, aber steril bleibt. Katastrophen aus dem Photoshop, talentierte Maskenbildner am Werk. Und wir können sagen: dieses Posting gefällt mir nicht, oder es liken, herzbewegt, und für die Opfer spenden. Und dabei denken, es ist unser gutes Recht, verschont zu bleiben, es folgt aus der Anerkennung unserer Verdienste. Hier aber wackelte die Welt; Fundamente und Mauern bloße Attrappen irgendeiner Theaterkulisse. Es roch versengt, Kurzschlüsse hatten Brände ausgelöst, das Grollen von Steinschlag vibrierte in der Luft. In den aufgerissenen Straßen mit ihren ausgefransten Wundrändern sah man ins Innere wie bei einem Prep-Kurs, erstes Semester Anatomie. Und verstand nichts. Zwei Jahre später – diesmal ohne die Schwiegereltern – sah der Ort aus wie halb erbaut; das Kaputte trug die Merkmale des Unfertigen, Zukünftigen.«

Lange Pause. Ein Außenstehender hätte meinen können, dass die Erzählerin, von ihrem rasanten Vortrag völlig verausgabt, schlagartig eingeschlafen war. Denn Penny waren die Augen zugefallen. Sie flüsterte aber weiter, nicht mehr flüssig und druckreif wie vorher, sondern eher so, als sagte sie einzelne Buchtitel auf, die sie nur noch halb erinnerte.

»So ist das mit dem Warten, Gewähren ist es und nicht – nicht Gewinn abschöpfen ... Müde bin ich, und ihr sicherlich auch ... über dem Warten bin ich wieder jung geworden, unerfahren, ungeschickt. Ich weiß gar nicht mehr, wie das ist, mit einem Mann zu schlafen. Das Ausziehen, der Anblick der Füße, die man nur als öffentliche kennt (hat nicht auch Laura davon gesprochen?), im festen Auftreten, das Küssen, wohin mit den Zähnen? Der ranzige Atem morgens, die verklebten Augen, die Lust, das Normale daran, das – das Gekonnte. Ich bin uralte Anfängerin ... das bin ich.«

Dann, träumerisch und doch in einem Ton, der anzeigte, dass eine wichtige Aussage getroffen würde: »Das Zurückgelegte dient der Zukunft. Verrückt diese zusammengesetzten Worte im Deutschen. Zurücklegen: die Lebensstrecke, das Ersparte. Aber *Zurückliegen* will keiner. Ich schon, vor allem jetzt ... Ich will, wie seinerzeit in New York, mich in den Schlaf verkriechen, umfasst und eingelullt sein ... Ich will nicht mehr aufstehen mit dem Gefühl, einen Gegner erschlagen zu müssen, den Tag nämlich, der ansteht. Ich will Fluss und Festigkeit, ich will, will, will ein Flusskiesel sein, unbeirrt und überströmt, ach, wozu, wohin, wovon.«

Penny öffnete die Augen, schmiss den Stapel Bierdeckel um, den sie während des Redens errichtet hatte, und sackte in sich zusammen, als hätte der letzte Satz, die Zusammenfassung alles Vorherigen, sie endgültig entkräftet. Richtete sich noch einmal auf, schaute in die Runde und sagte, überraschend wach und kämpferisch: »Habt ihr sie gesehen, oben auf dem Parkplatz am Hartmannswillerkopf? Die alte Linde, in deren Achselhöhle sich eine junge Akazie eingenistet hat?«

»Penny«, sagte Beatrice und berührte sie an der Schulter. »Es ist spät, lass uns gehen.«

Bendix spürte einen Fuß auf seinem Schuh, ganz leicht, und sah unter den Tisch. Penny hatte Schuhe und sogar Strümpfe abgestreift, irgendwann während des Sprechens, und saß, die nackten Füße im Kontakt mit dem geziegelten Boden. Und ein Fuß war dann, im Fortschreiten des Erzählens, auf seinen Schuh gewandert, ein Druck, nicht stärker als von einem heruntergefallenen Tuch. Bendix kroch unter den Tisch, dabei schmerzte ihn das Bein vom langen Sitzen, er stieß mit dem Kopf an die Tischplatte. Er streifte Penny die Strümpfe über, ungeschickt, gröber, als er wünschte, dann setzte er die Füße in die Schuhe wie Passagiere in ein Boot, schnürte zu, kroch wieder hervor. Penny lächelte ihn verschwommen an. »Geschafft.«

Beatrice sagte, sie habe ein Taxi rufen lassen und bezahlt. Laura und Dodo standen schon in der Tür, bleich und verschlafen. Ein Großraumtaxi hielt mit scharfem Bremsen, der Fahrer sprang heraus und öffnete einladend die Türen: »Mesdames.« Sie krochen in den Wagen, kippten in den hinteren Reihen bei jedem Halt und jeder Kurve ineinander, als hätte die Nacht ihnen die letzten Reste von Körperspannung geraubt. Bendix saß vorn, die Augen brennend vor Müdigkeit, erfüllt von einer unbestimmten Zärtlichkeit, Durst und Wehmut. *Chez Pierre*, hatte er dem Fahrer mitgeteilt, froh, mangels Französischkenntnissen nicht die typische wohlwollend-herablassende Taxifahrerkonversation beginnen zu müssen, mit Fußballergebnissen, Weltgeschehen und Wetter.

Der Fahrer öffnete die vorderen Fenster einen Spaltbreit, vermutlich war ihm der Weindunst zu viel. Im Innenspiegel beobachtete er die hinteren Reihen. Er hat Angst, dass sie kotzen, dachte Bendix und fixierte hasserfüllt das Duftbäumchen, das zwischen ihm und dem Fahrer baumelte. Und wahrscheinlich war er sauer, eine derart kurze Strecke fahren zu müssen. Das nächtliche Mulhouse sah noch mehr als das sonnendurchflutete so aus, als hätte es gar keine längeren Strecken zu bieten: ein paar verwinkelte Sträßchen, ein Ring darum, ein paar Möglichkeiten, falsch abzubiegen. Nach wenigen Minuten waren sie angekommen, »voilà«, sagte der Fahrer und drehte den Zündschlüssel derart heftig im Schloss, dass das Motorengeräusch mit einem Ruck erstarb. Das war wohl eine symbolische Handlung. Bendix legte zwei Scheine in die aufgehaltene Hand des Fahrers, kein Blickkontakt, abwinkend, nein, kein Rest, und half nach und nach allen vier Freundinnen beim Aussteigen.

Es war nicht leicht, die wankenden, halb schlafenden Laura und Dodo die enge Stiege hinaufzubugsieren. Penny, selbst kaum wach, half Dodo aufs Bett, schob ihr das prügelharte Kissen unter den Kopf und zog ihr die Schuhe aus. Bendix sah noch aus dem Augenwinkel, dass Beatrice Laura, deren Kopf dramatisch weit in den Nacken zurückgeworfen war, stützte und auf der türzugewandten Seite des Bettes absetzte. Die Samariterin. Die Pose der beiden hatte etwas Sakrales. Nein, nicht Grablegung, eher Genesung.

Bendix schüttelte leicht seinen Kopf, wie um die Bilder zu vertreiben. Dann schloss er seine Tür auf. Fand, zu seiner Überraschung, eine Minibar und darin ein kühles Elsässer Bier. Hielt sich die Flasche an die Schläfe. Er hatte nicht wirklich Kopfschmerzen, aber das Gefühl von Bedrängnis, Überfülle. Die Kälte, der Druck der Flasche taten wohl. Er zog sich bis auf T-Shirt und Unterhose aus, nahm die Kladde und setzte sich im Schein einer Energiesparbirne, die trüb vorglühte, auf das Bett. Sein Blick fiel auf sein linkes Bein, die Narbe lag im Schatten. Die Haut sah tatsächlich zusammengeflickt aus, trotz der vielen Jahre, die vergangen waren. Wie noch nicht ganz fertig genäht, Penny hatte recht, Unfertiges und Halbzerstörtes ähnelten einander. Er konnte also hoffen. Und verspürte den unsinnigen Wunsch, ihr die Narbe zu zeigen.

Und sonst? Er war ein wenig schwammiger geworden, mehr Bier, weniger Tennis. Ein weicher Bauch, ein wenig weiblich, er staunte, wie sehr ihm das gefiel. Ein Anflug von Verlangen: diesen weichen Bauch einer Umarmung anzuvertrauen. Er schlug das T-Shirt zurück, das Heft auf.

Mulhouse, Ende September

Wir kommen um nichts herum – worum? Weiß ich nicht. Das Ausmaß der Ratlosigkeit verschlägt mir das Denken. Wir sind ein Scherz der Zeit. Rülpse ich mal. Betrunkene gehen immer ins Grundsätzliche. Ein Kater und viermal Katzenjammer. Dabei habe ich mir doch jahrelang meinen Akademikerschädel zerbrochen über Zufall & Co: Die hypothetische Notwendigkeit bestimmt die späteren Dinge der Welt durch die früheren. Pipapo. Leibniz-Keks. Meine hyp. Notw. ist gerade heftig erschüttert worden, meine persönliche; die späteren Dinge, folglich die zukünftigen, sind nämlich ganz und gar offen und fraglich. Meine Auslegungen der früheren hinfällig. Hinfällig: auch ich. Abschied vom Pilgertum; begründe dich selbst, Mensch.

Vielleicht Penny. Penny vielleicht.

Beim letzten »vielleicht« rutschte ihm schon der Bleistift weg. Bendix schaffte es nicht, seine Brille abzulegen, das Licht zu löschen und die Kladde zuzuschlagen. Er kippte zur Seite, als hätte ihn ein Schuss niedergestreckt. Er war so müde. Wären die Erzählungen Wanderungen oder vielmehr Fußmärsche gewesen, sie hätten die Welt umrundet. Sein letzter Gedanke, schon sehr vernebelt. Eigentlich kein Gedanke, eher ein Muskelkater.

In Mulhouse geschah in jener Nacht Folgendes: Ein Streit zwischen Katzen, ein gebrochenes Schlüsselbein bei einer betrunkenen Fahrradfahrt, zwei Geburten und ein Todesfall (erwartet), ein angstschweißnasser Traum der blonden Magda, die die Reisenden morgens im Hotel an der Rezeption in Empfang genommen hatte. In dem Traum wurde sie erstochen und lernte das Wort »Herzbeutel«, Pierre dagegen – wenn er denn wirklich so hieß wie das Hotel, das sie beherbergte –, Pierre also stand am Fenster, schlaflos wegen Sodbrennens, und bewachte die Leere. Die Rohlinge der Baguettes, von denen zwei oder drei in wenigen Stunden auf dem Frühstückstisch der fünf Reisenden landen würden, wurden gerade geliefert, der Transporter hielt mit Warnblinkanlage.

Der Pannendienst war verspätet. Bendix wartete vor dem Eingang des Hotels, nutzte die Zeit für die erste Zigarette des neuen Tags. Inhalierte tief und hatte das Gefühl, vom Nikotin (dem Teer, der Blausäure, dem Kohlenmonoxid) Wohltaten zu empfangen: Ausputzer, klare Sicht.

Der Morgen war frisch, nussige Luft, Herbst-Preview. Beim Rasieren hatte er sich geschnitten, über die rechte Wange zog sich, bis zum Ansatz des melancholischen Schnurrbarts, ein Riss wie der Schmiss eines Korporierten. Bendix dachte flüchtig an seine Fische, an die halbe Stunde jeden Morgen, die er einer Art Inventur widmete. Leben noch alle? Oft schwamm einer bäuchlings, von den anderen gänzlich unbeachtet. Fütterung, Reinigung, Begutachtung, kleine Ansprache, Entfernung der Toten. Herzlos schien ihm dies Kümmern jetzt.

»Erzähl du mal etwas«, hatten die vier Freundinnen, tief über die Schalen mit Milchkaffee gebeugt, ihn beim Frühstück aufgefordert. »Ich bin Nachfahr«, hatte er geantwortet, und alle vier – oder nur drei?, Penny nicht? – hatten aufgeschrien: »Nicht schon wieder so kryptische Antworten wie am Anfang!« (Zur Erinnerung: Was versprechen Sie sich von der Reise? – Aufschub!) Aber Bendix beharrte, korrigierte nur ein wenig, »na gut, ich hinke nach, wie ihr wisst.« Immer auf alten Spuren unterwegs, bis ins Empfinden hinein Copy & Paste (darin ja eigentlich höchst modern). Das habe er an ihren Erzählungen so bestaunt, die Selbstbehauptung, die Selbstbestimmung. Bendix wurde ausführlich. Zufall und Weltzustand (marode); nicht Vogelsang wird uns in Zukunft wecken, sondern das Dröhnen der Drohnen. Die bringen die Tageszeitung mit den schlechten Nachrichten.

Die Freundinnen hörten eine Weile zu, dann rief Dodo: »Und die Frauen in deinem Leben, du ehemaliger Pilger?« (Das mit dem Pilger, betrunken in der Nacht notiert, hatte er wohl auch noch erwähnt.)

»Es gab sie, die Frauen«, hatte er geantwortet, »oder vielmehr eine, Agathe hieß sie (und bevor ich euch kannte, hatte sie zwischenzeitlich ihren Namen verloren und war die süße Feindin, aber das nur in Klammern). Sie ist nun zwei- oder dreifache Mutter und ich kein Pate keines ihrer Kinder.«

Penny hatte ihn bestürzt angeschaut und gefragt: »Wärst du es gern?«

»Ich überlasse ihr die Zukunft«, so ungefähr hatte seine Antwort gelautet, und er hatte, durchaus zur eigenen Verwunderung, ein Widerstreben verspürt, Agathe Penny gegenüber als jemanden aufzuführen, der mit seiner, Bendix', Zukunft noch zu tun hatte.

Aber dann war etwas geschehen, was er auch jetzt, nachdenkend, rauchend – oft half das eine beim anderen – nicht recht verstand. Er hatte nämlich weiter gesprochen, ein regelrechter Registerwechsel, obwohl Zukunft eigentlich ein gutes Stichwort zum Schluss gewesen wäre. »Ich hasse sie«, hatte er gesagt, »die verhangenen Wochenenden mit mir selbst zur einzigen Gesellschaft. Meinen Verdruss, meine Scham, meine folgenlosen Einsichten, meine eitlen Analysen, mein gestammeltes Anwissen in Wort und Schrift. Keine isst mit mir, keine trinkt mit mir, keine teilt meinen Schlaf. Von Reisen bringe ich mir Steine mit. Suppen mag ich, weil sie wärmen, Bier mag ich, weil es stilllegt.«

Dodo hatte, nachdem er schwieg, ihre Kaffeeschale abgestellt und gesagt: »Du hast erzählt wie eine Frau. Gegen Ende.«

Und dann hatte Laura, die neben ihm saß, seinen Kopf in beide Hände genommen und ihn auf den Mund geküsst, dabei ihre Gletscheraugen keineswegs geschlossen, sondern unternehmungslustig funkeln lassen. »Bravo« gesagt.

Beatrice, von der gegenüberliegenden Tischseite, lächelte fein: »Du hast den Blick aufgeschlagen, Bendix.«

Ihr Lehrerinnenton brachte alle zum Lachen, so musste Penny nichts sagen. Aber sie hatte mit einem Nicken ihr Einverständnis mit ihm angezeigt, da war er sich sicher.

Er drückte die Kippe in den Abfallbehälter, der vor dem Eingang stand und von der letzten, nur halb gerauchten Zigarette eines Vorgängers ein wenig qualmte. Ein sonnengelber Renault hielt, der Fahrer streckte seinen Kopf zum Fenster hinaus und rief etwas mit »en panne«, Bendix, unversehens aufgeregt, rief zurück: »Sì, sì!« Dabei war das ja Italienisch.

Es war eigenartig, denselben Weg zurückzulegen, diesmal als Beifahrer eines gottlob sehr wortkargen Menschen, der vermutlich über den sonntäglichen Einsatz nicht erbaut war. Er fuhr schnell, die Blätter an den Straßenrändern stoben im unwirschen Wirbel, vom Fahrtwind aufgestört. Ein Gefühl von Ankunft erfüllte Bendix. Das war natürlich verrückt, weil es gar keine echte Reise gewesen war, sondern ein Stocken, und weil er nun, im Pannenfahrzeug des französischen Automobilclubs, auch eher unterwegs war, banal unterwegs zu einem Auto, das nicht fuhr.

Der Parkplatz war bis auf den *Ulysse* leer. Die ausladenden Äste und Zweige der alten Bäume bildeten ein gewaltiges Gewölbe, das sich ausnahm wie das einer großen Basilika. Das Sakrale war ihm gestern entgangen; da hatte so etwas wie Andacht den Erzählerinnen, ihren Erzählungen gegolten. Der *Ulysse* sah viel kleiner aus, als er ihn in Erinnerung hatte. Anscheinend war auch ein Raumgefühl von Weite durch die Erzählungen entstanden. Bendix legte den Schlüssel in die ausgestreckte Hand des Automechanikers und versuchte in bröckligem Französisch zu erklären, dass der Motor nicht angesprungen war. Zu zweit schauten sie unter die Motorhaube, Bendix wie immer mit dem Unbehagen, Eingeweide zu studieren, deren Funktion sich ihm nicht erschloss. Beinah indiskret fühlte er sich, der Mechaniker dagegen griff beherzt zu dem einen Schlauch, der anderen Schraube, öffnete Verschlüsse, tätschelte abschließend, bereits unterwegs zum Fahrersitz, den Kühler wie die Flanke eines Pferdes und ließ den Motor an. Sattes Dieselgeräusch. Der Mechaniker sah Bendix an, ganz ohne Spott – Bendix lag ein entschuldigendes *sensodrive* schon auf der Zunge –, öffnete einladend die Fahrertür und sagte: »*Guéri.*« Geheilt.

Bendix fuhr vors Hotelportal wie ein siegreicher Rennfahrer zum Abschluss seiner Ehrenrunde: mit einem triumphalen Gefühl. Aber da stand niemand vor dem *Chez Pierre*. Sowieso kein Boy in Livrée, der zum triumphalen Gefühl gepasst hätte, aber auch die Freundinnen nicht. Wie auch? Die Witwen, wie er sie innerlich manchmal noch nannte, saßen entweder in ihren Zimmern (und erwogen seine Erzählung) oder spazierten durch Mulhouse oder saßen in einer der Patisserien, deren Schaufenster sie auf dem gestrigen Weg ins Restaurant angehimmelt hatten. Bevor er sich darüber ärgern konnte, sich störrisch der Anschaffung eines Handys verweigert zu haben, erblickte er sie: in einer Viererreihe auf den *Ulysse* zumarschierend, eine Viererreihe, welche die volle Breite des Bürgersteigs einnahm.

Er sprang aus dem Auto, kümmerte sich nicht um das schmerzende Bein und breitete beide Arme aus. »Wohin?«, rief er.

»Ans Meer!« riefen alle, die Gesichter von der Morgenluft blank geschrubbt. (Penny hatte, unter Umständen und wenn überhaupt sehr leise, »zu Otto« gesagt, aber das war ja dasselbe.)

Und als sie dann fuhren, hatten sie – alle fünf! – das Gefühl, der *Ulysse* habe ein Schiebedach.

So unruhig hatte Bert Zwiebel noch nie erlebt. Normalerweise umsprang er ihn auf Spaziergängen in freudigen Sätzen, einige Minuten lang, dann benahm er sich würdevoll und gemessen, als der Hunderentner, der er bereits war. An diesem Tag aber, der mit einem feierlichen Sonnenaufgang begonnen hatte, bei dem die Glutkugel sich über einem mit dunklen Wolkenstrichen unterlegten Horizont wie eine Verkündigung erhob – an diesem Montag war Zwiebel außer sich. Fraß nicht, spielte nicht, jaulte bloß und strich um Berts Beine wie ein Kater. Ihn kümmerte weder die frühherbstliche Asternpracht noch das Sterngefunkel der Chrysanthemen.

Abends blieb Bert nichts anderes übrig, als ihn am Pfosten des Gärtnereitörchens anzuleinen, denn Zwiebel weigerte sich, ihn zum *Rebstock* zu begleiten, wo er seit Dodos Aufbruch in Berts Zimmer nächtigte. Bert stellte ihm den gefüllten Fressnapf und die Schale mit Wasser hin, holte, nach einem Blick zum klaren Himmel, noch die Schlafdecke und breitete sie neben dem Eingang zur Gärtnerei aus. Und meinte so etwas wie Dankbarkeit in Zwiebels Hundeblick zu erkennen. Nur ganz kurz hatte der sich Bert zugewandt, dann den Kopf gedreht und mit gespitzten Ohren in Richtung Straße geschaut.

Im *Rebstock* war die Hölle los: Die Weinlese hatte begonnen, zu Frau Rohmes großer Zufriedenheit. Sie wirbelte, soweit die Hüfte es erlaubte, zwischen den Tischen umher, schikanierte die junge Aushilfskraft mit der zerbrechlich schmalen Taille, der immer wieder der Schürzenknoten von einem der Männer gelöst wurde (darin war sie Penny-Nachfolgerin). Sie sah stets verheult aus.

Als Bert eintrat, erkannte ihn seine Großmutter vor lauter Essensdunst und Rauchschwaden kaum (ja, sie gestattete das Rauchen am Feierabend, es war ihr Wirtshaus, immerhin). Dafür fiel ihr Blick auf einen bärtigen, nicht mehr ganz jungen Mann. Er war doch einer der Bulgaren? Und sah zufällig ein wenig aus wie Otto mit Bart, einem grau-weiß durchzogenen Bart, und nicht ganz so torfbraunem Haarschopf wie der Sohn. Es gab schließlich auch Bulgaren, die ganz gut Deutsch sprachen und beim Lächeln die Lippen geschlossen hielten, sodass es in den Augen erschien, durch den Blick entwich. Frau Rohme hielt inne, der Federweiße spukte in ihrem Kopf herum. Deshalb entschied sie auch, bereits auf halbem Weg in die Küche, dass es weder ihr Enkelsohn war noch die alte Köchin, die sich zu den Bulgaren an den Tisch gesetzt hatten: Es handelte sich um eine Täuschung. Der neue Wein! Noch immer schaffte er es, Verwirrung zu stiften. Und das Gehirn – das wusste man ja, nicht zuletzt aus der Wissenschaftssendung im Fernsehen mit dem netten jungen Mann aus Indien –, das Gehirn unterwirft sich dem Wünschen. Und fasst sich ein Herz.

Frau Rohme schüttelte leicht den Kopf, verwundert, aber auch ein wenig stolz darauf, dass sie sich nicht hatte hereinlegen lassen. Vom Wünschen.

DAGMAR LEUPOLD

Unter der Hand

Roman, 978-3-902497-44-8

»Wie Dagmar Leupold das macht, wie ihr Roman sich ›unter der Hand‹ aufhellt und die schwarze Misere hinter sich lässt, das hat Geschmack und Stil. Routiniertes Romangeplapper gibt es bei ihr nicht. Auch braucht sie nichts Grelles, Wildes, Extremes, um sich Gehör zu verschaffen. Wache und wortgewitzte Aufmerksamkeit für das Alltägliche rundum, das ist das Pfund, mit dem sie wuchert.«

Hans-Jürgen Schings, *FAZ*

»Ein zeitgenössisches Märchen«.

MDR Figaro

»Alles [in diesem Buch] geschieht unaufdringlich, mit großem Einfühlungsvermögen und der Kunst der Lyrikerin. Leupold geht den Worten auf den Grund, ihre Sprachspiele verdichten und erweitern den Assoziationsraum des nur Heutigen.«

Carsten Hueck, *Deutschlandradio Kultur*

»Dagmar Leupold ist eine souveräne Sprach-Spielerin. Mit Feingefühl, Scharfsinn und Ironie lotet sie die Seelen- und Lebensräume ihres Personals aus.«

Ingeborg Waldinger, *Wiener Zeitung*

Wenn Ihnen dieses KAMPA POCKET gefallen hat, gefällt Ihnen vielleicht auch der Lesetipp auf der gegenüberliegenden Seite.

Schicken Sie uns bitte Ihren LIEBLINGSSATZ aus einem Kampa Pocket, bei einer Veröffentlichung auf unseren Social-Media-Kanälen bedanken wir uns mit einem Buchgeschenk: lieblingssatz@kampaverlag.ch